不公平な恋の神様

ルイーズ・アレン
杉浦よしこ 訳

THE VISCOUNT'S BETROTHAL
by Louise Allen
Translation by Yoshiko Sugiura

mira

THE VISCOUNT'S BETROTHAL

by Louise Allen

Published by K.K. HarperCollins Japan, 2023

不公平な恋の神様

おもな登場人物

デシーマ（デシー）・ロス――男爵家の娘
チャールトン・カーマイケル――デシーマの異父兄。男爵
ハーマイオニ・カーマイケル――チャールトンの妻
オーガスタ・ウィンポール――デシーマのいとこ、同居人
ヘンリー・フレッシュフォード――デシーマの親友。准男爵
レディ・フレッシュフォード――ヘンリーの母親
キャロライン（キャロ）――ヘンリーの妹
プルーデンス（プルー）・ステイプルズ――デシーマのメイド
サリー・ジャーディン――カーマイケル家の隣人
ジョージ――サリーの夫
アダム・グランサム――サリーの兄。ウェストン子爵
オリヴィア・チャニング――アダムの遠縁の娘
ミセス・チャニング――オリヴィアの母親
ジョージ・メイズ――アダムの友人。軍人
ベイツ――アダムの厩番
ミセス・チティ――アダムの狩猟用別荘の家政婦

1

ノッティンガムの冬の庭園を見渡せるすてきな朝食の間で、三人の男女が上品で静かな雰囲気の中、その日最初の食事をとっていた。

ミス・デシーマ・ロスは皿にトーストを置き、リネンのナプキンで指を拭いて、義理の姉に微笑《ほほえ》んだ。

「死んでもいやよ」

「デシー!」チャールトンがコーヒーを噴きだしそうになった。デシーマは頭がくらくらした。自分の中で何かがぷつんと切れたような気がする。チャールトンがカップを置いて、いらだたしげに唇をぬぐった。「その言い草はなんだ? ハーマイオニはただ、午後隣のジャーディン家を訪問しようと提案しただけだろう。彼らがハイへイズに来てまだ半年なんだぞ。きわめて魅力的な一家じゃないか」

「ゆうべハーマイオニが教えてくれたとおりだとすると、たまたまそこに、きわめて魅力的な花婿候補の紳士が滞在しているとか」どこかの他人がデシーマの体に乗り移り、これまでずっと考えていたけれど一度も口にしなかったことをしゃべっている。

九年間にわたり、周囲は必死にデシーマを嫁がせようとしてきた。〝ぴったりの〟花婿候補が近くに来れば、すぐさま勘が働く。デシーマはずっと命じられたとおりにふるまい、不運な紳士との痛ましい会話にもなんとか調子を合わせてきた。

素直に、そして逆らわず。そう自分に言い聞かせながら、デシーマは異父兄チャールトン・カーマイケルの前に置かれたハムエッグの皿に視線を据えた。今、自分の意志とは関係なく、幼虫がようやく姿を変えたかのように口が動く。

「この二週間、いつだってお隣を訪問できたのよ。当の紳士が二日前にやってきたから、今になって行こうと言い張るんでしょう」デシーマは窓の外を眺めた。部屋のあたたかさにもかかわらず、体がぶるっと震える。この一週間、寒く乾燥した日が続いていた。空は雲が垂れこめ、今にも雪が降りそうだ。でも、また恥をかかされるくらいなら、すぐさま荷物をまとめて出ていこう。どうして今まで逃げだそうと思わなかったのだろう？

「ああ、レディ・ジャーディンのお兄さまのことね。称号をお持ちで、たまたま結婚していないの。でも、それが訪問の理由じゃないのよ」レディ・ハーマイオニ・カーマイケルは嘘がへただ。デシーマのグレーの目に見据えられ、彼女は助けを求めて夫を見た。

「誰だってクリスマスの家族の集まりを邪魔したくはない」チャールトンが新聞をばしんと置き、妻が飛びあがった。「今日まで遠慮していたんだ」

デシーマは心とは裏腹の冷静な態度で異父兄を見やった。どうして兄がこうもしつこく屈辱を味わわせようとするのか問いただしたかった。有望な求婚者の前に押しだされても、相手は儀礼的に応対するだけで、結局またしても二十七という年齢まで未婚でいる理由を彼女に思いださせることになる。

「今度の休暇では、十軒以上もよそのお宅を訪問したのよ、お兄さま」デシーマは穏やかに言った。「どうしてジャーディン家だけ特別扱いするの？」

「これはレディ・ジャーディンの兄上とはなんの関係もない」チャールトンは妹の問いを無視したが、説得力に欠けていた。「どうしてハーマイオニに従って礼儀にのっとった訪問をしない、デシー？」

「それはね、お兄さま、今日ここを出ていくからよ」デシーマは手の震えを止めるためにジャムの瓶の蓋を閉めた。これまでずっと兄の横暴に耐えてきた。そう思ったところで、はっと気づいた。これまでは法的にも、金銭的にも兄から解放されたことなどなかったのだ。でも、二日後には――新しい年の始まりには自由になるつもりだった。

「なんだと？　ばかなことを言うな、デシー。出ていくだって？　ここに来て、まだ一週間にもならないじゃないか」壁際には無表情な顔の従僕たちが立っている。いつもながらチャールトンは彼らの存在を無視していた。

「正確には二週間と一日よ」その言葉も無視された。

「おまえはこのロングウォーターに少なくとも一カ月は滞在すると思っていたぞ。クリスマスにはいつもそれくらいはここで過ごしていただろう」

「ここに着いたとき、二週間の予定だと言ったのよ。そうでしょう、ハーマイオニ？」

「ええ、まあ。でも、私はてっきり……」

「オーガスタが私を待っているの。朝食をすませたら、プルーに荷造りを頼んで午前の早い時間に出ていくわ」デシーマは執事に微笑みかけた。「フェルブリッグ、厩《うまや》に人をやって、十時半に私の馬車を玄関前につけておくように言ってもらえるかしら」

「かしこまりました、ミス・ロス。従僕にお荷物を運ばせるように言っておきましょう」

フェルブリッグは私の味方らしいとデシーマは考えた。彼は落ち着き払い、主人の怒鳴り声などどこ吹く風だ。

「そんなまねは許さんぞ、デシー！　外を見てみろ。今にも雪が降ってきそうじゃないか」デシーマが立ちあがったとき、チャールトンの怒りのまなざしは彼女を通り過ぎてその先の肖像画に向けられた。そこには彼の父親と、兄妹《きょうだい》の母親の小柄な姿が描かれている。「その頑固で無礼な性格は、おまえの父親から受け継いだとしか考えられない。我々のいとしい母上からでないのは確かだ」

デシーマはハーマイオニをちらりと見て、口元まで出かかった反論をのみこんだ。自分の中の幼虫は大きな毒蛇に変貌していたが、今はそれを放しても、義理の姉を傷つけるだけだ。デシーマはなんとか笑みを浮かべた。「楽しく過ごさせてもらったわ、ハーマイオニ。でも、今すぐ発《た》たないと」

デシーマは努めて落ち着いた足取りで扉に向かった。部屋を出て執事が扉を閉めたあと、義姉の嘆かわしげな甲高い声が聞こえた。「ああ、かわいそうなデシー！　私たち、彼女をどうすればいいの？」


そこから十キロほど離れた場所では、ウェストン子爵が妹に向かって片眉を疑わしげに吊《つ》りあげていた。「いったい何をたくらんでいるんだ、サリー？　今回は長居せず、週末には帰ると言っただろう」

「たくらむ？　何もないわ、アダム。お隣のカーマイケル家の訪問を受けるから、お兄さまがここにいるか確かめたかっただけ」レディ・ジャーディンはコーヒーポットに手を伸ばした。「お代わりは？」

「いや、いい。それで、カーマイケル家にはどんな呼び物があるんだ？」サリーは素知らぬふりをしているが、赤い頬が嘘をついていることを示していた。アダムは微笑んだ。

「結婚適齢期の娘か？」

「ああ、いいえ、娘じゃないの」

「結婚適齢期じゃない中年の妹だよ」義理の弟のサー・ジョージが突然口を挟み、『タイムズ』紙から顔を突きだした。「カーマイケルは早くあの妹を追い払いたいんだ。レディ・カーマイケルのばかげた策略に巻きこまれるなんてどうかしているよ、サリー。妻が欲しければ、アダムは自分で探せるさ」

「彼女は中年じゃないわ」妻が言い返す。「まだ三十前なのは確実よ。それにハーマイオニ・カーマイケルが言うには、彼女はとっても頭がよくて、いい人で……すごくお金持ちなんですって」

「アダムには裕福な妻なんて必要ないだろう」夫が反論した。「それに君だって〝頭がよくていい人〟というのがどういう意味かはわかっているはずだ。どうせ不器量で、知性を鼻にかけた女だろうよ」

「すばらしい推理力だこと、ジョージ。あなたはそのレディを目にしたこともないんでしょう？」

アダムは上着の袖を手で払いながら、義理の弟の言葉について考えていた。確かに持参金をたっぷり持っている花嫁を探すためにうろつきまわる必要はない。だが、自分で花嫁を探せるかといえば、それほど自信はなかった。結婚という足かせをつけられる身になりたいかもわからないし、そもそもぴったりの女性が見つかるかも定かではない。

「そうよ、私たちは誰も彼女に会ったことがないわ」サリーは不機嫌に言った。「お隣は今日来るはずよ――空を見て。今にも雪が降りだしそうだわ。明日は外出できないかもしれないもの」

「確実に外出は無理だ」アダムは立ちあがり、お気に入りの妹に愛情をこめて微笑みかけた。「こんな天気だし、朝のうちにブライトシルに発つよ」

「逃げだすのか？」サー・ジョージが問いかけた。

「ああ、猟犬に追いまわされる狐《きつね》のごとくね」アダムは愛想よく認めた。「ほら、僕にふくれっ面を向けるな、サリー。明日はパーティがあるから、いずれにしろ明日の午前中には出発するんだ」

「まったくもう」部屋を出るアダムに、妹が捨て台詞《ぜりふ》をぶつけた。「お兄さまなんて、ただの頑固で恩知らずの独身男じゃない……インテリぶった、ぱっとしない人がお似合いよ！」


デシーマは馬車の窓から、通り過ぎる風景をぼんやり眺めていた。チャールトンとハーマイオニがほうっておいてくれさえしたら、喜んでもう一週間ロングウォーターに滞在したのに。デシーマはいとこのオーガスタとノーフォークの家に住んでいる。温和で変わり者のオーガスタは、デシーマが帰れば喜ぶはずだ。まあ、今は新しい温室に夢中だが。オーガスタはあれこれうるさく言う人ではない。デシーマにとって、それは実にありがたかった。ほかの親戚たちはデシーマを結婚させようと画策し、あからさまに同情を示して惨めな思いを味わわせる。もっとも、オーガスタがこの気持ちを理解してくれたらいいのにと思うときもある。けれども、なんの苦もなく好きなときに好きなことをするオーガスタに、耐え忍ぶ自分の悩みなどわからないだろう。

オーガスタは若くして夫に先立たれた。年の離れた夫は裕福で、しかも極端に退屈だった。喪が明けたあと、彼女は田舎に引っこんで趣味の庭いじりと絵画に専念すると宣言し、周囲をあきれさせた。

そのころ二十五歳だったデシーマは、ピンク色のモスリンのドレスを着せられ、気の滅《め》入《い》るような母親と、同じく気の滅入るような顎のない息子に引きあわされた。ところが愛想よくふるまえず、不興を買ってノーフォークの田舎に追いやられた。いとこ同士はすぐさま意気投合し、デシーマはそこで暮らすことを許されたというわけだ。

〝姿を見せなければ、忘れ去られる〟そのときデシーマはそう期待した。だが結局、まったく忘れ去られることはなかった。チャールトンやおばたちは、予定表に〝かわいそうなデシーを嫁がせること〟と書きこんでいるのではないかと思えるほど熱心だ。順番にデシーマを呼び寄せては、独身の男性を紹介する。どれもこれも失敗するとわかっていたが、デシーマは逆らわなかった。そして、どれもこれも彼女の自信と幸せに新たな傷を残すことになった。

もうたくさん。鞄《かばん》に衣類を詰めるプルーに手を貸しながら、デシーマは心の中でつぶやいた。どうして今朝になってこの決断ができたのかはわからない。だが、デシーマは相続財産を自由に使えるようになり、人生を思いのままにできる権利とその財力を手に入れたのだ。

デシーマは唇を噛《か》んだ。ことあるごとに一族の期待はずれだと思いださせられ、それに耐えてきた。十七歳を過ぎてからの人生を客観的に見るならば、黙って耐えることで逃げてきたのだとわかる。あれはみんなのお節介をやめさせるための消極的な抵抗だった。とにかく、これからは積極的に、前向きに生きていこう――それが第一歩だ。

自分の人生を思いどおりにするにしても、これから多くのことを学ぶ必要がある。二十七歳の誕生日からまだ三カ月がたったばかりだった。今後は親戚たちが独身男性を紹介しようとしたら、すぐさま立ち去ろう。自分の耳に入らなければ、みんながどんなに私の欠点を嘆こうと関係ない。

デシーマがこれこそ新年にぴったりの誓いだと思ったとき、プルーが声をあげた。「この空模様を見てください、ミス・デシー！　一生かかってしまいます。ついさっきあの汚い酒場〈赤い雄鶏亭《おんどりてい》〉を過ぎたばかりなんですよ」

物思いにふけっていたデシーマははっとして、外の景色に意識を向けた。悪い予感がする。馬車は吹き荒れる粉雪の中を進んでいた。まだ午後二時だというのに、外は暗く、視界は悪い。道に沿って続く生け垣には雪が降り積もり、どこも真っ白だ。

「困ったわね」デシーマは息で曇った窓ガラスをこすった。「じきにオーカムに着いて、遅めの昼食がとれると思っていたのに。これでは〈輝ける太陽亭〉で一泊しないと」

「あそこはいい宿です」プルーが言った。「この天気では、街道を通る人もそんなにいないはずです。上等な個室が楽に取れますよ」メイドは大きなハンカチに向かって盛大にくしゃみをした。

燃え盛る暖炉の火、すばらしい夕食。それに〈輝ける太陽亭〉の羽根のベッドは有名だ。あそこなら、私に小言を言う人もいない。靴を蹴って脱いで椅子の上で座り、熱いココアを手に俗っぽい小説を読んでもいいし、好きなときにベッドに行ける。そんな思いを巡らせていると、馬車が突然停《と》まった。

「今度はなんなの？」窓を下ろして顔を突きだす。すると、顔に粉雪が吹きつけた。「どうして停まったの？」雪の中、馬車が四つ辻《よつじ》で停まったのだとかろうじてわかった。道の向こう側にも、二頭立て二輪馬車が停まっているようだ。

御者の一人が馬から飛び降り、激しい雪嵐の中で扉に近づいてきた。「この先は行けませんや、お嬢さん。道の向こうに吹きだまりができて、雪が深く積もってますから。ほら」

「だったら、回り道をするしかさそうね」デシーマは外套《がいとう》のベルベットの襟をかきあわせた。

「回り道ってどこへ？」御者がぶっきらぼうに尋ねた。「ただの夕立とは違うんですよ。本物の雪嵐が中部地方を直撃したんだ。残された道は一つ、〈赤い雄鶏亭〉に引き返すしかありません」

「〈赤い雄鶏亭〉？」デシーマは恐怖のまなざしで御者を見つめた。〈輝ける太陽亭〉のこぢんまりとした個室は、泥の水たまりに落ちた雪玉のごとく溶けて消え、汚らしい酒場に取って代わられた。「それはありえないわ。個室はおろか、泊まるところだってないのよ。それに何日も足止めされるかもしれない。誰がいるかもわからないのに」

御者は肩をすくめた。「ほかにどうしようもないんですよ、お嬢さん。今すぐ引き返しましょう。さもないと、ほかの旅行者たちで満杯になっちまう」

「手助けはいりますか？」降る雪にもかかわらず、男性の声がはっきりと聞こえた。デシーマは体をこわばらせ、白い幕の向こうの声の主を見分けようとした。元気づけるような低く楽しげな声だが、人影がおぼろげに現れたとき、彼女はあっと声をもらした。巨人だ。

男性が積もる雪を踏みしめて、さらに近づいてくると、デシーマは胸を撫《な》で下ろした。彼は単にとても背の高い紳士だった。ケープが何重にも折り重なった外套を着て、帽子をかぶっている。

「マダム」男性は帽子をわずかに持ちあげて、濃い色の髪をあらわにしたが、それもあっという間に白くなった。彼はまっすぐ馬車に近づいてきた。「どうやら、君も僕と同じ結論に達したようだね。この先の道は馬車では通り抜けられない」

「ええ、そのとおりですわ。御者が言うには、二キロほど戻ったところにある酒場が唯一の避難所らしいんですが、でも――」

「でも、あそこはご婦人にはまったくふさわしくない場所だ。僕には賛成できない」彼は冷静だ。デシーマを安心させてくれた。肩幅は威圧感を与えるほど広く、グレーグリーンの瞳は冷静だ。力強い顎と口元は真剣だが、今にも微笑みそうに見える。しかも彼はデシーマと同じ意見だ。これは期待が持てそうだわ。

「それでも、ほかに選択肢がないんです。あなたがこの近辺に評判のいい宿屋をご存じないかぎりは」

アダムは厚地の外套の下に手を突っこみ、名刺入れを探った。メイド一人しか連れていないレディが、彼の提案をどう考えるかはわからない。だが、彼女の選択肢は、蚤《のみ》だらけの酔っ払いの巣窟に押しこまれるか、馬車の中で凍え死ぬかしかないのだ。

「僕の名刺です、マダム」彼女はそれを受け取り、じっくり見た。その機に乗じて、アダムは彼女を観察した。大きなグレーの瞳は、文字を読むあいだ、たっぷりしたまつげに隠れている。しゃれたグリーンのベルベットのボンネットの下からは茶色い髪がのぞき、固く引き結ばれた唇はふっくらして大きめだ。鼻と頬には、盛大にそばかすが散っている。

メイドが派手なくしゃみを連発し、彼女がそちらをちらりと見た。眉間にかすかなしわが寄っている。「お大事に、プルー」そうつぶやいてから、アダムに向き直った。その目はまっすぐ彼の顔を探っていた。彼女が考えこむように唇をすぼめたとき、アダムは身を乗りだして、そこに歯を立てたくなった。だが、まばたきをして雪を払い、自分を抑えた。

「ウェストン卿《きょう》ですね。私はミス・ロス、こちらはメイドのプルーデンス・ステイプルズです。ほかの選択肢をご存じなら、ぜひともお聞きしたいのですが」

遠回しに言ってもしかたない。「ここから十キロも行かないホイッセンダインの近くに、僕の狩猟用の別荘がある。この雪で馬車を操れるとは思えないが、僕には厩番が同行しているし、ハンター種の馬が二頭いる。そこで馬車から馬を切り離し、貴重品と大事な荷物だけを運ばせようと考えているんだ。厩番が馬の一頭に君のメイドを乗せ、僕がもう一頭に君を乗せていこう。そちらの御者は君の馬車に残りの荷物を積んで、その酒場に行って避難すればいいだろう。天気がよくなったら、僕の別荘に来てもらい、そこから君たちを目的地まで連れていく」

ミス・ロスは再度名刺を見下ろし、それから目を上げた。アダムが見ていると、彼女の唇が〝ウェストン子爵アダム・グランサム〟と言うようにわずかに動いた。ミス・ロスの背後で、メイドがたたみかけるようにくしゃみをした。「別荘には、ほかにどなたがいらっしゃるの？」今は礼儀作法と警戒心から緊張がうかがえるが、耳に心地いい声だ。

「今日は家政婦とメイド、それに従僕の三人がいる。明日はささやかなパーティを開く予定で、夫婦が二組やってくる。そのうちの一組がレディ・ウェンドーヴァーとその夫だ」

「その方たちがそこまでたどり着けたなら、の話ね」疑わしげというよりも考えこむような口調だった。「わかりました。ご親切な申し出に感謝します。御者に荷物を馬車の中に運ぶように言っていただけますか？　何を持っていくか決めますから」

アダムは命令を伝えると、自分の馬車まで引き返した。そこではベイツが身を縮めて立っていた。片手には二頭立て二輪馬車を引く馬の引き綱を、もう一方の手にはハンター種二頭の手綱を握っている。

「僕たち二人でアイアスとフォックスにご婦人がたを乗せ、葦毛《あしげ》に荷物を運ばせる。旅行用の鞄の中身を選《よ》り分けよう。おまえの衣類もそこにあるな？」

ベイツは不平の声をもらすと、ぐいと頭を動かして、後ろに縛りつけた使い古した鞄を指し示した。

「よろしい。では、葦毛を馬車からはずし、手綱を短くしてくれ」

もともと身軽に旅する習慣だったので、アダムはすばやく鞄一つに必要なものだけ詰めた。あの趣味のいいレディが必要なものを選びだせるのか、馬車にどれだけの荷物があるのかはわからない。アダムは残りの荷物を持って、ミス・ロスの馬車に向かった。地面の雪は分刻みで深くなっている。

「準備はできました」なんと二人の女性は分厚いフードつきの外套をまとって待っていた。

馬車の座席には旅行鞄が二つと、化粧道具入れがあった。

「もう荷造りが終わったとはありがたいな、ミス・ロス。さて、馬車の踏み段に立ってくれないか。君を馬まで運んでいこう」

大きなグレーの瞳がアダムをまじまじと見つめ、彼女は真っ赤になった。今、僕はなんと言った？　見知らぬ者を信じて同行するようなレディが、抱きかかえられるくらいで尻込みするものなのか？

「マダム？」

これまでアダムの前で自信たっぷりだった彼女が、急に怖《お》じ気《け》づいたようだった。「一言言っておかないと……私、背が百七十八センチあるんです」

2

雪の中、炭の袋のごとく運ばれる恥をさらすくらいなら、むしろ〈赤い雄鶏亭《おんどり》〉に数日間閉じこめられたほうがましだったかもしれない。おそらく男性二人がかりでなければ無理だろう。これまでの屈辱など、今とは比較にならない。申しでたとき、ウェストン卿《きょう》はこれほど背の高い女だとは思わなかったに違いない。

ウェストン卿は真剣な顔をしていた。もっとも、こんな雪の中では表情を読み取るのは難しい。「マダム、僕は百九十センチある。それと二センチ」彼は一瞬考えてつけ加えた。「一日じゅうここに立って靴や手袋や帽子の寸法を打ち明けるのも楽しそうだが、そろそろ出発したほうがいい」

「でも……」

ウェストン卿が悔しそうな顔をした。「僕が君を運べないと思っているのか、ミス・ロス？　それは男の沽券《こけん》にかかわるな」

デシーマはあわてて取りなした。「ウェストン卿。私はあなたに力がないなんて言ったつもりはありません——」背後のブルーが抑えたくすくす笑いをもらし、デシーマはからかわれていたのだと気づいた。背の高さをからかうなんて！　恥と憂鬱の原因としか思っていなかったのだから。

自分自身に、そして彼に怒りをおぼえ、デシーマは扉を開けて外に出た。吹きつけた冷たい風と雪に、言おうとしていた反論もぴたりと止まった。

まっすぐ体を起こさないうちに、デシーマは抱きあげられていた。彼の片腕は膝の裏側を、もう一方は背中を支えている。「左腕を僕の首に巻きつけてくれないかな？」彼はデシーマの体を持ちあげるときも、息を深く吸いこむことすらしなかった。

デシーマは言われたとおりにした。その際に体をもぞもぞ動かしたが、鼻先に近づいた彼の頬のあたりがかすかに赤らんだのを見て、ひねくれた喜びを感じた。あなたは自分が思っているほど力がないのかも。私も一緒に溝に落ちても困るけれど。

雪はどんどん激しさを増している。ウェストン卿が馬たちのもとに向かって進みはじめた。ゆっくりと注意深く、ブーツを履いた足を踏みだしていく。デシーマはこのきわめて奇妙な体験をじっくり味わった。男性の腕に抱かれるのは生まれて初めてだ。間違いなく二度とないだろう。これは人生を前向きに生きていこうという新年の誓いにぴったりだ。まずここから始めよう。初めての感覚にひたるのよ。

体に当たる彼の上半身の動きが心をざわめかせる。確かにウェストン卿は力が強く、筋肉が発達していた。紳士がこんな筋肉をつけるには、何をすればいいのだろうか？　三十二歳のチャールトンは、すでにおなかのあたりに贅肉《ぜいにく》がつきはじめている。のっぽの妹はおろか、よちよち歩きの子供を抱きあげても呼吸を乱すに違いない。ウェストン卿は何歳くらいだろう？　チャールトンと同じくらい？

安全なフードの奥から、デシーマはウェストン卿をじっくり観察した。横から見ると、顎は決意に満ちていて、鼻もそれに見あった形をしている。頬のあたりには、うっすらとひげが生えている――伸びれば、帽子の下から見える髪と同じ濃い茶色なのだろう。実に男らしい顔だ。それから、彼のまつげが途方もなく長く、しかもたっぷりあると気づき、デシーマはむっとした。私のよりも長くてたっぷりあるわ。なんて不公平なの？

横からでは瞳はよく見えない。そう考えたとき、ウェストン卿が首をまわして彼女を見た。最初にちらりと見たときよりも、グレーに近い。雪が反射しているせいかもしれない。でも、そこには銀色の光が躍っているように見える。デシーマがまばたきをしてまつげの雪を払ったとき、彼が微笑《ほほえ》みかけていた。考えもせずにデシーマも笑みを返した。

「大丈夫かい？　あともう少しだから」

「ええ、ええ。あの、私なら大丈夫です。ありがとう」ああ、ばかみたいにまくし立ててしまった。こうして運ばれることで、どうしてこんなに体が熱くなり、息切れするのだろう？　彼が私の重みでくずおれないとわかったのだから、どぎまぎするほどのことはないはずなのに。

デシーマは深く息を吸いこみ、においもまた官能的な感覚を呼び覚ますことに気づいた。ウェストン卿は柑橘《かんきつ》系の香りと革のにおいがする。それにほんのかすかだけれど、生気あふれる男性らしいにおいも。

何かがデシーマを奇妙な気持ちにさせた。内側からとろけさせ、酔わせるような感覚だ。そこではっとした。私が彼のにおいを感じるなら、彼も私のにおいを感じているはず。そう考えると、ひどく落ち着かなくなった。だからといって、自分はとくに魅力的なにおいというわけではない。カスチール石鹸《せっけん》とジャスミンの化粧水だけだ。彼が興味を抱いたり、心を乱されたりすると思うのはどうかしている。

「着いたよ」ウェストン卿は雪を踏みならし、デシーマをそこに立たせた。厩番《うまや》が不満のつぶやきとともに二頭のハンター種の手綱を主人に手渡した。

「馬車馬のほうは木につないでおいた」男はさっと首を曲げ、濃い葦《あし》毛《げ》の馬たちの場所を示した。

ウェストン卿は使用人のぞんざいな物言いと、しかめっ面にも気を悪くした様子はない。

「僕たちの荷物はもう縛りつけたな。では、ミス・ロスのメイドを連れてきてくれ。おい、君たち！」ウェストン卿は雪の中で背を丸めている御者たちに向かって声を張りあげた。

「馬車の中の荷物を出してくれ」しぶしぶと男の一人が馬を降り、重い足取りで厩番の後を追った。厩番は主人よりもかなり脚が短いので、賢くも彼の足跡を踏んで馬車に向かった。

「《慈しみ深きウェンセスラス王》の歌と同じね」王の足跡をたどる小姓を思いだし、デシーマは笑った。すると低いくすくす笑いが返ってきた。

「ベイツが心やさしい小姓だなんて想像もつかないな」そこでウェストン卿の声が鋭くなった。「だめだ！　フォックスに手を触れては――」

だが、すでにデシーマは馬の鼻面を撫《な》でていた。「おまえは本当にハンサムね。それに、とてもいい子だわ。こんなひどい雪の中で忍耐強く立っているんですもの。あら、どうかなさった？」ウェストン卿が歯のあいだから息をもらした。

「フォックスは厩番の息子たちに噛《か》みつくことでよく知られているんだ」

「私は厩番の息子じゃないもの」

「それはそうだ。どうやら、この馬はとんでもなく女好きらしい」デシーマがなおも栗毛《くりげ》を撫でていると、馬は主人よりももっと長いまつげをぱちぱちさせた。

「ええ、おまえはとっても美しいわ」力強い曲線を描く首とがっしりした胸を見ながら、デシーマは甘い声をかけた。「種馬なの？」考えもせずに下を見て確認する。「きっとそうね。とても立派だもの」

言葉が口からこぼれでたとたん、デシーマは自分の言ったことに気づいた。それも、誰に言ったのかを。いくら馬に詳しいといっても、これはレディが口にしていい台詞《せりふ》ではない。見ず知らずの他人の前で馬の……男性の特徴を挙げてしまったら、そのあと何を言えばいいのだろう？

馬車のほうから飛んできた怒りの金切り声に、デシーマは救われた。「下ろしてよ、この猿男！」プルーの罵倒はあえぎ声で途切れた。ベイツはどうやら逆巻く雪の中でメイドを肩にかつぎあげたようだ。その姿は興奮した子豚をたくさん入れた麻袋を運んでいるようでもあった。

彼らの歩みはのろかった。屈強だとしても、ベイツは痩せている。プルーは小柄だが、高さの足りない分をみごとな胸と、ふくよかな体つきで補っていた。あと数分もすれば、厩番は雪の中に沈んでしまうだろうとデシーマは確信した。

荷物を持った御者が楽々と二人を追い越し、荷物をウェストン卿の足元に落とした。「おれたちは〈赤い雄鶏亭〉に引き返します。雪が解けたら、どこにお嬢さんを迎えに行けばいいですか？」

よろける厩番を見ていたウェストン卿は、振り向いてポケットから名刺を取りだした。「ホイッセンダインの住人なら誰でも道を教えてくれるはずだ。荷物をちゃんと見張っていてくれよ」この指示に硬貨のかちんという音が続いた。御者はうやうやしく前髪を引っ張って礼をすると、厩番とすれ違うときに何か言い、さらにプルーを身もだえさせた。

「口をつぐんでなよ、ねえさん」ベイツが二人の前にたどり着き、いくらか乱暴にプルーを下ろした。怒りで顔を赤くしたプルーは、彼をののしろうとして口を開いたとたんに咳《せ》きこんだ。

「プルー、大丈夫?」デシーマは雪を踏みしだいて彼女のそばに行った。

「ちょっと寒いだけです」メイドはかすれ声で答え、ベイツのほうに険悪な視線を向けた。

「痩せっぽちの間抜けに、じゃがいもの袋みたいに運ばれたから、ひどくなったんです」

「君たちの準備ができたなら、すぐに出発しよう」ウェストン卿はこの小競り合いをあっさり受け流した。「ベイツ、荷物をしっかり縛りつけたら、先に馬に乗れ。僕がおまえの同乗者を抱えあげる」

二人が馬に乗ると、彼は振り返り、デシーマが足をかけられるように両手の指を組みあわせた。

「君を鞍《くら》に押しあげたら、後ろに僕が座るが、それでいいね?」

「もちろんです」デシーマは自信を持って手綱をつかみ、片足を上げたが、鞍の上に座ったとたんに疑念がわいた。男性用の鞍に横向きで乗るのはなんとかなるだろう。でも、ウェストン卿はどこに座るつもり?

彼はデシーマの後ろにひらりとまたがると、鐙《あぶみ》に足をかけたまま腰を浮かせて立ちあがり、気がつくとデシーマは持ちあげられていた。ウェストン卿が鞍に座り、彼女を再び下ろす。デシーマは今や彼の膝の上に座り、全体重は彼の腿にかかっていた。

「ウェストン卿！」

「なんだい、ミス・ロス？」ウェストン卿は身を乗りだしてベイツから葦毛の一頭の手綱を受け取ると、フォックスの首を四つ辻《よつじ》の右の方向に向けた。デシーマはお尻の下に彼の腿の動きを感じた。ウェストン卿の両腕は彼女の脇をしっかりと押さえている。鞍の前橋に押しつけられた腿が痛くても、デシーマは彼の体に身をもたせかけることしかできない。

「これではとても……ひどく……」

「居心地が悪い？　そうだろうね。だが、そのスカートで馬にまたがるのは無理だろう。それにフォックスの背に乗るのは危険だ。とくにこれほど道が悪いと」その言葉を裏付けるように馬がくぼみにはまって、あわてて飛びだした。「きっと溝だ」

ウェストン卿が体をひねり、デシーマは奇妙な感覚を味わいながら、うねる筋肉の上で体勢を保った。

「ベイツ、右側を行くんだぞ。僕のほうは端ぎりぎりのところにいる」ややあってウェストン卿が口を開いた。「君は乗馬が得意だろう、ミス・ロス」

「一番好きなことですもの」デシーマは褒め言葉に気をよくして打ち明けた。「父が馬にとても詳しくて、私も興味を持つようになったんです」

「お父上は繁殖にもかかわっていたんだね？」デシーマは危険を冒してウェストン卿の顔

をちらりと見た。けれども彼は前方の道に視線を据えたままだ。

「ええ、私が乗っている牝馬《ひんば》は、父と一緒に親を選んだの」

「そうか、君は万事心得ていると思ったんだ」わずかながらおもしろがっている様子なので、デシーマは顔が赤くなるのを感じた。やっぱり彼は私の乙女らしからぬ種馬発言を忘れていなかったんだわ。

「どうして乗馬が得意だと思ったんです？」

「君は馬に乗るみたいに、僕に乗っている。僕の動きに合わせて体重を移し替えているだろう」ありのままの事実を語る口調だったが、デシーマの耳には、思わせぶりではしたない言葉に聞こえた。というか、はしたない気分にさせるのだ。

「ごめんなさい。つかむところはないし、そうでもしないとバランスをとるのも難しくて」ウェストン卿の腿は感覚がなくなっているに違いない。そう思うと、新たな気恥ずかしさに襲われた。

「わかるよ」ウェストン卿の息がいくらか浅くなったように感じられた。冷たい空気の中で、あたたかい息が白く見える。「どうかな、僕の外套《がいとう》の前を開けて、その下から体に両腕をまわしてくれないだろうか。そうしたら、僕は手綱をつかんだまま、君の体を押さえられる。なんとか……じっと座っていてほしいんだ」デシーマが大きな貝ボタンに手を伸ばすために身をよじったとき、最後の言葉はかすれた声になった。彼女は苦労して外套の前を開け、両腕をウェストン卿の体にまわした。はためく外套を彼の両腕が押さえこんだ。デシーマはあたたかい男性のにおいのする薄闇の中にいた。

とても奇妙な感じだ。外の音はよく聞こえないのに、耳を押し当てた彼の胸からは心臓の鼓動が聞こえる。デシーマは彼の両脇をてのひらでそっと押さえた。なんて彼は大きいのかしら。

確かにこれで体をもぞもぞさせる必要はなくなった。けれどもさっきとはどこか違って感じられる。居心地よく落ち着いたところで、自分の体が何に触れているのかを理解した。ああ、どうしよう！　デシーマは突然身を硬くした。どうりで私に動いてほしくないはずだわ。この寒さもウェストン卿の男性としての本能を静める役には立たなかったようだ。

アダムはいくらか力を抜いた。おかげで彼女はもぞもぞしなくなった。あとは、ありがたくも冷えきった空気を深く吸いこみ、凍え死にしそうだとか、フォックスが脚を折るとかといった欲望をあおらない問題について考えることだ。一週間もたてば、この痛いほどに高まった状態も治まるかもしれない。

どうしてそばかすだらけの、のっぽの若い――いや、そう若くもないとわかったレディが、これほどの力を及ぼすのか、わけがわからない。きっと妹のたくらんだ縁結びの反動のせいだ。誰かに押しつけられた相手ではない女性を目にして、すぐさま惹《ひ》かれたのだろう。おまけに、彼女は月並みなレディでもない。アダムは口角を上げながら思いだした。ミス・ロスはフォックスのある部分について見識ある評価を下していた。まあ、雪嵐の中にレディと取り残された場合、神経質な若い娘よりは、ちょっと変わっているほうがずっといい。

アダムは外套でミス・ロスを包みこむために両腕に力をこめると、彼女の頭の上に顎をのせた。彼女がこの姿勢でいてくれたほうが、フォックスを操るのがずっと楽だ。それにあたたかいし、いまいましいことにずっと……興奮を高めてくれる。彼女のてのひらがアダムの体を押さえ、上着の厚みを通して彼女の心臓の鼓動と、胸のふくらみが感じられる。背の高さを恥ずかしく思っているようだが、腿の上の彼女は重いわけでもない。あとは彼女が腿のほかに、なんの上に乗っているかに気づいていないことを……理解していないことを祈るしかない。

おそらく一時間ほど、二人は無言でいた。アダムは鞍の上で身をよじり、厩番があとをついてきているか確認した。「大丈夫か、ベイツ？」

「このずんぐりむっくりのねえさんがいなきゃ、もっと楽だったんですがね」この発言は怒りの声とげんこつでどこかを叩《たた》く音に迎えられた。そのあとくしゃみが連続し、厩番の悲痛な声が続いた。「着いたころには、きっとおれも風邪をひいてるよ」

「彼はプルーをなんと呼んだの？」外套の下からくぐもった声が聞こえた。アダムは微笑んだ。

「ずんぐりむっくりのねえさんと。きっと彼は、君のメイドは立派な体を……いや、ぽっちゃりした女の子だと言いたかったんじゃないかな」

くすくす笑いが聞こえる。実にすばらしいくすくす笑いだ。いつもはアダムも、くすくす笑う娘たちに魅力を感じない。あの娘たちはまつげをぱちぱちさせて、彼のもっとも陳腐な言葉でさえも知性と教養の極致であるかのようにふるまう。

「プルーの体型はふつうなら絶賛されるんだけれど」

「そうだろうな。でも、彼女を賛美する者は雪嵐の中、揺れる馬の上で体を抱えるわけじゃないからね。ありがたい、道しるべが見えるぞ」あれがそうではなかったら、無駄骨を折ったことになる。アダムもベイツも体は鍛えているし、馬も頑丈だが、このままの状態をいつまで続けられるかはわからない。

ベイツが前に飛びだし、道しるべを読みあげた。「道は間違ってなかった」彼が声をかけた。「ハニーポット・ヒルですよ。あと二キロも行って右手の小道に入れば、そこから先は一キロもない」

あの奥まった小道には高い生け垣がある。雪がさえぎられているか、通り抜けられないくらい雪がたまっているかのどちらかだ。アダムは余計なことを考えずに丘を下る道を進んだ。足をすべらせた馬の様子を確かめながら、注意を周囲に向ける。

「雪がひどくなっているのね?」上着の中から声が響き、アダムはぱっと我に返った。ミス・ロスの静かな問いには恐怖のにおいが嗅ぎ取れる。だが、彼女はそれに負けるつもりはないようだ。

「ああ」嘘《うそ》をついてもしかたない。

「あなたならなんとかできるわ」

「ずいぶん自信ありげだね」

「自信がなければ、あなたについてこなかったもの」ミス・ロスがおもしろくもなさそうに言った。「私は大勢の愚かな男性たちと接してきたの。だから、そうじゃない人がいれば、すぐにわかるのよ」

「それが褒め言葉だといいのだが、ミス・ロス」

「もちろんそうよ。私の兄だったら、馬車にとどまっていればよかったと言うでしょうね。私が男性のエスコートもなしで旅を強行してどうなったか、何時間でもだらだら語りつづけるのよ。そして私は兄の首を絞めて、法によって裁かれる」

「どうして君の兄上の首を絞める？」今では丘のふもとにたどり着き、小道が前に開けていた。運よく、雪があまりない。「道はきれいなようだ」

「よかった。チャールトンのこと？　なぜなら兄は権威を振りかざし、偉そうで無神経だからよ。おまけに義理の姉に対して横暴なの。私にも横暴だったけれど、これからは違うわ」彼女は満足そうだ。

アダムはいつしか寒さでかじかんだ唇で笑っていた。「僕は判事として、それは正当防衛だと断言しよう。でも、どうしてこれからは違うんだ？」

「私の新年の誓いなの。そのうちの一つね」

「さあ、着いたよ」アダムはふうっと息を吐いた。今になってどんなに自分が緊張していたかに気づいた。ベイツと二人だけで危険に飛びこむのと、女性二人を危険にさらすのとではまったく話が違う。

ミス・ロスが身をよじり、アダムの外套から外をのぞいた。「着いたの？　ここはどこ？」

「すぐ先だ。明かりが見えないな。今日は誰も来ないと思って全員厨房《ちゆうぼう》に引っこんでいるんだろう」

馬たちは馬車道をしっかりした足取りで進み、厩の庭と屋敷の前庭を兼ねる場所にたどり着いた。ここにも明かりはない。いやな予感がアダムの胃をわしづかみにした。いったいどうなっている？　まだ四時を過ぎたばかりなのに。とにかく、まともな頭を持っていれば、みんな外に出てくるはずだ。

アダムは厨房の入り口のポーチに馬を寄せた。「馬からすべり降りてくれるかい？」ミス・ロスのウエストをとらえると、両手の力を抜いていく。手の下で生地が動き、ほっそりしたウエストからコルセットの芯に包まれた肋骨《ろっこつ》の固さを感じた。突然肉感的な胸のふくらみが触れたかと思うと、彼女の足が地面についた。ミス・ロスがどれほど背が高いかを忘れていた。背後でベイツたちの騒々しいやり取りが聞こえたが、アダムが意識できたのは、彼を見つめるきわめて冷ややかなグレーの瞳だけだった。

「誰もいないみたいだけれど」デシーマは静かに言いながら、自分の置かれた状況を痛感していた。これはおばたちが口をそろえて警告していた状況にほかならない。つまり、男はみなけだものだ。そして無垢《むく》な乙女を破滅に追いこむために、彼らはありとあらゆる策略と甘言で誘惑する。

「君はこんなふうに思っているんだろう？　僕は自分の二頭立て二輪馬車に君を誘い、情事に使う別宅に近づいたところで都合よく引き綱が切れてしまったと」ウェストン卿は同じく静かに尋ねると、ひらりと鞍から飛び降り、扉とがっしりした体のあいだにデシーマを封じこめた。

3

「今、考えているところよ」デシーマは正直に答えた。もしこれが罠《わな》で、ウェストン卿《きょう》の目的が乱暴だとしたら、行きあたりばったりもいいところだ。しかも雪嵐の中、女性を二人も連れてきたのだから、よほど切羽詰まっていることになる。「家が空っぽだとわかったとき、あなたは本当に驚いていたわ」

「信用してくれてありがとう、マダム」彼はお辞儀をした。

「信じるしかないんですもの。あなたが邪悪な女たらしだったとしても、性格を見誤った自分の判断力のなさにがっかりするだけだわ」

　この言葉に彼は大笑いした。「なんとしても、君の信用は守らなければいけないな、ミス・ロス。さて、扉に鍵がかかるか確かめてみよう」

「だんなさま」ベイツの声に、デシーマは振り返った。プルーはベイツに支えられながら、体を折り曲げて咳《せき》の発作に襲われていた。「こちらのねえさんがずいぶん調子が悪いみたいなんですが」

「プルー、どうしたの？」デシーマはメイドの体に腕をまわし、額に手を当てた。私はなんてひどいことをしたのだろう。雪がひどくなるとわかっていて、無理に旅をさせて。

「ひどい熱だわ。お願い、早く扉を開けてください。彼女を中に入れないと」

デシーマはプルーを抱きかかえて暗く寒い部屋に入った。ベイツが明かりを探してあちこち探っている。やがてランプがいくつも灯《とも》されると、そこは厨房《ちゅうぼう》だとわかった。調理用の炉も火がなく、そのそばの椅子にエプロンがきちんとかけてあった。

「ミセス・チティ！　エミリージェーン？」ウェストン卿が奥の扉を開けて怒鳴った。

「誰もいないな。ベイツ、馬を厩《うまや》に連れていって、休ませてくれ。それから一頭立て二輪馬車があるか確認してくれないか。みんなで町に買い物に行って、この天気で帰れなくなったに違いない」厩番は足音荒く出ていき、デシーマは震えるプルーを椅子に座らせた。

「すぐにベッドに寝かせないといけないわ。私はどちらの部屋をお借りできます？」

「二階だ。どこも暖炉があるし、ベッドの用意もできているはずだ。いちばん奥が僕の部屋だが、それ以外ならどこを使ってくれてもいい。さあ……」彼は鯨油のランプを取りあげた。「案内しよう」

「あなたはここの炉をつけて」デシーマはウェストン卿からランプを受け取ると、遠慮せずに言った。今は礼儀作法にこだわっている暇はない。「プルーのために熱い煉瓦《れんが》と、熱い飲み物、それから熱い食べ物が必要なの。さあ、行くわよ、プルー」

「すみません、ミス・デシー。どうしてこうなったか、さっぱりわからなくて」デシーマに立たせられ、部屋を出ながら、プルーがつぶやいた。

「熱が出たのよ。クリスマスのあいだ、ハーマイオニのメイドが熱病にかかっていたでしょう。きっとうつったのね。さあ、頑張って。すぐにベッドに寝かせてあげるから」寒い部屋の冷たいベッドに。ここにいるのは見知らぬ男性が二人だけ、しかも医者は何日も来そうもない。

二人はよろめきながら階段をのぼった。廊下を進みながら、デシーマは順番に部屋をのぞいていった。できれば、廊下に出ずに行き来できる隣りあった寝室が欲しい。廊下の突き当たりの手前で、ほぼ希望どおりの部屋が見つかった。広い寝室に小部屋がついていて、そこにも暖炉と小さなベッドがある。

「着いたわよ、プルー。ここならじきにあたたかくなるわ」プルーは椅子に座りこんだ。デシーマはランプの芯を使って暖炉の火をおこすと、ベッドを確かめた。冷たいけれど湿ってはいない。「ここで少し待っていて。荷物を持ってくるから」

荷物はすべて厨房の床に置いてあった。ウェストン卿は腰に手を当て、しかめっ面で炉を見つめている――まだ火はついていない。

「まだ火をおこしていなかったのね！」

「そうしようとしたんだ」ウェストン卿が言い返す。「薪《まき》が新しくて。通風調節の弁や仕

るが、それがしゃれた髪型なのか、単なる無精なのかはわからない。ランプの光を受けたグレーの瞳は、今はもっとグリーンがかって見える。それに、あの唇ときたら、見たこともないほど官能的だ。

デシーマはあわてて目をそらした。私はどうしてしまったの？　これまで男性の唇を見つめたことはなかったし、どれだけ官能的かなんて考えたこともない。それなのに唇の輪郭に見とれ、キスをしたらやわらかいのだろうかなどと想像している。

デシーマの背筋を恐怖の震えが駆け下りた。ウェストン卿が怖いわけではない。どういうわけか、この男性と一緒にいても、居心地の悪さを感じないのだから。どうしてだろう？　力の強い男盛りの見知らぬ男性と、付き添い《シャペロン》もなしに一つ屋根の下に閉じこめられたのだ。落ち着かなくて当然なのに。

そう、私は自分自身に恐怖を感じている。彼にあんな反応をしてしまうのが怖い。

今朝、反抗心が芽生えた新しいデシーマは、自分で決断し、前向きに生きようと固く決心した。このデシーマは今、とんでもなく奔放な想像をめぐらしている。ウェストン卿にキスしてほしい。もう一度てのひらであの広い肩に触れたい。寒さに震えるときではなく、あたたかく安全な室内で。彼の髪に触れ、力強い顎に指を這《は》わせたい。表情豊かなあの唇が自分に重なったらどんな感じだろう。

デシーマはなんとか妄想を振り払い、自制心を取り戻した。それでも、すでに自分の最悪の部分をウエストン卿が知っていると思うと、慰めにはなる。彼はデシーマの身長も知っているし、抱えて運んでくれた。そばかすだって気づいただろう。いずれにしても彼はなんの反応も見せなかった。

デシーマを見たときの男性の反応は、基本的に二つに分類できる。男性の親戚であれば、あきらめと失望。そばかすだらけの内気なのっぽに引きあわされた未婚男性ならば、警戒心だ。デシーマのほうは失望を押し隠すだけの礼儀正しさがあるかどうかで彼らを判断する。ただし、サー・ヘンリー・フレッシュフォードだけは別だ。ヘンリーはデシーマの目の高さほどの身長で、お互いの結婚はありえないということで意見が一致した。彼はすばらしい友人となり、二人は周囲にしつこく結婚を勧められる境遇を嘆きあった。そんなヘンリーという例外はあるが、これまでデシーマは親戚以外の男性を過剰に意識していた。でも、今は違う。

とりとめのない考えから抜けだしたとき、デシーマは自分もまた観察されていたと気づいた。

「さて、デシーマ。僕は及第点を取れたかな?」

どのくらい私は彼を見つめていたのだろう? そして彼はどのくらい前からそれに気づいていたのだろう? デシーマは明るく微笑《ほほえ》んだ。軽く受け止めよう。〝奔放な処女がキスを求めています〟なんて額に書いてあるわけではないのだから。

「ええ、合格よ。火をおこしたんですもの」

「炉の中に煉瓦を入れて、やかんを火にかけたよ」

「すばらしいわ。とすると、爆発しなかったのね？」デシーマはウィンザーチェアの一つに座り、外套《がいとう》の紐《ひも》をほどいた。「ブルーは眠ったわ。どの寝室の暖炉も火をおこしておいたから。あなたの部屋も含めてね。カーテンも引いておいたし」

ほんのわずかだが、濃い色の眉の一方が吊《つ》りあがった。「僕の寝室の暖炉に火をおこしてくれたって？　ありがとう、デシーマ」

デシーマの顔が火照った。「私に紳士の寝室の衝撃的な光景を見せないために、あなたが冷たいベッドに行く羽目になる必要もないと思って」

「確かにそうだな。それにミセス・チティがスキャンダルの名残も、空のブランデーの瓶も、脱ぎ捨てた下着もすべて片付けてくれている。あと、僕の名前はアダムだ。そっちを使ってくれないか？」

その受け答えにデシーマはつい微笑んでいた。「いいわ。これから数日間、一つ屋根の下で過ごすんですものね、アダム」とてもいい名前だし、彼に似合っている。デシーマはいくらか肩の力を抜いた。

「料理はできるかい？」

「ええと……ある程度は」実はお湯も沸かせないので、デシーマがすべてをまかされたら間違いなく全員が飢え死にする。きっとベイツなら料理できるだろう。「どんな食料があるか見てみましょうか？」

デシーマが戸棚に足を向けたとき、何かが崩れる大きな音と叫び声が聞こえた。彼女が外套を着て、いちばん大きなランプを取りあげるより先に、アダムが部屋を横切り、裏口の扉がばたんと開いた。明かりに照らされ、仰向けにひっくり返っているベイツの姿が見えた。飼い葉桶《おけ》の底からもれた水が凍って、不隠な光を放っていた。

この距離でも、ベイツの右脚が不自然な角度で曲がっているのがわかる。雪はすでにやみ、身を切るような寒さの中、すべてがきらきら輝いていた。

デシーマは再び室内に戻ってプルーの外套を取りあげると、おそるおそる凍りついた地面の上を進んだ。「さあ、これを」デシーマは厩番の肩を外套で覆った。「脚のほかに痛めたところはない？」

「いや、このくそ……お嬢さん、すみません」ベイツは唇まで真っ青だ。アダムに脚を触られ、彼はびくっとした。「ちくしょう！　ほっといてくれ！」

「ああ、そうだな。ここは居心地がよくてすてきなところだから、おまえを置き去りにして、凍え死ぬまでほうっておこうか？　それからミス・ロスの聞こえるところでは言葉に気をつけろよ」

「悪態をつかせてあげて。そのほうが楽になるわ。彼を動かす前に副え木《そぎ》をつけないと」

「時間がない。痛いだろうが、凍傷にかかるよりましだ。さあ、立ちあがるんだ、ベイツ」

アダムに体を起こされたときのベイツの声は、何キロも先まで響き渡ったに違いない。三人が家に入ったところで、デシーマはアダムを見た。「手当てはここで？ ここならあたたかいし、明るいわ」

「いや、僕が二階に連れていく。処置を施したら、もう動かしたくない。ベイツのために君が火をおこしたのは、どの部屋だ？」

「右の手前よ」デシーマは先に階段をのぼり、部屋を一瞥《いちべつ》した。そして壁からベッドを引き離し、次に反対側から押して、両側に人が通れるだけの隙間を作った。アダムが入ってきたとき、彼女はベッドの上がけを引きはがし、すべての蝋燭《ろうそく》に火を灯していた。「さあ、どうぞ。それで、どうしたらいい？」

「頼むから階下《した》に行ってくれ、ミス・ロス」アダムはベッドの上に身を乗りだし、同情を浮かべた目で厩番と視線を合わせた。「これから十五分ほどは、あまり楽しい状況ではないと思うんだ」

デシーマはため息をついた。男の人ときたら。知的で偉ぶらないと思ったこの人でさえ、こうなのだ。彼女は指を折って、品物を挙げていった。「ブーツと膝丈ズボン《ブリーチズ》を切るための鋭いナイフがいるわね。あとは副え木と包帯、阿片《あへん》チンキかしら。探してくるわ」

デシーマが戻ったとき、アダムは厩番の上半身を裸にして寝巻きを着せていた。デシーマはアダムにナイフを渡して、グラスに阿片チンキをついだ。「ミセス・チティの食料貯蔵室はすばらしいわ。さあ、ベイツ、これをのんで。ウェストン卿、ブランデーも必要かしら？　一瓶持ってきたんだけれど」

厩番は大きく薬をあおった。アダムが肩をすくめる。「ほんの少しだけあげてくれ。そのくらいなら害にならないだろう」

「副え木にぴったりの薪を見つけたの。包帯は繕い物のバスケットにあったシーツを引き裂いたわ」

「ありがとう、ミス・ロス。君は実に機転がきく」アダムは折れていないほうの脚からブーツをそっと脱がせると、もう一方の脚をじっくり眺めた。「さあ、頼むから出ていってくれ」

デシーマはきびすを返して扉に向かった。ここにいてベイツが苦しむところは見たくない。実を言うと、ブーツの下から何が出てくるのか、そして次に何が起きるか知りたくなかった。けれど、手を貸せるときに逃げだすのも臆病者に感じられた。

階段にたどり着く前に、むせび泣くような声が聞こえた。デシーマは部屋に引き返し、ベイツのベッドのそばにひざまずいた。「けつを上げてとっとと出てってくれ、お嬢さん」

ベイツが言い放った。

「好きなだけ悪態をつけばいいわ」デシーマは勇気づけるように言った。自分の顔が彼ほど青ざめていなければいいのだけれど。「私の両手をつかんで。だめよ、ウェストン卿」口を開こうとしたアダムをデシーマはさえぎった。「私はあなたたち二人が何を言おうと、〝けつを上げ〟たりしないから」

「ろばみたいに頑固じゃない女性に会ったことはあるか、ベイツ？」アダムが打ち解けた口調で言う。

「どうかな、だんなさま」

「君の言葉づかいにはいささかショックを受けたと言わざるを得ない、ミス・ロス。さぞや粗野な男たちと接していたんだろうな。さて、ベイツ、ブーツがすんだぞ。次はブリーチズだ。馬たちは無事か？　これがすんだら、おまえをあっちまで引っ張っていかないといけないか？」

「みんな元気ですって。それに、あったかくしてやったし」アダムはベイツの気をそらすために話しつづけているのだとデシーマは気づいた。

「一頭立て二輪馬車はあったか？　ベイツ？　思いだせ」白目をむいた厩番が、ぱっと意識を取り戻す。

「ああ、そうだった。馬車も馬もなかったっけ。みんな市場に行ったみたいで……こんちくしょう！」

「すまない。折れたのが一箇所だけか確かめる必要があったんだ。ふうむ。とにかく、骨は飛びだしてはいない。さあ、始めよう。のんびりしていたら、腫れがもっとひどくなる。好きなときに気絶していいぞ、ベイツ」

「ありがとう、だんなさま」ベイツはまったく感謝しているようではなかった。その後、楽しくないひとときがあり、ベイツはさらに顔色を失い、デシーマはたこのできた手で指を折られるのではないかと思った。アダムが続けざまに小さく悪態をついた。ベイツはあえぎ、がくりと倒れて意識を失った。

「気絶したわ」私は気分が悪くなったりしない。

「よかった。手を貸してほしいんだ。僕が引っ張って骨をあるべき位置に戻すから、そのあいだ君は膝のすぐ上を持ちあげていてくれないか？」

何がどうなっているか、考えてはだめ。これが馬なら、きちんとやっているわ。デシーマは下を向いているアダムの頭に視線を据え、ベイツが目覚めないことを祈りながら、じっと耐えた。

「よし。手を離していいよ。デシーマ？　手を離してくれ」

「ええ、そうね」デシーマは指を開いて、腰を落とした。「副え木と包帯は……」ごくりと唾をのみ、立ちあがる。「熱い煉瓦を持ってくるわ」その後厨房にたどり着くまで、ずっと独り言を言いつづけた。「ベイツとブルーには熱い煉瓦。ほかのベッドもあたためたほうがいいわね。煉瓦を包む布を見つけないと。あと、重い上がけが折れた脚にのらないように支えるものが必要だわ」

用意周到なミセス・チティは、食料貯蔵室の一角に縁縫いをしたフランネルの布を常備していた。デシーマは四つの煉瓦をそれで包むと、おぼつかない足取りで階段をのぼり、廊下で両脇に長枕を抱えるアダムと鉢合わせした。「ちょうどいい大きさの台が見つからないんだ。だが、これなら脚の両側に置いておけるだろうと思って。煉瓦を持ってきてくれたのか？　実にすばらしい。さあ、一つくれないか。君はメイドを見に行ってくれ」

プルーはすやすやと眠っていた。デシーマが熱い額に手を当て、ベッドの中に煉瓦を差し入れたときも目覚めなかった。彼女は朝まで眠ってくれるだろう。とはいえ、デシーマのほうはそうはいかない。今夜は長い夜になりそうだ。これほど気分が悪くなければいいのだけれど。

デシーマは自分のベッドに煉瓦を置いたあと、アダムのベッドに最後の一つを置きに行った。ベイツの部屋から苦悶《くもん》の声が聞こえ、その合間にアダムの声が聞こえる。もう耐えられない。人が苦しんでいるのだと思うと、吐き気がした。デシーマは体を折って、美しい洗面用の陶器の上に身を乗りだした。

「デシーマ？　どこにいるんだ？　ああ、ここにいたのか、かわいそうに。さあ、こっちに座って。飲むものをあげよう」

デシーマはアダムの手からぱっとグラスをつかむと、ごくりと飲んで咳《せ》きこんだ。蒸留酒が喉を焼きながらすべり下りていく。「ブランデーだわ！」

4

「ブランデーはよく効くからね。飲み干すんだ」朝食のあと何も口にしていないことを考えると、彼女は酔っ払ってしまうに違いない。けれども何にしても、苦しげな口元と動揺を浮かべた大きな目よりはいい。アダムはデシーマの震える手からグラスを取りあげて、ベッド脇のテーブルに置いた。「君は立派だったよ。君なしでは僕は何もできなかった」

「骨が動いたのがわかって、私……」デシーマは言葉を切って、片手を顔に当てた。「気分がましになったわ。ベイツの具合はどう？」

「よくなるよ。あのあと阿片《あへん》チンキをもう一度与えたら、蝋燭《ろうそく》が消えたみたいにまた意識を失った。あれで一晩じゅう目覚めなければ、明日の朝はそれほど悪くないはずだ」

「どうしてわかるの？」

デシーマが青ざめているので、アダムは心配になった。そうでなければ、とてもすてきな肌だ。なめらかで白くて、おいしそうなそばかすが散っている。まるで誰かが彼女の鼻と頬にごちそうを振りかけたようだった。あの一つ一つにキスをしていったら、どれくらい時間がかかるだろう。体のほかの部分にもあるのだろうか。

「十五歳のときに木から落ちて、同じところを折ったんだ。そのときに医者のやることを見ていた」

デシーマは立ちあがろうとしたが、どさりと座りこんだ。目を閉じている。「ああ、めまいがするわ。ショックのせいだと思うけれど」

アダムは微笑《ほほえ》んだ。すきっ腹にあれだけの酒を飲んだのだから、一、二時間はぼうっとしているだろう。「そのまま横になったら、ずっと気分がよくなるよ」彼はデシーマを枕にもたれさせた。彼女は眠たげに何かをつぶやくと、折りたたんだ上がけの下で丸くなった。「そうだ、ゆっくりおやすみ」

アダムはデシーマを見下ろし、奇妙な慈しみの心にとらわれた。はかなげなかわいらしい乙女とは言えないが、年齢と背の高さにもかかわらず、彼女にはとてももろいところがある。もろくて、それでいて闘う勇気をたっぷり持ちあわせている。デシーマが未婚のままというのが信じられない。確かに、背の高さで損をしているが、この個性的な顔立ちと鋭い知性があれば、大勢の背の高い紳士が結婚しようと先を争っているはずだ。

ここでの出来事を知ったらウェストン子爵に決闘を申しこむような大柄な婚約者がいて、どこかで心配しているのだろう。もちろん決闘になるようなことは何も起こらない。だが、僕と二人きりでいるだけでも、間違いなく醜聞になる。そのことについては、これから考えなくてはならない。

それまで、静かな寝息をたててすやすやと眠るデシーマをどうしたらいいだろう？　靴を履いたまま眠っているのだから、とても心地いいとは言えないはずだ。当然、コルセットの紐《ひも》も締めたままだ。そう考えたとき、前庭で彼女を地面に降ろしたときに手に感じた体を思いだした。

暴走する想像力に顔をしかめると、アダムはデシーマに上がけをかけて部屋を出た。

その夜アダムは二階をさらに二度見回りした。火が消えてはまずいからだ。メイドとベイツのベッド脇には飲み水を置いた。おかげでデシーマから離れていられた。男の部屋で目覚めたときに、当の本人がいては彼女も気まずいだろう。

合間に戸棚にあったスティルトンチーズをひとかけらと、瓶に詰めたミセス・チティ特製のピクルスを食べた。だが七時にもなると、何かを探さなくては飢え死にしてしまうという気がしてきた。

そのとき厨房《ちゆうぼう》の扉がきいっと音をたて、デシーマが戸口に姿を現した。起き抜けの顔は紅潮し、肩にはショールをかけている。髪も乱れているが、アダムはもっとくしゃくしゃに乱したくなった。彼は急いで立ちあがったものの、椅子に座ってしっかり脚を組んでいたほうがいいと気づかされた。

「眠ってしまったのね」デシーマが非難するように言った。「あなたのベッドで。チャールトンが知ったら烈火のごとく怒るわ」

「僕が君を抱きあげて、君のベッドまで運んでいたら、チャールトンはもっと怒ると思うよ。彼は決闘を申しこむと思うかい？」

デシーマはその言葉にくすくす笑いながら、部屋に入ってきた。「それを想像すると笑えるわ。気性もそうだけれど、チャールトンは体格も闘いに向いていないの。ベイッとプルーはまだ眠っているわ。私は飢え死にしそう」

「僕もなんだ。さて、君はいくらか料理ができると言っていたね」

「大げさに言ったの……いえ、嘘《うそ》をついたのよ」デシーマは顔を赤らめ、爪先を見つめた。「正直に打ち明けたほうがよさそうね。どこから取りかかっていいのかもわからないくらいなの。戸棚をのぞいてみたらどうかしら？」

ダイニングルームは氷室ほどに冷えきっていたので、二人が厨房のテーブルに並べたのは調理の必要がないものばかりだった。冷たい羊の肉、チーズ、パンとバター。そしてプラムケーキをエールで胃に流しこんだ。デシーマの場合は水だったが、アダムはこれほど食事を楽しんだ覚えがなかった。

まず、食欲の旺盛な女性と食事をするのが喜びだ。デシーマはレディらしく見せるために何も口にせずに料理をもてあそぶようなまねはしなかった。礼儀作法にもこだわらず、摂政皇太子の建築の趣味について論じあったときには熱が入りすぎてテーブルに肘をつくし、話題が馬の血統に及んだ際には自説を強調するためにナイフを振りあげていた。アダムが〈オールマックス〉の女性後援者二人とウェリントン公爵との不道徳な話を披露すると、彼女は我を忘れて体を折り曲げ、大笑いした。

「まさか！　あの人たちがそんなまねを？　二人ともだなんてありえないわ」笑いすぎて、デシーマは顔を真っ赤にしてあえいだ。

「君に教えなきゃよかったよ」アダムは悔やんだかのように言った。問題は、アダムと一緒にいるとデシーマがくつろいで見えることだった。それに彼女はとても個性的だ。ロンドン社交界にいる、派手な若い既婚女性の一人と話しているような感じなのだ。ただし、デシーマはそういう洗練されたレディたちが失った、好ましい無垢《むく》な雰囲気を醸しだしている。

「そうね」デシーマは目をきらきらさせて同意した。「でも、教えてくれてありがとう。私が社交界にデビューしたとき、彼女たちに踏みつけにされたんですもの。そんな厄介な状況に追いこまれたあの人たちを想像できるだけでも、すばらしいわ」

「どうして踏みつけにされたんだ？」デシーマに意地悪する人間がいるなんて信じられない。「あの退屈な決まり事を破るとか、承認される前にワルツを踊ったとか、不届き千万なことをしたのかい？」

「ワルツ？」デシーマは頭がどうかしたのではないかと言いたげにアダムを見つめた。「どこの誰が百七十八センチの女とワルツを踊りたいと思うの？」

「僕は思うよ」アダムはあっさりと言った。「君はワルツを踊れないということ？」

「踊れるわ。ただ実践したことがないだけ。チャールトンがレッスンを受けさせたのよ。かわいそうなシニョール・マッツェティ。彼は最善を尽くしたけれど、彼が近づいてくると……」デシーマは顔を赤らめ、手を振って胸のあたりを漠然と指した。「この辺に顔が来てしまうの。彼はどこを見ればいいか途方に暮れていたみたいね。恥ずかしさのあまり、私は何度も彼の足につまずいたわ。だからワルツを申しこまれなかったのはいいことだったのよ」

「とにかく、僕なら君よりずっと背丈があるし、どこを見ればいいかもちゃんとわかる。足だって君に踏まれても、充分耐えられる大きさだ」アダムは皿を押しやると、立ちあがった。確かに僕は頭がどうかしているに違いない。「お手をどうぞ」

「なんですって？　ここで？」デシーマもまた彼の頭がどうかしていると思っていた。「音楽もないし、いったい誰がここの後片付けをするの？」

「そう、ここでだ。僕が鼻歌を歌うし、後片付けはあとですればいい。さて、テーブルのこちら側に来てくれ。君のスカートが炉に飛んでいっても困る」

すばらしいグレーの目が見開かれ、デシーマが恐怖と茶目っ気のまじったまなざしを向けた。アダムは茶目っ気のほうが気に入った。「飛んでいく?」

「僕は元気いっぱいのワルツの名手だからね。ミス・ロス、僕とダンスはいかがですか?」

再び低いくすくす笑いが起こった。デシーマは立ちあがると、さっとお辞儀をした。

「ありがとうございます。でも、私は後援者の承認を受けていないと思うんですけれど」

アダムはデシーマを腕に引き寄せた。ああ、いい感じだ。「後援者なんてどうでもいいさ。さあ、一、二、三……」

アダムの言うとおりだわ。シニョール・マッツェティと踊るのとはまったく違う。それに私はワルツが踊れる。冬向けの屋外用の靴と分厚いスカートにもかかわらず、厨房のテーブルやバターの攪拌器《かくはんき》、調理台や小麦粉の貯蔵箱のあいだをくるくるまわっていた。アダムの口ずさむダンスのリズムに合わせて笑い、彼の腕の中で何回転もした。最後にはふらついて、気がつくと彼の胸にもたれていた。

「ごめんなさい」息が切れている。運動し、笑ったせいでもあるが、奇妙な興奮のうずきもあった。「さっきのブランデーが……ちょっと酔ってしまったみたい」

「少し休むといい」アダムは彼女をじっと見つめていた。あの不思議な落ち着かない気持ちにさせる瞳の色は、蝋燭の炎を受けてグリーンに見える。「ちょっとじっとして」彼はデシーマから手を放さなかった。片手をウエストにかけたまま、彼女の手を握るもう一方の手をウエストの高さまで下ろした。

アダムの息も浅かった——思っていたよりも激しいダンスだったに違いない。デシーマは自分が彼に引き寄せられるのを感じた。あの熱っぽい瞳が、彼女を魅了する官能的な唇が近づいてくる。

デシーマの唇がおのずと開いた。ああ……この気持ちは何？　息が苦しくて、とても熱く、感じやすくなっている。まるでむき出しの肌をベルベットで撫《な》でられているような感じ。あんなにブランデーを飲むべきではなかった。あれが未婚の女性に禁じられているのも当然だ。「考えたんだけれど……」

「何も考えないで」アダムの唇はすぐそばまで迫っていた。あとはデシーマがほんの少しだけ爪先立ちし、ほんの少しだけもたれかかって顔を上げればいい。目は閉じていた。あともう少しで実現する。

唇の上をあたたかい息がかすめた。アダムのにおいだ。あの冷えきった乗馬のときから忘れられなかった。柑橘《かんきつ》系と革と、今は心を乱し、興奮を高める麝香《じゃこう》のような熱い男性の香りがする。

「デシーマ」唇のすぐ上でつぶやかれたその言葉は、胸に直接響いてきた。

そのとき、上の階で扉がばたんと開く音がした。次いで弱々しい声が聞こえた。「ミス・デシー？」デシーマは目をぱちりと開いて、よろめくように後ろに下がると、両手で椅子の背をつかんだ。

「プルーだわ。目が覚めたのね。私、すぐに……見てこないと」彼女は身をひるがえした。

プルーはおぼつかない足で、開いた戸口に立っていた。アダムが階段の上のテーブルに置いた大きな燭台《しょくだい》の蝋燭の明かりに、目をぱちぱちさせている。

「ベッドに戻りなさい。プルー、そこは寒いわ」

「用を足したいんです。おまるが見つからなくて」

とにかく、これは急を要する実際的な問題だ。デシーマはその答えを知っていた。「屋敷内に水洗の厠《かわや》があるの。この脇の廊下の奥よ」

異なる理由で足元がおぼつかなかった二人は、近代的で贅沢《ぜいたく》な設備に目をみはった。プルーがふらつきながら中に入って扉を閉めると、残されたデシーマは、厨房でのふるまいを考えた。ダンスの興奮がまだ体で脈打っている。でも、その奥底には、満たされない願望の鋭い痛みがあった。アダムはもう少しでキスをするところだった。デシーマは彼にキスをしてほしかった。今、体は不満を訴えることで彼女を罰しているのだ。

どうして私の体は、経験したこともないものを知っているの？　デシーマはぼんやりと考えながら、両手で腕をこすって、奇妙な震えを追い払った。呼吸は苦しく、コルセットがきつくなった気がする。それに下半身のある場所が熱く溶けだしたかのように感じられ、ひどく心をかき乱す。

これからどんな顔をして彼に会えばいいの？　必死に愛撫《あいぶ》を求める行き遅れだと思われた。そう考えたところで、チャールトンとともに置き去りにしたはずの口やかましい声が彼女を非難した〝まさにそのとおりよ。ハンサムな男性に身を投げだす必死な処女じゃないの〟

金属がかちかちいう音に水の流れる音が続き、このうれしくない真実を強調する効果音となった。姿を現したプルーは、混乱したように目をしばたたかせてデシーマを見つめた。

「あたしたち、どこにいるんですか、ミス・デシー？　ここは〈輝ける太陽亭〉じゃないですよね？」

「違うわ、プルー。ここはウェストン卿《きょう》のお宅なの。雪の中、彼に助けてもらったのを覚えていない？」デシーマは説明しながら、まだふらつくプルーを部屋のほうに促した。

「雪？　雪なんかありましたっけ、ミス・デシー。それに貴族さまなんて。ああ、頭が……」

デシーマはくしゃくしゃのシーツを引っ張って伸ばし、枕を叩《たた》いてふくらませると、メイドをベッドに寝かせた。「私たちは雪に閉じこめられているのよ、プルー。あなたは具合がよくないけれど、ここにいるなら安全よ」その嘘に、デシーマは心の中でひるんだ。プルーは無事だろうが、彼女の女主人は最低最悪の危機に瀕《ひん》している。「さあ、水を飲みなさい」そういえば、子供のころ寝こんだときに料理人が飲み物を作ってくれた。大麦湯だったかしら？「おなかはすいていない？」その問いかけに、しかめっ面が返ってきた。

「熱い飲み物は？」

「いいえ、ミス・デシー。ただ眠りたいだけです」

今はベッドも充分あたたかいようだし、ついたての向こうでは暖炉が燃えて、部屋は心地いい。デシーマは唇を噛《か》み、扉を少し開けた状態で部屋を出ると、ベイツの様子を見に行った。彼は高いびきでぐっすり眠っていた。デシーマは火をかき起こしてから、自分とアダムの部屋の火を確かめに行き、階下に戻るのを先延ばしにした。

厨房の扉の前で息を深く吸いこみ、落ち着きを取り戻そうとした。そのとき、かつてのように猫背になっているのに気づいた。以前は背の高さをごまかそうとそんなふうにしていた。思う存分人生を生きるというのは、自分の過ちの責任を取ることでもあるらしい。しっかりしなさい、デシーマ。胸を張ると、デシーマは厨房にすべりこんだ。

アダムは影も形もなかったが、流し場から物音が聞こえた。扉をまわってのぞきこんだとき、恥ずかしさは消えて、くすくす笑いがもれた。屋敷の主人が巨大な白いエプロンをかけて、湯を張ったたらいに両手をつけて勢いよく皿をこすっていたのだ。「いったい何をしているの？」

「後片付けじゃないか。ちょうど炉で湯が沸いたから、さっさと片付けようと思ったんだ」

「すごく感動したわ」デシーマは正直に言った。

アダムが真剣なまなざしを向けてきた。「この炭酸ソーダというのは実に恐ろしい代物だね。メイドたちの手は荒れているんだろうな」

「どこかに軟膏《なんこう》があるはずよ。うちの料理人が使っているもの」デシーマは探しはじめた。「炭酸ソーダの結晶の瓶の隣にあったわ。きれいな水で手を洗って拭いたら、これをすりこむといいわよ」

アダムは最後の皿を取りだすと、デシーマの言ったとおりにし、軟膏のにおいに鼻をゆがめた。「羊のにおいがするぞ」

「どうして薬剤師は考案しなかったのかしら?」デシーマは布巾を探しだして皿を拭きはじめた。「食器を洗う紳士のためのハンドクリームを。瓶にはあなたの紋章をつけて売ればいいわ。〝ウェストン卿の皿洗い用特別軟膏、厨房つきメイドもウェストン卿のようにすべすべの肌に〟ってね」

「生意気なお嬢さんだ」アダムが楽しげに言った。皿を片付け、戸棚を探るあいだ、デシーマは彼の視線を感じていた。だが、そこに官能的な熱いものはなかったので、気が楽になった。二人がすぐそばに立っていたのも、彼の唇がもう少しで重なると思ったのも、単なる想像だったのだ。「何を探している?」

「プルーがまた目覚めたときに食べさせるものを。ベイツにも何か食べさせなければいけないわ。そのあとで、私たちも朝食をとらないと。ああ、そうだわ、プルーに大麦湯が必要なの」

「だったら、食料貯蔵室を見てみよう」

　三十分後、厨房のテーブルの端に帳面が山と積まれ、反対側には小さな瓶が並べられた。デシーマは満足げに見渡した。「ミセス・チティはすばらしいわ。咳止《せきど》めシロップばかりか、頭痛用の粉薬とラベンダー水まであるなんて。おまけに赤い帳面には治療法と薬の調合法がびっしり書き記してあったわ」

　アダムは帳面をめくっていった。「大麦湯の作り方がここに書いてある。大麦を一晩ひたしておかないといけないみたいだ」彼が目を通しているあいだに、デシーマは穀物の入った箱をくまなく確認し、大麦を探し当てた。「熱い湯に。朝になったらレモンの果汁と砂糖を加える」

「レモンはないわ。でもりんごの果汁はあるわね」デシーマはアダムの肩越しにのぞきこんだ。「〝煎じたコバンソウ〟……なんなのかしら？」

「風邪の特効薬みたいだな。ラム酒を煮立ててバターを加えるのか。試してみよう」

「何よりも先にパンを焼かないといけないわ」デシーマは調理法の書かれた帳面の一冊を

取りあげた。「ひとかたまりしか残っていないもの。羊の肉にしても、これだけで生き延びるのは無理よ」

　アダムは椅子の上で体をひねると、デシーマに笑いかけた。「退屈することはなさそうだな、ミス・ロス」デシーマの心臓が飛びはねたが、彼は再び調理法の書かれた帳面に見入った。「七面鳥と牡蠣《かき》の煮こみ……これによると、山ほどの牡蠣とパンひとかたまりとレモンが必要だ。パンはある」

「でも七面鳥も牡蠣もないわよ」デシーマはもっともな指摘をした。「パンの作り方なんてあまりに基本的すぎて、ここに書き記すほどではないと思っていないといいのだけれど」彼女は大きなあくびをした。「もうベッドに行くわ」

　アダムは湯を満たした金属製の容器を両手に持って二階にのぼった。「僕は有能な従僕になれると思わないか？」容器の一つをデシーマの洗面台に置くと、戸口で足を止める。

「おやすみ、デシーマ」額に落ちたキスは一瞬で、デシーマは扉が閉まったあとも驚きに目を見開いていた。

「おやすみなさい、アダム」無愛想な扉に向かってつぶやいた。これは私が夢見ていたキスじゃないわ。愚かな自分に小さく微笑み、彼女はベッドの上がけをめくって、服を脱ぎはじめた。

5

デシーマは二時間ほど眠ったあと、隣の部屋から聞こえてきた音で目が覚めた。「今行くわ！」だが返事はなく、プルーは熱に浮かされてうわごとを言うだけだった。額は燃えるように熱く、うめいたり、咳《せ》きこんだりしてのたうちまわった。

デシーマはベッドのそばに座り、プルーの熱い顔を冷たい水を含ませた布でぬぐいながら、やさしく話しかけた。患者が汗をかいていないなら、事は深刻だと聞いた覚えがある。けれど、どうしたらいいのかはわからない。プルーの頭を支えて水を飲ませようとしても、うまくいかなかった。きれいなハンカチを水にひたして、それを乾いた唇のあいだに垂らしてみた。プルーは弱々しく水滴を吸い、数回それを繰り返すうちに落ち着いてきた。

廊下のほうから足音とつぶやきが聞こえる。アダムが寝ずにベイツの面倒を見ているのだ。デシーマは座って暖炉の火を見つめ、突然衝撃とともに気づいた。アダム・グランサムがいい人で、なんと幸運だったのだろう。根っからの放蕩者《ほうとうもの》の危険もあったのだ。もっとも、知性とユーモアの浮かぶあの揺るぎないグレーグリーンの瞳を見た最初の瞬間から、恐怖はまったく感じなかった。

けれどもまさかここまでとは期待していなかった。紳士が――それも貴族の紳士が、屈託なく楽しげに家事や怪我人《けがにん》の世話をするとは。しかも自分の不便は気にしない。切羽詰まっていれば、チャールトンでも火をおこし、戸棚をあさって食べ物を探すかもしれない。だが、あり合わせの食事を満足げに食べたり、後片付けをしたりすることは、ありえない。

時計が午前三時を打った。水はほとんどなくなり、火も消えかかっている。扉の外もすっかり静まり返ったようだ。デシーマはぎこちなく伸びをすると、暖炉に近づいて火をかき立て、それから水差しを取りあげた。プルーが比較的落ち着いている今、水を入れに行くのがいちばんいいだろう。

向かい側にあるベイツの部屋の扉は開いていた。燭台《しょくだい》の明かりが暗い廊下に明るい光の帯を投げかけている。デシーマは中をのぞいてみた。厩番《うまやばん》は仰向けに横たわり、目を閉じている。アダムの姿は見えなかった。爪先立ちで階段に向かったとき、近づいてくる足音が聞こえ、ぴたりと立ち止まった。やがて厠《かわや》に通じる廊下から、アダムが現れた。タオルに慎み深く覆われたものを持っている。

アダムはデシーマを見て微笑《ほほえ》んだ。薄暗がりの中で彼の歯が白く光った。「おはよう、デシーマ」デシーマはタオルにくるまれたおまるから目をそらし、アダムの着ている金襴《きんらん》のドレッシングガウンに目を留めた。東洋産のシルクのようだ。深紅の地を背景に派手な黒い竜が身をくねらせ、その口から金の炎を噴きだしている。贅沢《ぜいたく》でエキゾチックで、しかもこのうえなく男性的だ。

「なんてすてきなの！」

「そうかな、ありがとう、ミス・ロス」

「あなたのガウンのことを言ったのよ」デシーマは非難するように言い返し、アダムの素足を見つめないように努めた。どうして男性の素足がこれほど心を乱すのか、わからない。いずれにしても、とても冷たくて、ベッドの中ではさぞ……。きわめて不適切な考えにとらわれ、デシーマは目を伏せた。そのときガウンも着ていない自分の姿に気づいた。アダムの興味津々のまなざしと彼女のあいだを隔てるのは、薄いネグリジェ一枚だけだった。

「なんてすてきなんだ」アダムは楽しげにデシーマと同じ台詞《せりふ》を口にした。「田舎の屋敷というのは、夜には寝室の前の廊下が混みあうものだ。色事の用事やら何やらで客たちが部屋を入れ替わるからね。そして今ここにいる僕たちは、お互いが看病のことしか考えていないときている」

その目の輝きから、アダムの心は別の場所にあるとわかる。デシーマは顔が火照るのを感じ、薄いコットンの下から胸の先端が突きだしているのに気づいてぞっとした。これは寒さのせいだ。

「水を取りに行かないと」デシーマはうわずった声で言うと、階段を駆け下りた。

「やかんを火にかけておいてくれるかな？」デシーマが階段を下りて玄関ホールに着いたとき、アダムが呼びかけた。「僕もすぐに下りていくから」

「わかったわ」彼女は水差しに水を入れ、やかんを火にかけた。ところが炉の熱で体があたたかくなっても、胸の先端は硬くとがったままだった。

ありがたいことに二階に戻ったとき、アダムの姿はなかった。デシーマは自分のドレッシングガウンを羽織ったが、それでも心もとない。荷物を減らすために、とくに薄手のものを選んだからだ。

プルーは濡《ぬ》れたハンカチから飢えたように水分を吸った。そこでデシーマは彼女の唇にカップをあてがった。今度はうまくいったので、頭痛薬をほんの少し水に溶かしてのませてみた。

背後の扉が開いた。デシーマが振り返るより先に、やわらかで厚いシルクの金襴のドレッシングガウンがそっと肩にかけられた。

「これは……？」

「しっ」アダムが身を乗りだして、ベッド脇のテーブルに紅茶のカップを置いた。「二着持っているんだ。さあ、袖を通してごらん」

デシーマは立ちあがってガウンをきちんと着た。琥珀《こはく》色の厚地のシルクで、乳白色と金、

伸びをしながら、風呂に入ってデシーマに背中をこすってもらうところを想像した。肩をブラシで泡立てて、彼女の……。やめろ。おかげで体が目覚めてしまった。いったいどうしたんだ？　何が自分を悩ませているのかは謎でもなんでもない。ただ、魅力的な愛人のベッドを出てから数日しかたっていないのに、なぜ婚期を過ぎた痩せっぽちに欲望を感じるのかがわからない。

アダムは廊下を横切り、扉に耳を押し当てた。何も聞こえない。そっと扉を開けると、椅子に座ったまま、つらそうな姿勢で眠るデシーマを見つけた。プルーの眠るベッドに突っ伏している。アダムは部屋の端を通ってメイドの額に手の甲を当ててみた。熱はあるようだが、汗をかいているし、ぐっすり眠っている。熱病は峠を越したのだ。

彼は長いあいだ立ち尽くし、デシーマを見下ろしていた。驚いたことに、先ほどまでの悩ましげな想像が、守りたいという気持ちに変わっている。窮屈そうに背を丸め、上がけに顔を押しつけている彼女の姿は、滑稽に見えてもいいはずだった。だが、頬に落ちる一筋の巻き毛が息をするたびにかすかに揺れて、彼女はとても魅力的だった。

アダムは慎重にデシーマの体を起こし、腕に抱きあげて彼女の寝室に向かった。ベッドの上がけは起きたときのままめくれていた。彼はベッドのへこみにデシーマを横たえると、ネグリジェの裾をまっすぐに直し、子山羊《こやぎ》革の室内履きを脱がせて上がけをかけた。彼女は身じろぎすらしなかった。

アダムは、自分がデシーマを抱えて丘を何キロも歩いたような息をしているのに気づいた。それに、不快なほど体は興奮している。ああ！　処女をもてあそんだり、避難場所を求めてきた上流婦人の弱みにつけこんだりしてはならない。レディの寝室に立って、雪の中で馬に乗り、自分の腿の上で長く力強い脚がたわむ強烈で官能的な感覚を思いだすなどもってのほかだ。

しかも、彼女はまったくその気になっていないのだ。即興のワルツを踊ってアダムがもう少しでキスをしそうになったときも、夜中の廊下で無垢《むく》なすばらしい姿をさらし、彼にからかわれてうろたえたときも、不意打ちを食らった様子だった。

デシーマに会った男たちはどこかおかしいのか？　彼女はなぜ結婚していない？　デシーマは背の高さを意識しすぎているが、それはなぜだ？　確かに彼女ほど背の高い女性はめったにいない。しかし、社交界にはアダムのようにデシーマの優雅さと美しさと生来の魅力に惹《ひ》かれる背の高い男は大勢いる。

アダムは火をかき立てるために暖炉に近づくと、木片崩しのゲームをするようにそっと木のかけらを置いた。金がないのだろうか？　持参金がないのは大きな足かせとなる。だが、彼女のドレスの仕立てや豪華な貸し馬車、それに御者を二人も雇っていたことを考えると、その推論も当てはまらない。

ベッドに横たわる姿を名残惜しげに一瞥《いちべつ》すると、アダムは暖炉の火を見にほかの部屋に行った。そして自分の寝室の冷たい水で手を洗って着替えたあと、雑事を片付けに階下に下りていった。

デシーマはゆっくりと目覚めた。やわらかなベッドで、すばらしいシルクのシーツにもうしばらく包まれていたかった。シルクのシーツ？　彼女はぱっと目を開けた。足にまつわりつくのは厚地の東洋のドレッシングガウンだ。

「どうやってベッドに戻ったのかしら？」上体を起こして、冷たい朝の日差しの中で部屋を見まわした。毛布がマットレスにたくしこんであるし、室内履きは暖炉の火の前にきちんと並べて置いてあった。暖炉の火はついたての向こうで勢いよく燃えている。「ああ、なんてことなの。彼が私を運んだんだわ」

デシーマはどさりとベッドに仰向けになった。今もドレッシングガウンのベルトは締めているし、その裾も、ネグリジェの裾も慎み深くふくらはぎまで覆っている。けれども、少しも心は安らげない。デシーマの想像力は背の高い人影がベッドに覆いかぶさり、着ているものを撫《な》で下ろし、指先が足首をかすめる鮮やかな光景を浮かびあがらせた。

熱くとろけるような、奇妙な感覚がよみがえり、デシーマは落ち着きを失った。体は緊張している。まさかプルーの熱病がうつったの？

プルー！　ベッドに横たわって、アダム・グランサムに抱く乙女らしからぬ不適切な妄想に抗《あらが》っているわけにはいかない。かわいそうなメイドを看病しなくては。デシーマはあわててベッドから出ると、彼女の様子を確かめに行った。

「プルー？　起きたの？」

「ミス・デシー？　ああ、頭が」

デシーマはそっとプルーの額に触れた。熱いけれども汗ばんでいるし、ゆうべのような錯乱した表情もない。

「そのまま寝ていて、プルー。ひどい熱病にかかったのよ。お茶を一杯飲みたいんじゃない？」

「ええ、お願いします、ミス・デシー」プルーが起きあがろうとしたので、デシーマが手を貸して枕にもたれさせた。「お嬢さまが私の世話をする必要はないはずです。メイドはどこにいるんです？」

「ここには使用人が誰もいないのよ、プルー。さあ、このショールを肩にかけてあげましょう。私たち、雪のせいでウェストン卿《きょう》と、脚を折った厩番とともにここに閉じこめられているの」プルーが目をみはったが、言われたことは理解しているように見えた。「これから朝食を探してくるわ。そのあとで体をきれいにしてから寝巻きを替えましょう」

階下にアダムの気配はなかったが、前庭に目を向けると、厩の戸が開いていた。凍《い》てつく空気の中で湯気の立つ藁《わら》を山盛りにした手押し車が見える。室内では炉に赤々と火が燃え、扉の脇には濡れた薪《まき》が積んであった。

二十分後、デシーマはトレイを持って階段をのぼっていた。努力のかいあって、寒さのおかげでまだ傷んでいないミルクが見つかった。それを火にかけ、ちぎったパンと砂糖とシナモンを入れた。

プルーはせっせとスプーンで口に運び、お茶を飲んだ。だが、デシーマが彼女を厠に連れていったときには、抱きかかえて引き返さなくてはならなかった。ベッドに戻るやいなやプルーは眠りに落ちた。

デシーマは自分に言い聞かせた。プルーにとっては眠れば眠るほどいいはずだ。着替えはあとでもかまわない。ベイツもいまだにいびきをかいて眠っている。そこでデシーマは自分の部屋に引き返し、頑丈な上靴を履くと、厚いショールで体を包んで階段を駆け下りた。アダムと再び顔を合わせるときだ。

アダムはシャツの袖で額の汗をぬぐうと、二頭目の馬車馬の手入れに取りかかった。四つの馬房から馬糞《ばふん》を取り除いて餌と水をやり、今は順番にブラシをかけながら怪我をしていないか確かめている。

厚い外套《がいとう》は作業を始めて五分もたったころに脱ぎ捨てた。その後ベストも脱いでしまった。きつい肉体労働はいい気分だった。冷たく澄んだ空気の中で、馬の熱とにおいは元気を与えてくれるし、雑用はベッドに連れこみたいと思うレディから気をそらしてくれる。

背後で戸がきしみ、ありがたくも刺激的なにおいが漂ってきた。「コーヒーはいかが？」デシーマが素朴で頑丈そうなマグカップを飼い葉桶《おけ》の上に置いた。「お砂糖は入れたけれど、よかったかしら」

アダムは首を引っこめてマグカップに手を伸ばした。こうしたのは、デシーマを見ないように、近づかないようにしているからだと気づいた。「これでいいよ。ありがとう。よく眠れたかい？」

「ええ。私をベッドに運んでくれてありがとう」単刀直入に言ってくるとは驚きだ！デシーマはとても落ち着いて見える。いささか冷ややかだとしても。

「窮屈な姿勢だったからね。そのほうがよく眠れると思ったんだ。メイドの具合もよさそうだったし」

「今朝、彼女はパンとミルクを少し口にしたわ。まだ子猫みたいに弱々しいけれど」デシーマの声はさらによそよそしく聞こえた。アダムが葦毛《あしげ》の向こうに引っこむと、彼女は消えていた。「おはよう、ハンサムさん。私がポケットに角砂糖を入れているって、どうしてわかったの？」

デシーマはフォックスの馬房にいるのだ。アダムは馬が噛《か》みつくのではないかと心配になり、くぐもった悪態とともにそちらに向かった。ところが彼女は片手でおやつを差しだし、もう一方の手で耳の後ろをかいてやっている。堂々とした馬はうっとりした顔をしていた。

「もっと恥じらいを見せろ、このぺてん師」アダムは馬を叱りつけた。「噛みつくことで悪名を馳《は》せているのに、なんだその顔は」

「これでおしまいよ」デシーマはきっぱりと言い、てのひらを払った。「自信を持って接するのが大事なのよ。あなたには噛みつかないでしょう?」

「確かに」アダムはデシーマを油断なく見つめた。彼女は質素な茶色のドレスに大きな毛織りのショールを肩にかけて、ウエストの後ろで結んでいた。髪はリボンで一つにまとめ、背中に流している。手袋をはめていない。鼻は寒さのせいでピンク色に染まり、こぼれ落ちた巻き毛が頬のまわりに落ちている。その姿は……とてつもなく魅力的だった。どうしてだろう? ドレスは実用的なものだし、髪を結う使用人もいない。宝石もつけていないし、化粧も香水も施していない。実際、彼女の目の下にはくまが見える。おまけに袖にはフォックスの愛情のこもったよだれまでついている。

「どうしたの?」デシーマが心配そうにアダムを見た。「そんなに顔をしかめているなんて」

「すまない。フォックスが君の袖をよだれだらけにしてしまった」彼はコーヒーを一口飲んだ。「ここに長居しないほうがいい。風邪をひいてしまうよ」

「仕事がなければそうするわ」デシーマは手を伸ばしてブラシと毛梳《けす》き櫛《ぐし》を取りあげると、フォックスの肩を叩《たた》いた。「もうあきらめなさい」

「僕の馬の手入れをさせるわけにはいかないよ」

「なぜ？　私の父は、一週間に一回は自分の馬の手入れをしなさいと言っていたわ。そうしないと馬のことはわからないから」デシーマはフォックスの首にゆっくりとブラシをかけ、櫛で毛を梳いた。アダムは魅入られたように見つめていた。彼女は力をこめてブラシで馬をマッサージしていた。あの背の高さなら、首の後ろを除けば、どこにでも手が届く。もっともデシーマはたてがみを引いて促したので、大きな馬はおとなしく頭を下げた。

力強く、自信たっぷりで背が高い――女らしく見えるはずがなかった。けれどもアダムは、彼女は何かの女神のようだと思った。あるいはアマゾンの女戦士か。長い手足と豊かな髪のとびきりの女性。

「脚は熱くないわ」デシーマがフォックスの脚に両手をすべらせ、かがんだまま目を上げる。「昨日の疲れはまったく感じていないみたい」

「よかった」ほかの言葉は出てきそうもなかった。アダムの頭に浮かぶのは、陳腐なものか、あるいは頬をはたかれそうなものだった。

「ほかの馬は終わったの？」

「いや、まだ一頭半残っている」彼は葦毛の世話に戻った。奇跡が起こってミセス・チティが雪の吹きだまりの中から現れてくれれば、これ以上デシーマの魅力を見つけずにすむのに。

「勝負しましょうよ」デシーマが呼びかけた。「もう一方のハンター種の名前は？」

「アイアスだ」

「アイアスの尻尾に先にたどり着いたほうが卵を獲得するの」

「卵って何？」

「戸棚にたった一個だけ残っていた鶏の卵よ！」

笑いながら、アダムは仕事を続けた。二人はアイアスの馬房の戸のところで鉢合わせした。デシーマが先に中に入って全部のブラシをつかんだので、彼はしかたなく隣の馬房でブラシを探すことになった。

「ずるいぞ」アダムはぶつぶつ言った。「なめし革はどこだ？」

「なめし革って？」

その言葉に一瞬アダムはだまされた。だが、一瞬のことだ。今では彼女のことがわかってきた。

「君が隠したものだよ」アダムはハンター種の腹の下から顔を出した。彼女は金切り声をあげて後ろに飛びのいたが、背後に黄色のセーム革がちらりと見えた。「さあ。君にはもう必要ないだろう」

「自分のを探したら？」デシーマが笑った。

「いや、君が僕の欲しいものを持っている」そしてアダムは突進した。

気がつくと、デシーマは馬の肩に体を押しつけていた。背中に感じる馬の固い体はびくともしない。アダムは真正面に立ち、楽しげで挑戦的なまなざしを向けている。「さあ、それを渡してくれ」

彼のシャツは首のところが開いて、そそるように黒っぽい毛がのぞいている。めくりあげた袖からは、みごとなたくましい腕の筋肉があらわになっていた。アダムは自信たっぷりの笑みを浮かべながら、脅すように両手を上げた。デシーマは彼の体の熱に包まれた気がした。すがすがしい汗と熱い男性と革のにおいが立ちのぼってきた。

これほど男らしいものは見たことがない。それも隣の種馬も含めてだ。もう手に負えない。私は理解できない何かの力をもてあそび、深みにはまってしまった。このままでは、取り返しのつかないばかなまねをしてしまう。

「どうぞ」デシーマはアダムの手に革を押しつけると、馬の腹の下をくぐって反対側に出た。「あなたの勝ちよ。私は朝食の支度をするわ」

どんな愚か者でもベーコンエッグくらい調理できるものでしょう？　婚期を過ぎた女と戯れることしか暇つぶしのない男性に惹《ひ》かれてしまう愚か者でも。デシーマは惨めな気分で、流し場の上にかけられた鏡をのぞきこんだ。

「なあに、その顔は」鼻はピンク色に染まり、頬は紅潮していた。厄介なそばかすときたら、セピア色のインクで一つ一つを描いたかのように目立っている。髪はあちこちに飛びはねているし、睡眠不足がはっきりと顔に表れていた。それ以上ではないとしても、二十七歳には見える。彼女は自分に向かってしかめっ面をしたあと、口の大きさにひるんだ。大きな口はたくさんある欠点の中で最悪のものではないけれど、だからといって気休めにもならない。

家政婦やメイドが使う鏡を見るために腰をかがめていたことに気づいた。きっと彼女たちはふつうの背丈なのだ。サーカスの見せ物になどなりえない。

ばか、ばか、ばか。どうして消極的で内気な変わり者が、思いどおりの人生を生きる独立心旺盛で自信のある女になれるなんて思いこんだのかしら？　たぶんいつかはなれるだろう。けれど一日二日では不可能だし、紳士であるがゆえに決して私を笑ったりしない世慣れた男性といても無理だ。

〝彼はあなたと一緒に笑ったのよ〟同情的な内なる声がささやいた。すると、昔からいる皮肉屋で否定的な声が言い返す。〝彼はあなたをおもしろいと思ったんでしょうよ。大人のまねをする子供みたいだから〟デシーマがのぼせあがるには、ブランデーなど必要なかった。自由と興奮に酔いしれ、危険の瀬戸際で舞いあがり、まさしく……大ばか者のごとくふるまった。

デシーマはエプロンを取りあげた。ベーコンとパン、それに卵が一つ。三人ならこれで充分だろう。ベイツも目覚めておなかをすかせているはずだ。パンを切るためのまな板と、炉にパンを差し入れるときのフォーク。ベーコンは何を使って調理するの？　そうだわ、フライパンよ。それと脂と。

デシーマは戸棚から必要なものを捜しだした。彼は間もなく戻ってくる。きっと、どうして私がばかみたいに逃げだしたのか不思議に思っているだろう。

最後には、いくらか焦げたトーストがテーブルに並び、ベーコンもいい具合に……かかりが好きな人にとってはちょうどよく焼けている。そのとき裏口の扉が開いた。デシーマは扉に背を向け、挽《ひ》いたコーヒー豆の上に熱い湯をそそいだ。

「すべてすんだよ」デシーマが逃げだしたことなどなかったかのように、アダムが明るく言った。「ベーコンのいいにおいがするね」

デシーマはそれ以上ベーコンが黒くなる前に急いで皿に移した。卵はどうやって焼くのかしら？　おそるおそるフライパンの縁で卵を割り、中身が脂の上に落ちてはじけ散った瞬間、後ろに飛びのいた。

「熱くしすぎだ」アダムが身を乗りだして、フライパンを火から離した。卵はすでに白くなり、端のほうは茶色のひだ飾りができている。

「だめになってしまったわ」デシーマは自分の声が震えているのを意識した。

「いや、そんなことはないよ」アダムが卵をフライパンから皿にすべらせた。黄身はまだ生のように見える。「手を洗ってきたら、ベイツのところに食事を運ぶよ。長くはかからないから」

デシーマはトーストとベーコン、ジャムの容器とコーヒーのマグカップをトレイに並べ、流し場から戻ってきたアダムのほうに押しだした。「今朝はベイツの脚があまり痛まないといいのだけれど」

「頭のほうが痛いと思うよ」アダムはにやりとすると、トレイを取りあげた。「階上《うえ》に行ったついでにプルーの様子も見てこよう」

デシーマは残りのトーストにバターを塗り、ベーコンの皿を並べた。焼きすぎに見えるが、なぜかベーコンのおいしそうなにおいと炉の近くにある椅子がテーブルを家庭的で魅力的に見せている。それがどうして心をかき乱したのかはわからない。目に涙があふれ、すすり泣きがこみあげた。デシーマは椅子に座りこみ、エプロンに顔をうずめた。

「おい！　どうした？　デシーマ？」アダムが脇にひざまずき、彼女の顔からエプロンをそっと引きはがす。「火傷《やけど》でもしたのかい？」

「いいえ、違うわ。泣いてなんていないもの。私は絶対に泣かないわ」デシーマが再び顔を隠そうとすると、アダムが大きな白いハンカチを彼女の手に押しつけた。

「絶対に？」

「絶対に」デシーマの声が揺らいだ。鼻も目も真っ赤になり、顔はまだらになっているに違いない。

「ああ、そうか。泣いていないとしたら」アダムがきびきびと言った。「君はふさぎの虫に取りつかれているな。これは簡単に治るんだ」

「なんですって？」デシーマはおずおずと白いリネンから顔を出した。

「ふさぎの虫さ。さあ、何か食べるんだ。それがいちばんの治療法だ。本来ならケーキみたいな甘いものがいいんだが、ベーコンも悪くない」アダムはベーコンを皿に盛ると、デシーマのほうに押しだした。「ほら」これは何かの夢だわ。子爵がシャツ姿で厨房《ちゆうぼう》のテーブルに着き、デシーマの焦げた料理を食べ、ふさぎの虫について語っているのだから。

「でも、そのふさぎの虫ってなんなの？」ベーコンはおいしそうなにおいがした。デシーマはフォークで取りあげ、噛《か》んでみた。そしてトーストを一口食べると、憂鬱な気分はいくらか治まった。

「それが実のところよくわからない」アダムは注意深く卵を切り分けた。「僕が幼かったころ、わけもわからず落ちこんでいたり、憂鬱だったりしていたときに、年老いた乳母がそう呼んでいたんだ。でも、食べ物はいつも効き目があった」

「あなたは……今でもときどきふさぎの虫に取りつかれるの？」デシーマは尋ねた。アダムは吐き気を催したような顔も見せずに卵を食べている。

「もう何年もないな。甘いタフィで治してくれるような人がまわりにいないと、ふさぎの虫もどこかに行ってしまうんじゃないだろうか。ベイツは起きていて、君のベーコンに感謝していたよ。あと、自分ならもっとうまくやったはずだが、だんなさまは最善を尽くしたとも言っていたな。プルーは感謝の表情を浮かべてぐっすり眠っていた」

「彼はいつもそんなにずけずけとものを言うの？」

「たいていはぶつぶつ言うだけだ。あれは僕が聞いた中でもいちばん長い台詞《せりふ》だったな。もともと彼は父に仕えていた。父もまた言葉数が少なかった。ベイツが腹をすかせたおちびだったころに拾いあげてね。彼は屈強で、忠誠心にあつく、しかも仕事は一流だ。おべっか使いやおしゃべりよりはずっといい」

「ええ、そのとおりね」デシーマの中に昨日の朝食の記憶と、突然の決意が戻ってきた。「ねえ、明日は新年の一月一日でしょう？」

「そうだね。お祝いをしないといけないな」アダムは瓶を取り、すぐりのジャムをトーストにたっぷり塗った。「ケーキを焼いてもいい」

「卵がないわ。私だって、ケーキに卵が必要なことくらい知っているもの」

「確かに。だったら、雪遊びをしよう」

「雪遊び？　でも、何ができるの？」

「何か思いつくさ。君はベッドに戻るんだ」アダムはカップにコーヒーを満たし、それをデシーマの手に押しつけた。「さあ、行って」

「でも、さっき起きたばかりなのよ！　九時だし、することはあるのに」

「例えばどんな？」アダムは扉のほうに彼女をそっと押しやった。「君が世話をしようなんていったら、ベイツは憤慨するだろうし、プルーは眠っている。馬も夜までは大丈夫だ」

「でも……」デシーマは戸口で立ち止まり、厨房のテーブルに向かって手を振った。

「このくらいたいしたことはない。軟膏《なんこう》がなくなったら、僕の百合《ゆり》のような手はぼろぼろになるだろうがね。さあ、行きなさい。君は疲れている」

「でも……」

「その言葉をあと一度でも言ったら、僕がかついで運んでいくぞ」これは脅しだ。デシーマは言われたとおり退散することにした。

デシーマは時計が一時を打ったときに目が覚めた。続き部屋から物音と咳《せき》が聞こえてくる。彼女はなんとかベッドから出ると、コルセットの紐《ひも》を引っ張って締めてからドレスのボタンを留めた。「プルー？　目が覚めたの？」

プルーは起きていた。目はとろんとしているし、顔色はとても悪いが、ベッドの上で起きあがっている。そばには濁った白い液体の入った水差しとスプーン、ミセス・チティの咳止めシロップと、スープとおぼしきものが残る深皿ののったトレイがあった。

「どうも、ミス・デシー。あたしが起こしてしまいましたか？」

「いいえ、違うのよ。プルー、あなたが目覚めたときに眠っていてごめんなさい」デシーマがベッドに腰かけると、雑誌の山が崩れた。「具合はどう？」

「赤ん坊みたいに力が弱くなって」プルーがしかめっ面をした。「でも、熱はようやく下がってきたみたいです。あとはしつこい咳があるだけで。この薬がよく効くんですよ。だんなさまが持ってきてくれたんです。あと大麦湯と、お昼にはスープを」

「いったいどこからスープを持ってきたのかしら」

プルーは肩をすくめ、それから顔を赤らめた。「わかりません。実はあたし、死ぬほどあそこに行きたかったんですけど、一人で歩いていけるか自信がなかったんです。そしたらだんなさまが〝向こうの廊下の突き当たりに行きたいんじゃないか？〟って言って。それであたしを抱きあげて連れていってくれたんですよ。おまけにあたしが出てくるまで、どこかに行っててくれたんです。あの人は本物の紳士です。たとえ子爵さまだろうと」

デシーマはその言葉に戸惑った。「でもプルー、彼が子爵なら、当然紳士でしょう？」

「あの人たちのほとんどは、まぎれもない放蕩者《ほうとうもの》ですよ。ああいった人たちと一緒にいたら、どんな女も危険なんです」

デシーマは唇を噛んだ。「彼と一緒なら、私たちも安全だと思うわ」それがうれしいのか、しかも正しいのかは判断がつきかねた。「さあ、また横になってやすんだらどう？」

「それには従えません。ミス・デシー――お嬢さまはそんななりで階下《した》に行っちゃだめです」

「そんななりって？」

「髪はくしゃくしゃだし、ドレスはしわだらけです。ちゃんとコルセットの紐を締めたとは思えませんし」プルーはデシーマの胸のあたりを見つめている。

「髪は自分で直します。でも、コルセットの紐は無理だわ。私は曲芸師じゃないんですもの」

「あたしがやります」プルーがしつこく言った。「お嬢さまは最高の姿に見せたいはずです」デシーマは物言いたげな視線を向けただけで、ヘアブラシを取りに行った。「この先どうなるかわからないんですから」プルーは謎めいた言葉を返した。「男ってものは、そういうことによく気がつくんですよ」

髪を梳《と》かし、紐を締めてしわを伸ばしたあと、デシーマは階下に下りていった。厨房は静まり返っていたが、おいしそうなにおいがあたりに漂っている。

「ミス・ロス」アダムが屋敷の表側に面した部屋から現れ、お辞儀をしてみせた。「よろしければダイニングルームへどうぞ。昼食をお運びいたします」

デシーマはごくりと唾をのんだ。この紳士は厩番《うまやばん》の姿から、田舎に引っこんだ完璧な英国人に変貌していた――優雅で、胸がときめくほどに魅力的だ。デシーマはプルーの褒め言葉を思いだした。そうよ、彼は確かに放蕩者じゃないかもしれない。でも、だからといって危険がないわけではないわ。

アダムはデシーマの顔に驚きが浮かんだあと、ほかの感情がぱっとよぎるのを見た。あれは茶目っ気なのか？　笑いか？　さて、何があれを引き起こしたのだろう？

「ありがとう」デシーマが言った。「でも、私にお手伝いさせてちょうだい」

「いや、いいんだ」アダムはダイニングルームの扉を開き、彼女の感激した顔を見てにっこりした。暖炉には火が入り、部屋はあたたかい。蝋燭《ろうそく》が揺らめき、テーブルは支度が調っていた。「ここと小さいほうの客間の暖炉に火をおこしたんだ。厩番や料理人、メイドや看護人の役割を務める必要があるかもしれないが、少なくともここに戻ってこられる。さて、ミス・ロス、僕はしばらく執事になるから」

デシーマはアダムの引いた椅子におずおずと座り、ナプキンを広げた。アダムは彼女の反応にささやかな喜びを感じながら、厨房に引っこんだ。経験もないことをして女性を喜ばせようと努力するなんて、めったにない。そんなことをしたのは……十七歳のときだったろうか？　料理はそんなに熱中できそうもないが、たぶんずっと安全だ。

「スープです、マダム」アダムは蓋と脚のついた容器をデシーマの前に置いた。

「まあ」デシーマは蓋を開けて、においを嗅いだ。「いいにおい。それで、そちらはなんなの？」

彼女はアダムが切ろうとしている茶色の物体を警戒心と興味を浮かべて見つめている。

「パンだよ。こんなになるとは思わなかった」

「きっとおいしいと思うわ。これはこの地方のお料理ね」デシーマはふざけているのだ。彼女の目がきらめいている。「レモンが必要なんじゃない？」

「レスターシャーの場合はね」アダムは切り返した。「ラトランドではくるみが不可欠なんだよ。さあ、デシーマ。さっき階段を下りてきたとき、どうしてあんなに楽しそうな顔をしていたんだ?」

彼女はスープをすくったところで動きを止め、ほのかに頬を染めた。彼女の顔を赤らめさせることができるのだと思い、アダムは楽しくなった。その赤みはあっという間に白い肌の下に消えてしまった。あの肌が目に焼きついて離れなくなっている。いまいましいそばかすのせいだ。

「言えないわ」デシーマはスープをよそった皿をアダムに渡し、自分の皿にもスープをよそいはじめた。

「いいじゃないか」アダムは彼女のほうにバターを押しやった。

デシーマはかぶりを振った。「いいえ、無理よ。だって、不適切なことなんだもの。うーん、これはものすごくおいしいスープね。なんというの?」

不適切? デシーマが不適切な考えを抱くことにまったく異存はない。むしろその逆だ。もっとも、アダムは彼女がそこまで率直に認めるとは思ってもみなかった。「たしかフランス語の名前があったんだが、僕は〝完璧な食料戸棚スープ〟と呼ぶね。目についたものを手当たりしだい投げこんだんだ。いいかい、デシーマ、君が教えてくれなければ、僕は最高にどぎついことを想像するんだぞ」

だからといって、その一つとして実践できるわけではない。たとえこのパンをもっと食べたとしても、だ。ああ、木の皮を噛んでいるみたいじゃないか。

「あの……」デシーマはスープをかき混ぜ、皿の底を見つめて考えこんでいる。それからまつげの陰から、ぱっと値踏みするようなまなざしを向けた。「あなたがどれほど紳士に見えるかについて考えていたの。プルーの意見では、あなたは子爵なのに明らかに紳士だそうよ」彼女はアダムの表情を見て笑った。「わかるわ。私もわけがわからなかったから。でも、プルーは貴族を信じるなかれ、すべての上流社会の男性は放蕩者であると言って曲げないの」

「僕は違うと？」

「どうやらそのようね」デシーマはくすくす笑った。「褒められたのか侮辱されたのかわからないって顔をしているのね」

アダムの思っていることはまさにそれだった。「君は僕が放蕩者だと思うのかい？」

「もちろん違うわよ。そう思っていたら、あなたと一緒に来たりしないわ。いずれにしても、あなたは体が大きすぎるし」デシーマは果敢にパンを噛んだ。

「体が大きい？」

「なぜか私の思い描く放蕩者は、痩せていて、裏があるような人なの。巧みに人を操るような。そんな考えをどこから持ってきたのかはわからないわ。たぶん、しょっちゅう無垢《むく》な乙女を誘惑していると思っているせいね」

「確かにそれは必須条件だな。おまけに身を持ち崩すほど賭事《かけごと》が好きで、夜通し酒を飲む。

そして下賤《げせん》の者や身持ちの悪い女たちとの付き合いを楽しみ、女優や踊り子の後援者となる。もちろん金のかかる愛人を山ほど囲うのも重要だ」

「あら」アダムは話を聞いているときのデシーマの様子が好きになっていた。彼女はじっくり考え、思いがけない意見を返す。「あなたは愛人を山ほど囲っているの？」

アダムはにんじんのかけらを喉に詰まらせた。「まさか！　一人だけだ」ああ、なんということだ。今度は何を言ってしまったんだ？

「すてきな女性なの？」デシーマがさらに尋ねた。

「それはもう。そうじゃなければ、彼女を愛人になどしたりしない」アダムは言い返した。

「きっとその女性はとっても美しくて……特殊な才能にあふれているんでしょうね」デシーマは考えこんだ。「愛人ってお金がかかるものなの？」

「かかるよ」アダムは感慨をこめて言った。「その……特殊な才能にあふれている場合、贅沢《ぜいたく》な暮らしをさせてやり、別れるときにはそれ相応に金を払うから」なぜジュリアと手を切ろうと考えているのだろう？　昨日までそんなつもりはなかったのに。

「チャールトンにはそういう人がいないといいんだけれど。確かに兄にはそれだけの財力はあるけれど、ハーマイオニはいい気分がしないと思うわ」

「愛人がいるとは思えないな」アダムは励ますように言った。「話を聞いていると、チャールトンは立派すぎるし、いくらか退屈な人物に感じられる。義理の姉上は彼の愛情を独り占めしているさ」

「つまり、退屈な夫だけが妻に愛情を捧《ささ》げるの？　そうなると、女が結婚したいと思ったら、退屈だけれど愛情を捧げてくれる人か、楽しいけれど不実な人のどちらかを選ぶしかないのね」

「それが君の結婚しない理由なのか？」

「違うわ」デシーマははっきりと答えた。

くそっ。アダムはどう答えていいか途方に暮れていた。これはまったくなじみのない感覚だ。

デシーマは微笑《ほほえ》み、アダムを哀れんでくれた。「初めての挑戦にしては、このパンはすばらしい出来だわ。ディナーには何ができると思う？」

「鳩肉《はとにく》かな。僕が撃ち落とせれば、の話だが」

「だったら私が後片付けをして、プルーとベイツの様子を見てくるわ。一緒に熱いお湯を階上に運んでくれる？　プルーにお風呂を約束してしまったの」

三十分後、アダムは裏口から外に出た。鳥撃ち銃をかつぎ、弾薬をつけたベルトは肩にかけている。彼は立ち止まって、玄関ホールを駆けてくる足音に耳を澄ませた。デシーマが厨房の扉を開けた。「ちゃんと着こんでいるわね？」彼女はアダムの厚地の外套《がいとう》とマフラーを見てうなずくと、出てきたときと同じくらいすばやく中に引っこんだ。

デシーマのそんな世話焼きに、アダムの胸の奥がぽっとあたたかくなった。前庭を半ばまで横切ったところで彼ははっとして顔をしかめた。これ以上彼女に心を奪われる前に、二人の関係を大雪で立ち往生した上流婦人と、たまたま屋敷に招き入れた主人に戻さなくてはならない。

二十四時間のあいだに、長身のオールドミスは、アダムに紳士としての信条をすべてなげうって彼女を奪いたいと思わせている。それに愛人との別れを考えさせ、今や世話を焼かれてうれしいと思うところまで追いこんだ。アダムはしかめっ面で雪を踏みしだき、雑木林へと向かった。

7

デシーマはあくびをすると、伸びをしてからベッドに仰向けになり、寝室の天井に差しこむ冷たく明るい光を深い満足感とともに見つめた。今日は一月一日だ。そしてなおもアダムと一緒に雪の中に閉じこめられている。もちろんプルーもいるし、ベイツもいる。プルーは午後、入浴のあと部屋の暖炉の前で二時間ほど座って過ごした。

デシーマは体を起こしてショールに手を伸ばしながら、プルーの規則的な寝息に耳を澄ませた。

それでもアダムのことを考えると、落ち着かない気分が忍び寄る。ゆうべはさまざまな雑用をすませたあと、二人で居間の暖炉の前に座っていたが、彼は奇妙によそよそしく、しかたなく相手をする不意の客であるかのようにデシーマに接していた。

そのときは彼女もとくにおかしいとは思わなかった。今、振り返ってみると、二人のあいだにあった火花の散るような親密さは消えていた。

デシーマはベッドから下りて、炉辺に置いた水差しを取りあげた。今もまだ少しあたたかい。顔を洗って静かに着替えたが、プルーに気づかれた。

「ミス・デシー！　あたしにきちんとコルセットの紐《ひも》を締めさせてください……ちゃんとしたレディが締めるみたいに！」その後プルーは顔を洗い、デシーマに手伝ってもらって長いくすんだ茶色の髪を三つ編みにしたあと、肘かけ椅子に座ると言い張った。「もう雑誌はないんですか、ミス・デシー？　もっと一般的なのがいいんです。ただの女性向けファッション雑誌でなくって」

「あとで見てきてあげるわ」デシーマは約束した。「ウェストン卿《きょう》は招待客のために読み物をたくさん用意しているみたいだから」

扉を開けたとき、廊下の向こうからアダムとベイツの言い争っている声が聞こえた。

「ちょっと待ってくださいって。おれにひげを剃《そ》らせてくれないと。でなきゃ、伸ばしたままにしておいたほうがいい。その分だと喉をかっ切っちまう」

「新年おめでとう」デシーマは開いたままの扉の隙間から声をかけ、大きく扉を開いたところで飛びあがった。シャツ姿のアダムが片手で剃刀《かみそり》を持ち、もう一方の手でタオルを持っている。顎の片側は石鹸《せっけん》の泡に覆われていた。その向こうに頑固そうな顔のベイツが見えた。顔に血の混じる石鹸の泡をつけて、ベッドの上で起きあがっている。

「おめでとう」アダムが答えた。「新年を迎えるために二人ともすっきりひげを剃り終えたら、じきに厨房《ちゅうぼう》の君のところに行くから」

デシーマは自分が顔を赤らめているのを意識した。ひげを剃っている男性を見たのは初めてだ。それは不思議なほど親密な感じがする。

「ええ、そうね。やかんを火にかけておくわ」

ああ、これではうまくいかないわ。朝食を用意しながら、デシーマは自分を叱責した。ゆうベアダムは堅苦しい付き合いを維持したいとそれとなく伝えてきた。だったら、着替えの途中なのに扉が半開きになっていたのはなぜ？　どういうつもりであろうと、彼は経験豊富な男性で、自分は年齢にもかかわらず、世間知らずの処女だということを忘れてはならない。

でも今は、独り立ちした生活を始めるに当たって、いろいろな感覚といろいろな経験を蓄積しているところなのだ。たぶん今年は、一、二週間くらいなら社交シーズンにも顔を出せる自信がついたかもしれない。チャールトンは憤慨するだろうけれど。

「ぼんやり考え事か」アダムがいつの間にか厨房にいた。「手にベーコンののった皿を持ったまま、部屋の真ん中でほくそ笑んでいるとはね」

「ほくそ笑んでなんかいないわ」デシーマは皿を置き、フライパンを取りに行った。「自分がしたいと思ったことを頭に浮かべただけ。きっとチャールトンがむっとすると思ったの」

「付き添い《シャペロン》もなしで数日間、男と過ごしたとわかったら、それどころじゃないだろう？」

デシーマはアダムをにらみつけた。「チャールトンにこのことを言うつもりはないわ。大騒ぎになるもの。兄はあなたの家の前に立って、私と結婚しろとか、もっとばかげたことを要求するわよ」

「まったくもって正当で適切だ」アダムが冷ややかに述べる。「それこそが怒りに駆られた兄のするべきことだろう。僕の妹が未婚で、こういうことが起きたとしたら、僕だってそうする」

「でも、何も起きてなんかいない」デシーマはかぶりを振った。「チャールトンには知られないわ。うちに着いたら、雪のせいで大変な旅だったと手紙を書くの。それだけで彼は勝ち誇るでしょうね。最初から出発に反対していたから。オーガスタは私がいつ発《た》ったか知らないから心配していないし」

アダムは彼女から皿を受け取り、フライパンにベーコンの薄切りを置いた。「僕にそんなことを話していいのか？ 君が安全なのは、君の兄上が今にもここに飛びこんでくるかもしれないと僕が思っているからだろうに」

「私を怖がらせようとしたってだめ。あなたも気づいたはずよ。初めて会ったとき、私は行き先も予定も言わなかった。私だってそこまでうぶじゃないわ。今はあなたが信頼できる人だとわかったから、そういうことはどうでもよくなったのよ」

「僕の名誉ある心が、すべてをぶちまけるべきだと求めたらどうする？」アダムはフライパンを持ちあげて揺すり、再び火にかけた。

「そんなつもりもないでしょう」きっと彼は私をからかっているんだわ。でも、グレーグリーンの瞳は真剣で揺るぎない。「でも、もしそうなったら耐えられないでしょうね」気乗り薄の求婚者からさんざん逃れてきたのは、好きになった唯一の男性に無理やりプロポーズさせるためだなんて……これはひどい悪夢だわ。「私はあなたと結婚したくないし、あなたも間違いなく私と結婚したくない。チャールトンには黙っていると約束して」アダムが肩をすくめた。デシーマはテーブルをまわって、彼の手首をつかんだ。「お願い、約束して、アダム」

アダムのもう一方の手が彼女の手を押さえた。デシーマの指の下では彼のまなざしと同じく、力強い脈が感じられる。次の瞬間、アダムが微笑《ほほえ》んだ。「君をからかったんだ。約束するよ、デシーマ」

かっとなったデシーマは彼の手を振り払うと、またテーブルをまわり、皿を乱暴に置いていらだちをあらわにした。けれども、これは怒りからだけではない。嘘《うそ》をついた恥ずかしさの表れでもある。デシーマは何よりアダム・グランサムと結婚したかった。でも、それは彼のほうも同じ気持ちである場合に限る。

デシーマはプルーとベイツの朝食を運んだあと、厨房のテーブルに着いた。アダムが目に皮肉っぽいきらめきを浮かべつつ、こちらを見つめている。

「なんなの?」デシーマはしとやかとは言いがたい口調で尋ねた。

「君はすねるのが下手だな、デシーマ。めったにそういうことはしないんだろう。すねることにかけては、妹たちはチャンピオンだ。だから、僕は目が肥えているんだ」

「ええ、下手だと思うわ。おとなしく要求されたとおりにするか、恐ろしいことが起きていないふりをするだけなの。すねるなんて前向きなことはしなかった。それって、効果あるの?」

「駆け引きなんだよ」アダムは笑いながら認めた。「エミリーとサリーだったら、すねたり、ふくれたり、甘えたりするだろう。そして僕はわざと厳しい態度をとる。まあ、ほとんどは彼女たちの望むとおりにしてしまうけどね」

デシーマはじっくり考えた。「私なら、ふくれたり甘えたりするよりも、話しあい、主張するわね」

「君がチャールトンにしているように?」

デシーマは顔が赤らむのを感じた。「今後はそうするつもりだから、そのとおりね」

「皿はほうっておこう」デシーマが片付けようとすると、アダムが言った。「新年一日目には家事はなしだ。外套《がいとう》を着ておいで。馬を見に行こう」

男性ならそれでいいでしょうね。デシーマは皮肉っぽく考えながら、厚いショールを身に着け、プルーの様子を見に行った。男性というのはただ命令するだけで、女と使用人が言われたとおりにすると思いこんでいる。一瞬、プルーと一緒に暖炉のそばで読書するからと抗《あらが》いたい衝動に駆られたが、そこで思いだした。アダムは雪遊びをすると言っていた。

「プルー、もし用があったら、私は外にいるから」デシーマは声をかけてから手袋をつかみ、いちばん頑丈なブーツで階段を駆け下りた。

デシーマが前庭を横切るころ、アダムはすでに厩《うまや》にいた。彼女はベイツが転んだ危険な場所を避けて進んでいったが、改めて氷を見た。毎年オーガスタと近所の凍った川でスケートを楽しんでいる。ここだって同じじゃないかしら？

助走をつけて、両手を振って体勢を保ちながら、四、五メートルの距離をすべっていく。笑い声とともに、デシーマはアダムのいる厩に飛びこんだ。

澄んだ笑いさざめく声に、干し草用の鋤《すき》で新しい藁《わら》をひっくり返していたアダムは、馬房の戸から外に目を向けた。くすくす笑いよりも、もっと魅力的だ。ああ、どうして彼女は僕を不快にさせるようなことをしない？　ゆうべは礼儀正しくまじめに過ごしたのに、やはり荒れ狂う感情をもとどおりにはしてくれなかった。

最初は期待していたとおり、うまくいくように見えた。堅苦しい儀礼的なおしゃべりとありきたりの話題は、デシーマから生き生きした魅力を奪ってしまった。彼女はアダムの言葉すべてに同意し、自分の意見を投げかけることすらしなかった。アダムはほっとして当然のはずだった。ところが、それがいやでたまらなかったのだ。まるで蝋燭《ろうそく》の火が消えて、たった一人暗闇に残されたような気分だった。

彼はそのたとえが指し示す大きな問題を脇に押しやった。「何がそんなに楽しいんだ？」デシーマはフォックスの馬房に向かいながら、目を輝かせた。「あとで見せてあげるわ。おはよう、ハンサムさん！」フォックスが戸の上から首を突きだし、撫《な》でてほしいと催促した。「ええ、角砂糖を持ってきたわよ。ほんとにおねだりばかりのお調子者ね」デシーマは大きな種馬に恍惚《こうこつ》の表情をもたらす場所を撫でながら、アダムに向き直った。アダムは我知らず彼女の手を見つめていた。「私の牝馬《ひんば》スピンドリフトの子供が欲しいと思っていたの。よければ、フォックスに種付けさせてくれない？」

デシーマは顔も赤らめず、いかにも事務的に言った。アダムはごくりと唾をのみこんだ。「彼はとても大きい馬だ――肩の高さは百八十センチある」さて、ここから下品にならずにどう言おうか？

「生まれてくる子が大きすぎて彼女にはつらいというのね」デシーマは首を曲げてフォックスを見た。「スピンドリフトは百六十あるから、問題ないと思うわ。もちろん契約を交わしたうえでよ。当然、子馬ができたら、それ相応のお金をお支払いします」

「ずいぶん大きな牝馬なんだな」アダムが考えついた言葉はそれだけだった。

「その必要があったから」デシーマはしかめっ面で応じた。「どう思う？　彼女の血統書もお見せするわ。四分の一アラブ種が混じっているのよ」

「そうだね。断る理由もない。いずれ話しあおう」アダムは唐突に背を向け、仕事に戻った。自分の種牡馬《しゅぼば》を彼女の牝馬に種付けすると思うだけで、顔向けできない原始的な感情がわきあがる。デシーマは自分が及ぼす力にも、慎《つつ》ましやかで礼儀正しい未婚女性でないときに発する素朴で官能的な空気にもまったく気づいていないようだ。いや、慎ましやかで礼儀正しいときだって同じだ。きっと男たちは結婚の申し出をしたに違いない。

二人は厩の中の作業を終えて外に出た。「それで、どうして笑っていたんだ？」デシーマのほっそりしたしなやかな裸体を腕に抱くことを考えずにすむなら、どんな話題でもいい。

「これよ」デシーマは二、三歩駆け足で進むと、優雅に氷の上をすべった。彼女が転ぶのではないかと怖くなり、アダムは動けなくなった。デシーマはくるりと向きを変え、彼の表情を見て笑うと、再びすべって引き返してきた。「スケートはできる？」

「いや、試したこともない。やめてくれ。転んでどこか折るぞ」

デシーマは少し離れたところでぴたりと止まった。「大丈夫。私はスケートがとても上手なの。見ていて」恐ろしいことに、彼女はなめらかなステップを踏むと、一回転した。

「どう？」

「氷の上から下りるんだ。今すぐに」アダムは声がかすれるのを感じた。突然氷が割れて、怪我《けが》をして横たわる彼女の姿が見えた。

アダムの顔に何かが浮かんでいたのだろう。デシーマが慎重に彼のほうにすべってきた。

「いいわ、そんなにあなたが言うなら」声はしおらしかったが、目には反抗的な光が宿っている。デシーマが最後の瞬間にまわれ右をしないとは限らない。

アダムは彼女が手の届くところに近づいた瞬間、腕に抱きあげ、踏みならされた雪の上に下ろした。「その言葉は信じられないな」彼は荒々しく言った。

アダムの体にぶつかったとたん、デシーマは声をもらした。「放して」あのグレーグリーンの瞳には情熱が、鉄を打つときに散るような火花があった。「そんなに頭ごなしで命令しないで、アダム……まるでチャールトンみたい」

これは真実ではない。異母兄に叱責されたときには、こんなふうには感じないからだ。これほどの怒りは燃えあがらないし、走ったあとのように心臓が激しく打つこともない。もっと引き寄せてほしい、もがくこともできず屈する以外に何もできなくなるまで力強い腕できつく抱きしめてほしいなどという恥知らずな思いに苦しめられることもない。

アダムの怒りの表情はしばし揺らいだあとに消え、打ち沈んだ笑みに取って代わられた。

「チャールトンと比べられるとは、とんでもない侮辱だな。もう二度と氷の上をすべらないでくれ。君の骨を接ぐなんてごめんだ」

「約束するわ」デシーマはアダムを見あげ、背筋を伸ばして顔を見られる男性が珍しいことに改めて驚かされた。「でも私、スケートが得意なのよ」

「そうだろうね。それなりの装備をして、近くに医者がいるときなら、僕だって落ち着き払っているさ。それと、僕に向かって唇をとがらせないでくれ」アダムは唐突にデシーマを放すと、真っ白な雪の上を大股で歩いていった。

「そんなことしていないわ」デシーマはアダムのあとから雪を踏みしだいて進んだ。「もしそうだったとして、どうしてそれがいけないの？」

アダムが振り返った。その目はデシーマの唇に据えられている。「言いたくはないが、君の下唇をかじりたくなるからだ」彼はさらに歩きつづけた。

デシーマは遠ざかるアダムの後ろ姿を見つめた。かじる？　彼はあまり楽しそうではなかった。むしろ、子供にいたずらをやめないとお仕置きするぞと警告するような言い方だった。かじる？　それって楽しいのかしら？　ふつうのことなの？

アダムがしゃがみこみ、雪玉を転がしはじめた。雪玉は徐々に大きくなって、通ったあとに泥のついた道ができた。ようやく満足したところで彼は作業をやめ、再び同じことを繰り返した。

「何をしているの？」デシーマは近づいた。

「雪だるまを作っているのさ。君は頭の部分を作ってくれ」

「でも雪だるまなんて私……」デシーマは考えこんだ。「そう、八歳のとき以来作っていないわ」

「僕も似たようなものだ」アダムは雪だるまの胴体部分を下半身の雪玉の上にのせた。「だが、八歳の子供はどこにもいないし、こんなにいい雪を無駄にはしたくない。もったいないじゃないか」

デシーマは首のない雪だるまからアダムに目を移し、それからあわてて目をそらした。先ほどの暗い雰囲気はすっかり消え、彼は目を輝かせていた。その笑みはついつられてしまいそうになる。もっとも、動作に合わせて筋肉が浮きあがる広い肩も、長い脚も、子供らしさなどみじんもないけれど。

デシーマは両手で雪をすくいあげて、丸く押し固めた。それから手で叩《たた》いて形を整えながら、雪の上を転がしていく。充分な大きさになったところで胴体の上にのせたが、そのときにはアダムの姿が消えていた。雪だるまは立派だが、顔がない。そこで彼女は折れた枝を拾ってきて、雪だるまの腕にした。そして炭置き小屋から目と口、ボタンにちょうどぴったりの小さな炭のかけらを見つけて戻ってきた。

デシーマが自分の仕事ぶりを眺めているとき、アダムが厩から出てきた。両手に何かを抱えている。

「ほら」彼は使い古しの三角帽を雪だるまの頭にのせ、スカーフ代わりに粗麻布を首に巻いたあと、馬の餌用の傷のついたにんじんを鼻の位置に挿した。

二人は後ろに下がってその出来に感心した。アダムはいかにも男性らしい得意げな顔で雪だるまを眺めている。そこでデシーマは雪を両手ですくいあげ、アダムの胸をめがけて投げつけた。

「なんだ、この……」

デシーマはきびすを返したが、ばしっという音とともに雪玉がお尻に当たった。そこで振り返って雪をつかみ、アダムの外套の襟元を狙って応酬した。

「反則だぞ」アダムは雪を払った。「女の子は投げてはいけないんだ。当てるなんてもってのほかだ」

アダムが両手いっぱいに雪を抱えて走ってきたので、デシーマはあわてて逃げた。「だめよ！　それこそ反則だわ！」

笑いながら息を切らし、気がついたときには厩の壁に阻まれ、それ以上逃げられなくなった。

「だめよ、アダム。やめて……お願い」

思わせぶりな笑みを浮かべながらアダムは両腕を上げて、ぱっと手を開いた。雪の粉は無事、二人の体のあいだに降りそそいだ。二人はすぐ近くにいた。二人の白い息が冷たい空気の中で混じりあう。

デシーマは厩の庭をずっと走ってきたかのように大きく息をはずませていた。アダムの目が唇に落ちたとき、彼の言葉を思いだした。唇をとがらせてはいないでしょう？　デシーマの唇が開き、舌先がそのあいだを落ち着きなくすべった。彼は私にキスしようとしている。ああ、お願い……お願い……。

8

良心からの一撃のごとく、頭のすぐ上で厩《うまや》の時計が一時を打った。デシーマは目を見開き、横にずれてアダムから逃れた。「もうこんな時間。プルーとベイツもお昼が欲しいはずよ」

デシーマは振り返らずに、さっさと厨房《ちゅうぼう》の扉に向かった。あとからアダムの足音がついてくる。

「たしかスープが残っていたわね。あとチーズとピクルスも」デシーマは流し場から声をかけた。

アダムは炉の火をおこしていた。デシーマが厨房に戻ると、彼はただ顔を上げてうなずいた。きっと私は誤解したのだろう。これほどいたたまれない気分になるのは、先走る想像力と切望が奥底にあるからなのだ。アダムは隠し持っていた雪玉を、私の頭の上に落とそうと思っただけで、キスしようなんてこれっぽちも考えていなかった。唇についてのあの台詞《せりふ》も、私の誤解か、聞き間違いだったんだわ。

二人は昼食のトレイを持って一緒に階段をのぼり、話し声を耳にして廊下で立ち止まった。アダムは片眉を吊《つ》りあげると、ベイツの部屋をのぞきこんだ。

厩番はベッドの上で体を起こしていた。彼のそばの肘かけ椅子に、プルーが座っている。雑誌が山と積まれ、彼女はその中の一冊を手にしていた。

「そりゃただの間抜けだろうが」ベイツがしゃべっている。「警告されたのに、どうしてそいつらは夜中に城に行った？　おつむの足りない若造だな」

「前の話で、アデルバートに継承権があるという証拠の書類がグリム城の金庫に隠してあったとわかったのよ」プルーが熱をこめて説明している。「ほかにどうやって正当な跡継ぎだって証明するわけ？」

「まあ、そいつは頭のにぶい小僧だってことだな」厩番がつぶやいた。「ミラベルとやらをさらうことばっかり考えてるじゃないか」

「彼女は妹なのよ。兄と家族の名誉のためにどんな試練でも耐えるつもりでいるわ。それってすごくすてきでしょ。ああ、だんなさま、ミス・デシー」

ベイツの顔がおかしな赤い色に染まった。アダムのにやにや笑いも彼の顔色をましにしなかった。

「ずいぶん趣味が変わったんだな、ベイツ」アダムはいかにも興味ありげに言った。「プルーはやさしいな。おまえを楽しませてくれているんだから。あとでその物語をゆっくり教えてもらおうか。きっと僕も楽しめるだろう」

「こんな間の抜けた甘ったるい話、生まれて初めて聞きましたよ」ベイツが弁解するようにつぶやいた。

「もう第八話まで進んでいるのね」デシーマは床にちらばる雑誌を取りあげた。「プルーのために聞いていたなんて、とっても我慢強いのね、ベイツ」

爆発寸前となった厩番に、アダムもとうとう同情を寄せた。「女性たちには遠慮してもらおうか」

デシーマはプルーに手を貸して立ちあがらせ、愛想よく部屋を出た。「さあ、いらっしゃい。あなたのお昼を持ってきたの。そのあとでやすむのよ」

自分たちの食事を用意するために階下に下りたあとも、二人はくすくす笑っていた。

「プルーはベイツに手荒く扱われたのも許してくれたみたいだな」アダムはスティルトンチーズを切りながら言った。

「退屈すぎて休戦しただけじゃないかしら」デシーマは切り返した。「プルーはこの世の男性すべてが劣った種族だという意見の持ち主だから」

「そうだ、彼女の貴族に対する考え方を聞いたんだった。デシーマ、君の男に対する考え方は?」

「多くの肩書きを持つ人たちが傲慢で無能で威張り散らす暴君でなかったら、もっと男性についての評価も上がっていたと思うわ」

しばらく間があった。「僕は君がこう言うのを待っていたんだが。〝もちろん、今ここにいる人だけは別だけれど〟とね」

デシーマは微笑《ほほえ》んだ。アダムは気分を害したようには見えない。とはいえ、まさに彼女が思う〝紳士らしくもったいぶった〟顔つきをしている。これは男性すべてに共通する表情のようだ。「あなたはそこから除外してあげるわ。もっとも、いかにも貴族さまという印象をときどき受けるけれど」

「ふうむ」賢くもアダムはそれ以上追及しなかった。「君が結婚していないのは、男性に対する評価が低いせいなのか?」

デシーマはアダムをじっと見つめた。これはまじめな質問なの? 私を一目見れば、どうして結婚していないのかわかるはずなのに。おかしなことに、彼は口説きたい気分になっているようだわ。つまり私に不快感を抱いていない。もっとも、口説くといっても、おそらく女と二人だけでいるときの反射的な反応なのだろう。活力あふれる男性がほとんど気晴らしもないところに閉じこめられているのだから。

正直に答えようかとも思ったが、良識が打ち勝った。自分の欠点をあげつらっても、礼儀正しい男性は否定するはずだ。それに、そんなつらい話題を論じあう気にはなれない。

「そうね。たぶんチャールトンと暮らしてきたせいで、男性や結婚に幻滅したんじゃないかしら」デシーマはクラッカーの瓶をのぞきこみ、一枚取りだした。「私は完璧に満たされ……誰にも頼らない暮らしをしているのよ。だから従わなくてはならない夫がいたら、きっと生きていけないわ」

「結婚しないせいで残念に思うことはない？」

「子供のこと？　それは確かね。でも……」

アダムはいたずらっぽく目を輝かせながら彼女を見つめている。「でも、子供たちは成長して夫みたいになる。そうだろう？」

「そうね。ただし、そう思わせるような男性と結婚するつもりはないから、子供たちがそんな――」デシーマは言葉を切ってくすくす笑った。「私は寛大ですてきな親戚のおばさんなのよ」いとこの三歳になる末っ子を思いだし、唇に笑みがこぼれる。「親戚にもかわいい子はいるわ。どうかしたの？」

アダムはピクルスの瓶をじっと見つめている。額には考えこむようなしわがかすかに刻まれていた。「あるものをどこにしまったのか思いだそうとしているんだ。子供の話をして気づいた」額のしわが消えた。「まあ、皿はほうっておいて、日が出ているうちに外に出よう」

デシーマが前庭に出たとき、アダムが勝ち誇った顔で蜘蛛《くも》の巣だらけの木造の物置小屋から現れた。彼は何かを引っ張っていた。「そりね！」

「地元の大工がおととしの冬、僕の甥《おい》っ子《こ》たちのために作ってくれたんだ。男の子が四人乗れるとすれば、僕たちだって大丈夫のはずだ」アダム自身が男の子のようだった。帽子もかぶらず、髪はくしゃくしゃで、目は楽しげに輝いている。

「僕たち？」デシーマは心をそそられたが、スケートと違い、丘をそりですべるのはレディらしいとは言えない。「チャールトンはかんかんになるわ」

「だったら、絶対にやらないと。君の新年の誓いはチャールトンを怒らせることだと思っていたが」

「それはちょっと違うわ」デシーマは否定した。だが、その考えも悪くない。「どこに丘があるの？」

「この雑木林の向こうだ」アダムがそりを引いてそちらに向かい、デシーマは駆け足でついていった。小さな林を抜けて開けた場所に出ると、そこから上り坂が始まっていた。誘いかけるような真っ白な雪の上に、鳥や兎《うさぎ》、狐《きつね》などの足跡が交差している。そこに新たにアダムのブーツの跡が加わった。

アダムは斜面半ばで立ち止まると、座席にまたがって蹴りだした。そりは丘をすべり下り、デシーマの足元で風を起こして止まった。「やってみる？」

「もちろんよ！」デシーマはすっかり大胆な気分になっていた。空を飛ぼうと誘われたとしても、同意したに違いない。今度はアダムのあとから丘をのぼり、先ほどと同じ地点でそりに乗り、手すりになった横木に足をのせると、スカートをしっかりとたくしこんだ。アダムが後ろに座って、両手で綱を握った。ちょうど雪の中、馬に乗ったときのように、しっかりとデシーマの体を支え、守っている。

アダムが両足で地面を蹴った。そりが斜面をすべり下りていく。二人はあまりにもあっけなく丘のふもとに着いた。「もっと高いところから下りない？」再び丘をのぼるとき、デシーマは言ってみた。

「いいよ」

頂上ではなかったが、デシーマは満足するしかなかった。アダムはそこまで長い距離を彼女にすべらせたくないように見えた。

二人はすべり下り、また斜面をのぼって再びすべり下りた。やがてデシーマも何度繰り返したかわからなくなった。わかるのは、血管に脈打つ血と冷たい空気、アダムの屈託のない様子、そして近くにいる彼の存在を受けて感じるうずきだけだ。

「これを最後にしよう」アダムが綱をつかみ、再び丘をのぼりはじめた。「ずいぶん日が傾いてきた」

「今度は頂上からすべりたいわ」デシーマはアダムの腕を引っ張って懇願した。「お願い」

「いいだろう。頂上からすべり下りよう」

いちばん上にたどり着いたとき、デシーマは息を切らしていた。周囲にはさえぎるものもなく、身を切るほどに冷たい風が吹きつけてくる。「冷えるわね。今夜の夕食には特別、体のあたたまるこってりしたものを作らないといけないわ」

そりに乗ったところで、デシーマは目の前に延びる距離を実感した。これまでの倍はある。「高すぎるかな？」アダムがデシーマの顔を見つめている。

「いいえ。このくらい怖いほうが刺激があっていいわ」背後に座ったアダムの腕に両脇をしっかり挟まれると、デシーマの恐怖心は興奮に取って代わった。そりは風を切って長い斜面をすべり下り、速度が増すにつれて、気持ちも高まっていく。デシーマは知らず知らず声をあげていた。アダムの楽しげなくすくす笑う声がすぐ耳元で聞こえた。

どこで間違ったのかわからない。突然そりがはね、飛びあがった。アダムが両足で雪面をとらえたが、そりは傾いた。デシーマは投げだされて、転がりながら雪の斜面を落ちていった。

一瞬驚いて悲鳴をあげたものの、危険はないと気づいた。積もる雪がクッションの役割を果たし、守ってくれている。デシーマは何度も転がって、丘のふもとでようやく止まった。ひどい驚きと興奮から笑いだしたい気分だった。

するとと上に何か重いものがぶつかってきたので、両腕を持ちあげた。気づいたときには、アダムの体を力いっぱい抱きしめていた。

「デシーマ？　大丈夫かい？」アダムは彼女の上に乗っていた。デシーマを押しつぶさないように雪の上に両肘をついている。

「ええ……ちょっと……」どうして彼が覆いかぶさっているのか、デシーマはその理由に思い至った。遅れてすべり下りてきたそりが、アダムの肩にごつんと当たって、振動しながら止まった。

彼は悪態をつぶやき、そりを押しやると、デシーマの顔から乱れた髪を払いのけた。

「デシーマ？」

「私なら大丈夫……」デシーマの声はアダムのまなざしに気づいたときに消えていった。アダムは彼女の唇を見つめていた。やがてアダムの唇がデシーマの唇に重なり、彼の顔は見えなくなった。

アダムの唇は冷たかった。だが驚いたことに、熱い巧みな舌が触れた。デシーマはあえぎ、唇を開いてアダムを迎え入れた。彼の味はすばらしかった。かすかにミントとエールの味がする。やがてすべての感覚が混じりあい、あいまいになった。アダムの重さにおびえても当然なのに、彼女の体をたやすく支配する力強さに、素朴な喜びを感じた。

デシーマにできるのは、したいと思うのは、アダムにすべてをまかせることだった。喉の奥で小さなうめき声が響いた。その声を聞いたアダムは、デシーマの顔の両脇で髪をつかんで動きを封じこめ、思うがままに彼女をむさぼった。

しばらくたってアダムが顔を上げ、ふっくらした下唇をそっとかじった。アダムが歯を立てるたびに、彼女の中を震えが駆け抜けた。デシーマは本能的に背をそらし、胸のふくらみをアダムに押しつけていた。けれども、求めてやまない解放は訪れない。体の内側はどこも熱く強く、うずいている。

アダムが唇を離し、デシーマの冷たい頬からショールに隠れる首に向かって熱いキスを浴びせていった。彼の舌が触れ、味わうと、デシーマは鼻にかかった声をもらした。感じやすい耳をつつかれたときには、息が止まった。

両手はアダムの背中をしっかり押さえ、より近くに引き寄せようとした。彼の喉の奥からもれる声を、デシーマは聞くというよりも感じていた。「君が欲しい、デシーマ」彼女が震えると、アダムはぴたりと動きを止め、しばらくそのままでいた。デシーマの胸から腿までが彼の大きな体とぴったり重なっている。やがてアダムが両手をついて起きあがった。

「アダム？」彼の熱がなくなると、デシーマの体は冷えて、頭はくらくらした。どっと押し寄せた新たな切望が、全身を駆けめぐっている。

「デシーマ、すまない。君が凍えてしまう」アダムは彼女を抱えあげ、家に向かって歩きはじめた。「びっしょりじゃないか。かわいそうに、こんなはずではなかったのに」彼の息は荒かった。経験がないにもかかわらず、デシーマはその理由に気づいた。アダムは体の高まりと欲求に抵抗し、全身が震えるほどの努力で自分を抑えようとしているのだ。

「私は大丈夫。自分で歩くわ」デシーマはアダムの分厚い外套《がいとう》に顔をうずめたまま抵抗した。恥ずかしくて顔を上げられない。彼が途中でやめたのは、二人がどこにいるかに気づいたから？　それとも、私が何かまずいことをしたの？

アダムはデシーマの抗議を無視し、肩で厨房の扉を開けると、炉の脇で彼女を床に下ろした。デシーマは恥ずかしさと寒さからうつむいて震えていた。するとアダムがショールを肩から引きはがし、ボタンをはずしてびしょ濡《ぬ》れの外套を脱がせた。「座って」デシーマは大きな背もたれのある椅子に座らされた。アダムはひざまずくと、彼女のブーツの紐《ひも》をほどき、冷えきった足を解放した。「かわいそうに」彼はデシーマの足を持ちあげて大きなてのひらでこすりはじめた。「熱い風呂が必要だな」

「ええ、そうね」デシーマは無意識のうちに椅子の肘かけを握りしめ、アダムの濡れた髪をつかんで引き寄せたい衝動を抑えた。「あとでお湯を運ぶわ」

アダムが立ちあがり、デシーマを立たせた。デシーマはキスをされたあと初めて彼の顔をしっかりと見つめた。口元は固く結ばれ、片側の頬が引きつっている。ああ、神さま、彼は私にキスをした自分に怒りを感じているんだわ。私みたいなあか抜けない、臆病な行き遅れに。けれどアダムの目を見たとき、息が止まった。銀色に輝く瞳は熱っぽく、このうえないやさしさと欲望を宿している。もう一度キスして。私を奪って。今すぐここで、この炉の前の古びた敷物の上で。デシーマは思わず両手で口をふさぎ、そんな懇願の言葉を抑えた。

「僕が運ぶ。僕の寝室の続き部屋に行きなさい。大きな浴槽が置いてあるから」デシーマがためらったので、彼はきつく言い放った。「さあ、行くんだ」

デシーマは急いで階段をのぼり、ベイツの部屋の前を忍び足で駆け抜けた。開いた戸口から二人の話し声が聞こえたが、アダムの寝室に入ってしまうと何も聞こえなくなった。こんなことをするべきではない。コロンと革と彼のにおいがする男性の部屋になど入ってはいけないのだ。デシーマは震える手で寝室の隅にある扉を開け、広い続き部屋に入った。洗面台とひげ剃《そ》り用の鏡、部屋の隅にはついたてがあり、タオルかけには厚いタオルがかかっている。だが当然ながら、この部屋でいちばん目立っているのは猫足の立派な浴槽だった。緑色の大理石模様で、壁側に蛇口がついている。おそるおそる栓を開けてみると、冷たい水が流れてきた。なんて贅沢《ぜいたく》なの。

寝室から足音が響いてきたので、デシーマはついたての向こう側に身を隠した。

「デシーマ?」デシーマはなんとかうわずった声で応えた。大量の湯を浴槽にそそぐ音がする。「何度か往復するから、君はできるだけ早く濡れた服を脱ぐんだ」

デシーマは深く息を吸いこむと、勇気を振り絞った。彼は私にキスをした。それだけのこと。こんなに緊張する理由は何もない。彼女は靴下を脱いだあと、背後に手を伸ばし、やっとのことでドレスのボタンをはずした。ペチコートは簡単に脱げた。あとはシュミーズとその上のコルセットだけとなった。

コルセットの紐に指をかけたまま、デシーマははたと動きを止めた。浴槽に湯をそそぐ音がする。「あと一度ですむよ」アダムの声はいたってふつうだ。彼が部屋を出て扉が閉まると、デシーマは紐を引っ張った。雪が解けて濡れたせいで、ほどこうとすると、いやな具合に指に食いこんだ。これではほどけない。湿った布が膨張し、結び目が固くなってしまった。

再び扉が開いた。

「さあ、いいよ。満杯になった」アダムの声が、湯をそそぐ音に重なった。「湯が熱すぎるようなら、蛇口から水を出して温度を調節してくれ。僕は夕食の支度をしてくる」

デシーマはためらった。彼が出ていくまで待つべきなのだろう。そしてこっそりブルーを呼べばいい。けれども、そうなったら髪までびしょ濡れになった理由を説明しなければならなくなる。「アダム！」

「なんだい？」彼は引き返してきた。

「はさみを貸してくれない？」

「もちろんいいよ。だが頼むから、ぐずぐず爪など切っていないで、まず風呂に入ってくれ」

「だめなの……コルセットの紐がほどけなくて」

アダムが沈黙した。おもしろがっているのかしら？　それとも、決まり悪くなった？

いいえ、それはないわ。彼は経験豊かな男性だ。おそらく私より多くのコルセットの紐をほどいているに違いない。

ついたてが動いた。「だめ！　ただはさみを渡してちょうだい」

「それで、背中を突き刺すのかい？　見せてくれ、デシーマ。僕ならほどけるかもしれない」

恥ずかしさで真っ赤になりながら、デシーマは背を向けてつぶやいた。「いいわ」

ついたてが動き、すぐ後ろにアダムの体の熱が感じられた。リネンの生地が肩をかすめた。きっとお湯を運ぶときに上着を脱いだのだろう。デシーマは目を閉じ、シャツ姿のアダムを思い浮かべた。

彼の指先が紐をとらえ、引っ張ったりねじったりしている。「切ったほうが早いわ」

「いや、あと……もう少しなんだ。ほら」結び目がほどけたとたん締めつけがなくなったが、アダムはそれで満足できなかったのか、十字に交差する紐を下からゆるめていった。

やがて彼はデシーマの両脇に手を置いた。「ここまであるんだな」

「え？」デシーマはあえいだ。今すぐその手を離してくれなければ、私は振り向いてしまう。そうしたらきっと……。

「君のそばかすだよ。どこまであるのか不思議だったんだ……。あったんだな。ここにも」指先がデシーマの肩からうなじへとすべり、背骨を下りていく。

デシーマの体は彼の指に震え、心は彼の言葉に揺れていた。そばかす？　彼はこの醜い茶色の染みを魅力的だと思っているの？

やがて彼の両手が唇に取って代わられた。デシーマは引き寄せられ、アダムの固い腿に体を預けていた。小さなキスが肩のやわらかな肌をたどっていく。薄いシュミーズを通して彼の熱い高まりを感じ、デシーマはあえぎ声をもらした。彼の欲望の証《あかし》に向かって、猫のように体をすり寄せたい。そんな生々しい衝動が全身を駆けめぐる。

アダムの両手が這《は》いあがって、胸のふくらみを包みこんだ。てのひらで重みを確かめるように持ちあげながら、親指で先端を刺激する。その場所は恥じらいもなく薄い生地を押しあげた。

「デシーマ」アダムが彼女の肩に顔をうずめたまま、くぐもったかすれ声で言った。「僕たちのどちらかが、これを止めなくてはならない。今すぐに」

「わかってるわ」デシーマは震える声でつぶやいた。「でも、どうしたらいいかがわからない」

9

アダムは深く息を吸いこんだ。これまで自制心に問題が起きたことはない。良心が欲望と闘うような事態に直面したのも初めてではないだろうか。今、その欲望はデシーマを寝室に運び、やわらかく力強い無垢《むく》な体に自分自身をうずめるつもりでいる。

アダムは痛みを感じるほどの努力で、心そそる胸のふくらみから手を離し、彼女の着ているものが体に触れなくなるまで後ろに下がった。そしてさらに後退して、ついたてをもとに戻すと、彼を求めて震えるデシーマの体を目の前から締めだした。

寝室に引き返して続き部屋の扉を閉じたアダムは、室内を――濃いグリーンのベルベットに覆われた大きなベッドを見た。あのベルベットの上に横たわる彼女はどんなだろう？　髪を乱し、無垢な欲求に目を大きく見開いているところは？　悪態を一つつくと、彼は扉を大きく開いて廊下に出た。

「だんなさま？」ベイツだ。くそっ。アダムは自分の体を見下ろした。濡《ぬ》れた裏革は燃えたぎる高まりを隠してはくれない。彼はシャツの裾を引っ張りだしてから髪をかきあげ、部屋に入っていった。

「気分はどうだ、ベイツ？」なんてことだ、プルーもここにいたとは。彼女は今も椅子に座りこみ、彼の格好を見て目をまるくした。

「とてもいいです。ありがとう、だんなさま。脚は痛むけど、プルーが――つまりミス・プルーデンスが食料貯蔵室から役に立つものを持ってきてくれたし。できれば、ちょっと体の位置を直してもらえませんかね。ずり落ちてきちゃったんですよ」

「ミス・デシーはどちらに、だんなさま？」プルーが尋ねる。

「風呂に入っている」アダムは腰をかがめてベイツに手を貸した。おかげで詮索がましいメイドの視線に背を向けられる。「僕の続き部屋の浴槽を使っているんだ。そっちのほうが湯がたっぷり入るから。彼女は外ですっかり体が冷えてしまってね」

「だから、だんなさまは着替えていないんですね」プルーはその説明を受け入れたとにおわせた――今だけだが。「あたしが行ってお手伝いしてきます」

アダムは凍りついた。デシーマが落ち着きを取り戻す充分な時間はあっただろうか？　彼女の喉には、ひげの跡が残っていないか？「手は足りていると思うよ」彼はなんとか言い、体を起こした。

「だったら、着替えを用意してきます」プルーはいくらかふらつきながら立ちあがった。プルーにアダムは休んでいたほうがいいと言おうかと思ったが、運に賭けようと決めた。プルーに疑われたら、間違いなくしつこく質問攻めにされるだろう。

二人の男はメイドが出ていくのを見守っていた。アダムはベイツの視線が突き刺さるのを感じた。「それで？」いらだって尋ねる。

ベイツは肩をすくめた。「おれの立場じゃ何も言えませんや。でも、問われるなら言いますが、生娘をもてあそぶのはだんなさまの趣味じゃないでしょう。そいつはちょっと危険すぎる」

「何もてあそんだりは――」アダムは言葉を切った。まさに自分がしているのはそれだった。そのつもりではないにしても、間違いなく同じだ。「口が過ぎるぞ、ベイツ」

「ええ、だんなさまの言うとおり」ひどく不満でなければ、ベイツはこんなに素直にならない。そしてたいてい彼は洞察力が鋭くて正しい。だからこそアダムはベイツの批判的な意見も大目に見てきたのだ。

「ミス・ロスは淑女だ。淑女をもてあそぶのは許されない」それを言うなら、どの身分でも処女をもてあそぶのは許されない。ベイツはこの高飛車な言葉を無言で受け止め、アダムはありったけの威厳を見せて部屋を出ていくしかなくなった。

階下に向かう途中、廊下の鏡でちらりと自分の姿を見て確信した。まだもとに戻っていない。服装は乱れ、下半身は至って具合の悪い状態だ。心臓は轟《とどろ》き、良心は彼を怒鳴りつけている。というのも、デシーマを熱い湯から引っ張りだし、疲れ果てて動けなくなるまで愛しあいたくてたまらないからだ。

うなり声をもらすと、アダムは戸棚を大きく開いて皿や瓶を取りだし、テーブルに叩《たた》きつけた。彼はデシーマを凍えさせ、びしょ濡れにし、そして辱めた。唯一の償いの方法といえば、まともな食事を用意することしかない。


デシーマは湯の中で体の力を抜くと、冷えきった肌をあたためることで、体が一瞬だけ経験した衝撃を追い払おうとした。湯に顎が触れ、髪が浸《つ》かるまで湯の中に沈みこむ。両腕は脇に垂らしたままだった。感じやすくなりすぎて、体に触れるのも怖かった。あらゆるところが脈打ち、うずいている。

私はキスを望んだ。いくら何も知らないといっても、それが親密な喜ばしいもので、アダムのにおいと情熱をたっぷり味わえるのはわかっていた。ただし理性も忘れ、触れてほしい、あらゆるところを愛撫《あいぶ》してほしいと叫びだしたくなるほど感覚のとりこになるとは思ってもみなかった。

もちろん男と女が何をするものかはわかっている。だがどういうわけか、そういう行為は夫婦のベッドの上に限られると信じていた。キスは穏やかな愛情表現だと思っていたけれど、どうやらそうではないらしい。どんな顔をして彼に会えばいいのだろう？

湯が冷めてきた。デシーマは慎重に石鹸《せっけん》を取りあげ、体を洗いはじめた。顔、腕、手。

どこも問題はない。ごくりと唾をのみこむと、すばやく胸のふくらみに泡をこすりつけた。てのひらの下で、胸が張りつめ、重くなるようだった。足は無事だった――もっとも、アダムが大きな手であたためてくれたのを思いだす。すね、腿……やわらかなカールのところで震える手が止まる。彼はそこに触れなかったのに、どうしてここから熱いうずきがわきあがるのだろう？　しっかりしなさい、デシーマ。きちんと洗って支度をするの。急いで洗って浴槽から出ると、タオルをつかんで体に巻きつけた。ドレッシングガウンはない。

寝室のほうからはまったく音がしなかった。デシーマは扉を開けてのぞいてから、大急ぎで自分の部屋に向かった。部屋に飛びこんだところで、両腕にペチコートを抱えているプルーが目に入った。彼女は青ざめた顔に、不満げな表情を浮かべていた。

「プルー、横になっていなきゃだめよ」

「ときどき座りますから大丈夫です。着替えを用意しました、ミス・デシー」

「ありがとう。さあ、座ってちょうだい。どうして服が必要だってわかったの？」ああ、神さま、アダムはプルーに何も言っていないでしょうね？

プルーは椅子にちょこんと腰かけ、デシーマをじろじろ見た。「だんなさまはお嬢さまが外ですっかり冷えてしまったとおっしゃいました」

「まあ、確かにそうね。そんなに身構える必要はないでしょう、プルー」

「あたしはだんなさまを見たんです。お嬢さまは〝すっかり冷えた〟どころじゃなかった」

「プルー！　何を言いだすの？」突然、今までにない恥じらいを感じ、デシーマは服を体に引き寄せた。

「彼はシャツの裾を出していました――いくつもの罪を隠していたんです。顔は赤かったし、家のまわりを十周も走ってきたみたいに息が上がっていました。それにあたしと目を合わせたくないみたいでした。お嬢さまもです、ミス・デシー。唇は紅を塗ったみたいに見えるし――おまけに、その首です」

デシーマはメイドが突きだした鏡をしぶしぶのぞきこんだ。新たなデシーマが見返してくる。目を見開いた奔放な顔つきの女だ。唇は腫れ、首筋には赤い跡が残っていた。

「そういうことをするつもりなら、男は一日に二度はひげを剃《そ》る必要があります」プルーがはっきり言いきった。「正直なところ、ミス・デシー、あたしはだんなさまが紳士だと思っていました。それを見ると、誰も信じちゃだめだってよくわかります」

「そんなんじゃないのよ」デシーマはコルセットの紐《ひも》を締めてもらいながら、振り返った。

「私のせいなの。それにただのキスだもの」プルーが信じられないという顔をする。「ねえ、まさか思っていないわよね？　彼が……私たちが……絶対にないから！」

「お嬢さまがそうおっしゃるならそうなんでしょう、ミス・デシー」プルーはペチコートを手渡した。

「だからそう言っているでしょう。確かにあれは不適切だった。いずれにしても、ここを出たら彼とは二度と会わないわ」デシーマはドレスを頭からかぶった。顔を出したときには頬は上気し、息が切れていた。私は彼とは二度と会わない。絶対に。

「あたしも階下《した》に行きます、ミス・デシー」

デシーマはプルーを見つめた。一晩じゅう不満な顔でそばにいる彼女を想像して、ぞっとした。アダムと再び顔を合わせるだけでもつらいのに、立会人がいるなんて、とても耐えられない。

「やめて、プルー。そんなことをしたら、私がいたたまれないわ。彼と私は……いくつか話しあっておかないといけないことがあるの。あなたはここで休んでいて。私があなたの食事を運ぶわ」

三十分後、デシーマは緊張に震えながら階下に下りた。厨房《ちゅうぼう》の扉を押し開けたとき、こってりしたにおいに迎えられた。アダムが赤ワインのコルクを抜き、ぐつぐつ煮える深鍋にそそぎ入れている。

扉の閉まる音で彼は目を上げ、デシーマを見た。それからゆっくりとからになったワインボトルをテーブルに置いた。二人のあいだで沈黙がぱちぱち音をたて、声にならない言葉があたりを埋め尽くした。「夕食の支度をしているのね」デシーマはやっと声を出し、見たままを言った陳腐な言葉にひるんだ。

「君を冷たい水でびしょ濡れにして、死ぬほど怖い思いをさせたんだ。せめて熱いものでも食べさせるくらいしかできないからね。鳩《はと》の残りと兎《うさぎ》があった」彼はいきなり髪をかきあげると、彼女に場所を譲るように二、三歩下がった。

「あなたは怖い思いなんてさせていないわ。今だってそう。私が怖いのは自分自身よ」

「デシーマ。すまない」彼女の知らないあいだに、アダムは上品な夜用の装いに着替えていた。「君にキスしたくなかったなんて嘘《うそ》は言えない。でも、あそこまでするつもりはなかった」

「私……あれが気に入ったの。気に入らなかったなんて言って、私だけ嘘をつくつもりはないわ。でも、いっきにあんなことになったから手に負えなくて。どうやってやめればいいのかもわからなかった」デシーマはあえてアダムの顔に視線を据えた。彼は正直だった。だから私もそうあるべきだ。「でも、あなたはわかっていた。あれでよかったのよ」

アダムがぱっと顔をそむけた。「君は実に驚くべき女性だ」

デシーマは顔を赤らめた。「はしたなかったわ。たぶん、私があおったのね。ごめんなさい――」

「謝らないでくれ」アダムはすばやく向き直ると、まっすぐにデシーマを見据えた。「僕はすばらしいと言いたかったんだ――文字どおりの意味で。どうして君は打ちひしがれ、兄上を持ちだして僕を脅さない？」

デシーマは煮え立つシチューにスプーンを差し入れた。「あなたと同じだけ私にも責任はあるわ。あれはこのうえなく……興味深くて、打ちひしがれることなんて何もなかった。このシチュー、すごくおいしいわね。じゃがいもの皮をむきましょうか？」

突然、何もかもがもとどおりになった。アダムは明らかに納得していないが、デシーマは落ち着きを取り戻した。確かに膝ががくがくするし、肌は誰かに何千もの小さな羽根で撫《な》でられているかのような感じがする。けれどもほかはもとどおりだ。当然でしょう。私は誰にも頼らない大人の女なのだから。

アダムは火にかけたもう一つのフライパンを持ちあげると、塩入れに手を伸ばした。「こっちもできた。ブルーはよくなったみたいだね」

「ええ、そうね」デシーマはフォークやナイフを用意した。「ベイツはどう？」

差し障りのない会話をしながら、デシーマの心は乱れ、体はありえないほどうずいた。アダムも同じように感じているのかしら？　たぶん誰もがときおりこんな気持ちを経験しながら生きているのだろう。そう思うと不思議だった。

その夜はなかなか楽しく過ぎていった。見えざる傍観者がいたとしたら、紳士とレディが使用人に仕え、その後自分たちのディナーの用意をしているという尋常ならぬ光景を目にしただろう。もしかしたらその傍観者は、レディの視線が紳士のうつむいた頭に向けられたり、彼の動きに魅せられているのをごまかすためにまつげを伏せたりするのに気づいたかもしれない。あるいは紳士が口元をきつく引き結び、椅子の上で落ち着きなく身じろぎをする様子にも目を留めたかもしれない。

玄関ホールの時計が十時を打ったころ、デシーマは『レディーズ・ジャーナル』から顔を上げた。「あの音は何？」

アダムは立ちあがって窓辺に近づくと、分厚いカーテンをわずかに脇に寄せた。「雨だ。雪が解けている」彼が振り返った。デシーマは暗い火花を散らすその目が伝えるものを必死に読み取ろうとした。「明日には外の世界もこちらに通ずるだろう」

「私たちも現実に戻るときなのね」デシーマは泣きたくなっている自分に気づいた。力が出ず、椅子の肘かけをつかんで立ちあがる。今、両腕を伸ばせば、アダムが応えてくれるかもしれない。そこから先はどうにでもなれ、という気分だった。先ほどのアダムには途中でやめる強さがあった。今度は私が強くならなくてはいけない。「プルーはきっと起きて待っているわ」デシーマは笑みを浮かべてみせた。「それに明日出発しないといけないのなら、二人とも体を休める必要があるわね。おやすみなさい、アダム」

アダムは部屋を横切ってデシーマに近づくと、これまでにないことをした。彼女の手を取り、指先にそっと唇を寄せたのだ。「さよなら、デシーマ」

階段の半ばで、デシーマはアダムが言った言葉について考えた。〝さよなら〟って？

夢と苦しい思いにさいなまれて眠れない夜を過ごすと思っていたが、廊下の時計が七時を打つまでデシーマは目覚めなかった。窓を打ちつける激しい雨の音が聞こえる。喜ぶべきなのだ。でも、現実から離れたこの奇妙な休暇が永遠に続いてほしいと思うのは、悪いことだろうか？

デシーマが華麗な東洋のドレッシングガウンに身を包み、裸足《はだし》でメイドの部屋にそっと入ると、プルーはすでにベッドを出たあとだった。すっかり元気になって、ベイツの部屋で何やら言い合いをしているようだ。「あたしはあんたの体を洗ってあげるなんて言ってないわよ、この頑固者」

扉が大きく開いてプルーが現れた。

「いやになりますよ、ミス・デシー、男ときたら」彼女はデシーマの全身に目を走らせた。「階下に行って、お嬢さまにお湯を持ってきます。ご存じでしょうけど、雪はほとんど解けてしまいました」

彼女は寝室に戻り、昨日まで真っ白だった前庭を窓から見下ろした。二人で作った雪だるまの残骸が見える。帽子はずり落ち、胴体は半分なくなっていた。永遠に続くものなどない。そんなふうに思えた。

アダムはベーコンをひっくり返し、新鮮なものが食べられるまであとどれくらいだろうと考えていた。このまま雨が続くとしたら、そう長く待つこともあるまい。そしてそのときにはデシーマも去っていく。罪悪感と激しい官能的な夢のはざまで、寝返りばかりの眠れない一夜を過ごしたあと、アダムは彼女との別れをもう少しで喜びそうになった。

二人には時間が――距離と、治療薬となる普段の生活が必要だ。たぶん、そのあとならデシーマへの本当の気持ちに向きあえるだろう。アダムは考え事をしながら無意識にやかんに水を入れ、火にかけていた。そして厨房の雑事があっという間に身についてしまったことに微笑《ほほえ》んだ。

デシーマ。僕は彼女が欲しい。ああ、どれほど彼女が欲しいか。だが、デシーマは立派な上流のレディだ。愛人になどできない。だったら何がある？　清らかな友情？　アダムは顔をしかめた。結婚か？

ベーコンが焼け焦げていた。彼はフライパンを火から下ろし、それを見つめた。アダムは結婚する必要がない。跡継ぎには十五歳のいとこのペリグリンがいるし、ほかにもいる。アダムは今、自由だ。結婚すれば自由は失われる。自由を失い、この先一生ただ一人の女に縛られるのだ。これまではそう考えるだけでも耐えられなかった。ところが、数日間を雪に閉ざされた家で、ただ一人の女性と過ごし、一瞬も退屈しなかった。長い時間、肉体的欲求にさいなまれたが、そう、確かに退屈はしなかった。

そのとき裏口の扉がばたんと開き、これまで行方知れずだった使用人たちがどやどやと入ってきた。みな、ぐっしょり濡れて、荷物を抱えている。

「だんなさま！」ミセス・チティがアダムを見つめた。「私の厨房で何をなさっているんですか？」

「朝食を作っているんだ」アダムはケーキをくすねた現場を取り押さえられたような気分だった。

「お客さまが見えたなんておっしゃらないでくださいよ！」家政婦がテーブルの四枚の皿を見た。彼女は巨大なボンネットと外套《がいとう》を脱ぎ捨てると、エプロンを広げた。「これを誰が身に着けていたのかきいてもよろしいでしょうか、だんなさま？」

「僕とミス・ロスだ」勘弁してくれ。

「ミス・ロス？」

「そうだ、ミセス・チティ。それについて話しておかないといけない」

「エミリージェーン、外に行って食料品を運んでいらっしゃい。ぼやぼやしないで」家政婦に言われ、厨房つきのメイドはあわてて雨の中に出ていった。

「ミセス・チティ、僕は雪の中、やっとのことでここまで来たんだ。途中ベイツと二人で、馬車で立ち往生していたレディとメイドを助けだし、ここに連れてきた。ほかには誰もいない」

「とにかく、少なくとも彼女にはメイドがいるんですね」家政婦はバスケットを探ってパンを取りだした。「それにベイツも。だからといって、作法を守るのに彼が役に立つわけじゃありませんけどね」

この状況を言い繕おうとしても無駄だろう。「ミス・ロスのメイドはずっと熱を出して寝こんでいたし、ベイツはここに着いた晩に脚を折ったんだ」

「あらまあ」ミセス・チティがほんの少し口をゆがめておもしろそうにアダムを見た。「だんなさまはいささか困ったお立場に立たされたということですね。とくにお客さまがじきにおいでになるわけですから。今では街道のほとんどが通れますよ」

ああ、なんということだ。それについては考えていなかったとアダムは気づいた。ロンドン社交界のそうそうたる面々がやってくる。四人のうち二人は、信頼していいと言えるほどよくは知らない。つまり、デシーマが破滅する可能性は大いにある。

アダムがそう考えているところへ、荷物を抱えたエミリージェーンが飛びこんできた。

「馬車が二台、私道をこちらに向かってます、だんなさま」

10

「だったら、私はずっとここにいて、エミリージェーンとウィリアムだけが町に行ったってことにすればよろしいんじゃないですか？」

ミセス・チティは太った体にエプロンの紐《ひも》をまわして結ぶと、アダムからフライパンを取り返した。

「エミリージェーン、濡《ぬ》れた服を脱いだら、玄関の扉を開けてきなさい。それにおしゃべりはなしよ」彼女は再びアダムに向き直った。「だんなさまも急いで上着と幅広のネクタイ《クラヴァット》を着けてください。その若いご婦人にも話をしておいたほうがよろしいですね。エミリージェーンとウィリアムについてはご心配なさらずに。私がしっかり見張っていますから」

「ミセス・チティ、君は家政婦の鑑《かがみ》だ」アダムは腰をかがめて、彼女の赤い頬にキスをした。「それで、どうして〝若い〟ご婦人だと思ったんだ？」

家政婦はただ彼を見つめただけだった。アダムはこの十数年で初めて顔が赤らむのを意識した。そして苦笑しつつ厨房《ちゅうぼう》を出て階段をのぼったとき、玄関のノッカーが鳴り響いた。

デシーマは化粧台の前に座り、きちんと髪を結いあげてもらったことに罪深い喜びを感じていた。こうしてもらったのはチャールトンの家を出て以来だ。

扉にノックの音が響き、デシーマとプルーはびくっとした。「デシーマ？　入ってもいいかな？」アダムは返事を確認せずに部屋にすべりこんだ。

「だんなさま！」プルーが怒った付き添い《シャペロン》の口調をまねたが、完璧に無視された。

「ミセス・チティと厨房つきのメイド、それから従僕が戻った。それと今、招待客が玄関の前にいる。プルー、君は階下《した》に来られるくらい元気になったね？　よろしい。言うまでもなく、ミセス・チティはずっとここにいた。僕たちは料理もしていないし、自分たちの世話もしなかった。そしてプルー、君は一度たりともミス・ロスのそばを離れなかった。ミセス・チティが朝食と客を迎えるための準備をしている。僕はこれからベイツに口止めしてくる。君とプルーは二十分後には階下に来られるね」

二人が何も言えないうちにアダムは部屋を出ていった。デシーマは深く息を吸いこむと、注意深く自分の姿を見た。口の中がからからになり、胃がきりきりする。見知らぬ他人と会うときは、まともな状況であっても、緊張と苦痛を感じる。だが、今回の見知らぬ他人は私を破滅させるかもしれないのだ。「宝石箱を持ってきて、プルー。今日は最高の姿を見せなくてはいけないわ。あなたは着つけ係のふりができる？　シャペロンの資格がある使用人になってもらいたいの」

「それってレディ・アンブリッジの着つけ係みたいに、ってことですか？」プルーはデシーマの親戚に雇われているいかめしい中年女性の名を挙げた。「そっくり返って偉そうな？」彼女の目がきらりと光る。「できますとも。ええ、もちろんです」

階段を下りるとき、デシーマは小柄で横柄な女性を伴っていた。プルーは顎を上げて従僕をにらみつけ、厨房つきメイドを完全に無視した。

デシーマは扉の外でためらった。いつもの恐怖心が押し寄せ、自然と猫背になるのを感じる。

だめ。ここからこそこそ逃げだすわけにはいかない。ダイニングルームに姿を現さなければ、まるで隠れなくてはいけない理由があるみたいじゃないの。少なくとも私を一目見れば、彼らだって私とアダムのあいだに厄介なことが持ちあがったとは思わない。紳士が女と戯れるつもりなら、三十歳に手の届きそうな行き遅れなど選ばないだろうから。

デシーマは背筋を伸ばすと、ダイニングルームに入った。暖炉のそばには、流行の装いに身を包んだ二組の男女が楽しげにアダムと話している。そして振り向いたアダムは、わずかだが口をぽかんと開けた。デシーマは微笑《ほほえ》んだ。髪は結いあげ、首には高価な真珠のネックレスが輝いている。唯一持ってきていた見映えのいい朝用のドレスが、彼女を芯までレディに見せていた。雪の中を転げまわり、馬の世話をする跳ねっ返りの面影はない。

デシーマはプルーを振り返った。「あなたはミセス・チティと朝食をとりなさい、ステイプルズ」

「かしこまりました、ミス・ロス」プルーは尊大な態度でお辞儀をすると、アダムに向かって小さくうなずいた。「おはようございます、だんなさま」

プルーの退場と同時に、アダムは理性を取り戻したようだった。「ミス・ロス、僕の友人たちを紹介しよう。僕のいとこのレディ・ウェンドーヴァーと夫のウェンドーヴァー卿《きよう》」二十五歳くらいの明るい雰囲気のレディと、いかめしい顔に楽しげな目つきの年配の男性だ。「そしてハイトン夫妻だ」美しく装った、いくらか年のいった夫婦で、夫人は気だるそうなブルーの瞳を向けてきた。「こちらがミス・ロス。彼女も雪のせいで足止めされ、退屈な三日間を過ごしていたんだ。だから、新たな顔に会うのを楽しみにしていたに違いない」

「あなたのお友達に会うのを楽しみにしていたけれど、退屈だなんてとんでもない」デシーマは椅子を引いてくれたミスター・ハイトンに微笑んで感謝の意を伝えた。「あなたとミセス・チティがすばらしいもてなしをしてくれたおかげです」席に着いた全員を見まわす。「ウェストン卿が私たちを救ってくれなければ、いかがわしい酒場に避難するしかなかったんです、本当にほっとしましたわ。この気持ちはみなさんもおわかりかと。あなたがたも雪に閉じこめられたんでしょう?」

会話は容易に流れていった。どうやらアダムの招待客は賢明にも居心地のいい宿屋にとどまり、今朝になって出発したらしい。「ミセス・チティの料理が待ちきれなかった」ウエンドーヴァー卿が従僕の差しだしたハムエッグとソーセージの大皿から、自分の分をたっぷり取り分けた。

「そうでしょうね、わかります」デシーマは同意した。これでいい。なんとかできそうだ。彼らは礼儀正しいので、背が高いからといって私をじろじろ見ないし、これほどの少人数なら、こそこそ内緒話をすることもできない。何よりもすばらしいのは誰一人、私を嫁がせようとしないことだ。

食事が終わると、デシーマは荷造りを理由にすぐさま階上に戻った。すでに部屋には鞄《かばん》が出ていて、引き出しの中身もベッドの上にあけてあった。

プルーがベイツの部屋から飛びだしてきた。「あの男ときたら!」

「もう荷造りを始めたみたいね」

「ええ、ミス・デシー」

「だったら、御者たちが到着する前に片付けてしまいましょう」デシーマはきびきびと言った。

荷物を運ばせるためにプルーを従僕のウィリアムのところにやったあと、デシーマは招待客のところに戻った。あまり避けていても奇妙に思われるだけだろう。声のする居間に向かい、誰にも気づかれずに中に入ると、戸口に近い椅子に座った。ほかの面々は勢いよく燃える暖炉の前で、アダムをからかうのに夢中になっていた。

「恐れていたとおり、サリーは君の花嫁を見つける気でいたんだろう、アダム？」ウェンドーヴァー卿が笑いのこもった声で尋ねた。

「まさにそのとおり。もっとも、最初はすっかりだまされた」アダムは悔やんだように言った。「あの家には二日ほどいたが、わざとらしい招待客も、インテリぶった女性の訪問者もいなかったし、内輪のパーティもなかった。油断していたところに、突然さりげなく近所の住人が訪ねてくると言われたよ」

「誰が誰を引き連れてきたんだ？　未婚の娘か？　不器量な姪《めい》か？」ミスター・ハイトンがおもしろがって問いつめた。

「いや、もっと悪い。未婚で中年の妹だ。財産があり、頭がよく、いい人だと念を押されたよ。彼らが来る前に飛びだしてきたおかげで、結局雪につかまってしまったというわけさ」

「まあ、かわいそうに！」ミセス・ハイトンが笑い声を響かせた。「言い換えれば、さえない人ってことでしょう。サリーったら、何を考えているのかしら？　あなたが好みにうるさいのはよく知っているはずでしょう？」

デシーマの中に激しい怒りが燃えあがった。よくもあんなことを！　冗談めかして話すなんて！　もちろんアダムは紳士だから、名前を言ったわけではない。どこかで別の女性が、私のように安堵《あんど》のため息をもらしている。会いたくもない〝求婚者〟が逃げてしまったのだから。そして彼女はまたしても〝格好の機会〟をものにできず、親戚たちに際限なく愚痴を言われるのだ。

気がつくとデシーマは冷ややかにこう言っていた。「きっと妹さんは、独身の知人の生活に首を突っこみ、縁結びに躍起になっている人たちと同じく、相手のためにそうしているんだと思っているはずだわ。当事者はどちらも望んでいないんですもの」

暖炉の前の五人がいっせいに振り返り、驚きの目を向けた。デシーマは体をこわばらせた。言葉が口から飛びだしたとたん、アダムの妹に対してどんなに失礼なことを言ったか気づいた。

アダムは呆然《ぼうぜん》としていたが、レディ・ウェンドーヴァーが立ち直って笑い声をあげた。

「あなたは辛辣ね、ミス・ロス。妹というのは兄のためを思って気をもむものじゃなくって？」

「その気もない女性を押しつけて、幸せになれるものかしら？　ウェストン卿なら、ふさわしい花嫁をご自分で見つけられるでしょう」デシーマはすでに彼の妹に対して許されざる非難をしてしまった。ここは思っていることを言ったほうがよさそうだ。

「僕もその当事者にはなりたくないが、相手のレディのほうはどうかな？　藁《わら》にもすがる思いじゃないだろうか？」ウェンドーヴァー卿が意見を述べる。

「結婚していることがそんなに望ましいことでしょうか？　無理やり人目にさらされる屈辱に耐えてまで、獲得する価値のあるもの？　くだんのレディにとっては辱めにほかならないし、感受性の強い男性は居心地が悪いだけでしょう。それに、彼らなりの健全な理由から独身を守っている男性たちだって、そういう世話焼きに悩まされているはずだわ」

「つまり、君は縁結びをよしとしないということかな、ミス・ロス？」ミスター・ハイトンが追及した。

「軽蔑しています」デシーマはきつく言ったあと、アダムの凍りついた表情をとらえた。

「ごめんなさい、ウェストン卿。あなたの妹さんに失礼なことを言ってしまったわ。妹さんはお兄さまを愛しているからそうなさるんでしょう」

　アダムは顔をしかめてみせた。「サリーが僕のためを思い、ひどく心配しているのは間違いない。運悪く、僕の考えをまったく考慮してくれないんだ。そのレディについてだが、妹からすれば、僕と結婚する以上に大きな喜びはないから、彼女が出会いを望んでいないなんて思いもよらないんだろうな」

「かわいいレディ・ジャーディン」ミセス・ハイトンがいとおしげに微笑んだ。「彼女がノッティンガムシャーに引っ越してしまって寂しいわ」

「妹さんはノッティンガムシャーに住んでいらっしゃるの？」デシーマはぼんやりとつぶやいた。胃が締めつけられ、吐き気がする。たまたま同じ名ということはありえない。ノッティンガムシャーにレディ・ジャーディンが二人もいて、その二人ともが年末に誰かの行き遅れの妹を独身の兄に紹介しようとしているなんて。私はアダムが置き去りにした〝藁にもすがる思い〟のレディ本人なのだ。

「最近そっちに引っ越したんだ」アダムが言った。「妹夫婦に会ったことは？　そういえば、雪の中で出会ったとき、君がどこから来たのかきかなかった。君はノッティンガムシャーから来たのかい？」

「いいえ」友人のヘンリーは、嘘《うそ》をつくなら全力でつけと常々言っている。「レスターシャーよ。妹さんとお知り合いになれなくて残念だわ」

デシーマは部屋に入ってきた従僕に救われた。「ミス・ロスの馬車が到着しました、だんなさま。積んであっただんなさまのお荷物は中に運んでおきました。すべて無事に届いたようです」

デシーマは立ちあがった。「私はこれで失礼いたしますわ。ひどい苦境を救っていただいて心から感謝します、ウェストン卿。よろしければ、今すぐミセス・チティにお礼を言いたいのですけれど」客たちと別れの挨拶を交わすと、厨房に逃げこんだ。

頭は衝撃と苦悩でずきずきしていたが、デシーマは明るく家政婦に話しかけた。「あなたがミセス・チティね。あなたの決断力と、蓄えのたっぷりあるすばらしい食料貯蔵室にお礼を言わせていただくわ。家の中がきちんと管理されていたおかげで、私たちはひどい目にあわずにすんだんですもの」

「お役に立てて何よりです」ミセス・チティの鋭い知性をたたえた目がデシーマを見つめている。だが、彼女の声は敬意がこもっていた。「だんなさまがしっかりお世話をされたと信じております」

「玄関までエスコートさせてもらえるかな、ミス・ロス?」アダムが音もなく入ってきて尋ねた。

デシーマはなんとか振り返って彼を見た。この男性は――私がともに笑い、悩み、もう少しで貞操を捧《ささ》げそうになったこの男性は、私に会って形式張った儀礼的な挨拶を交わすのがいやで妹の家を逃げだし、知らずに友人たちの前で私を嘲笑《あざわら》ったのだ。

「堅苦しいことはやめましょう、ウェストン卿」デシーマは冷ややかに応じた。「この裏口で充分よ。ミセス・チティ、よろしければ、私の着つけ係がどうして来ないのか見てきていただけるかしら」

家政婦が出ていき、デシーマは片手を差しだした。

「もう一度お礼を言わせて、ウェストン卿。酒場に数日間閉じこめられていたらと考えただけで震えがくるわ。それに、プルーの容態もどうなっていたか。本当にあなたに助けてもらって運がよかった。ベイツに早くよくなるよう祈っていると伝えてね」

アダムはデシーマの形式的な挨拶を無視した。「君は僕に怒っている。僕は妹の策略と自分の行動について軽々しく話すべきではなかった」

「それは違うわ。私こそあんな暴言を吐いてごめんなさい。その女性に同情してしまったのね。結婚を究極の目的と考えない女は、支えあわなければいけないでしょう？　ああ、プルー、やっと来たのね」

「さよなら、デシーマ」アダムが彼女の手を握りしめた。彼のあたたかさはデシーマの冬用の手袋をもたやすく貫いた。「もっと長く話ができればよかった……言いたいことがたくさんあったのに」

アダムの視線を受け止めるのは難しかった。デシーマは自分の視線が泳ぎ、やがて下に向けられるのを感じた。「もう行かなくては。さようなら」

一瞬、アダムがキスをするのではないかとデシーマは思った。だが、ミセス・チティが戻り、プルーが外套《がいとう》を差しだし、その一瞬は過ぎ去った。

前庭の雪はぬかるみに変わっていた。二人の雪だるまはただの雪のかたまりになっていた。場違いなにんじんが突きだし、古びた三角帽がのっている。

御者の手で馬車に乗りこみ、座席に落ち着くまでデシーマはアダムを振り返らなかった。彼は雪の上に立っていた。こちらを見つめる表情は不可解だ。親密で礼儀抜きの二人だけの数日間が、こんなふうに冷たい形式的な別れの挨拶で終わってしまうことに、彼もまた打ちひしがれているのだろうか？

馬車が動きだすと、デシーマは片手を上げ、アダムもそれに応えて手を上げた。彼はずっと私の後ろ姿を目で追っているだろうか？　それともすぐさま背を向けて友人たちの気楽な付き合いに戻り、雪嵐のあいだの出来事など頭から追い払う？

馬車が小道を進み、街道に入って東を目指すあいだ、デシーマはぼんやりと窓の外の濡れそぼる野原と溶けかかる吹きだまりを見つめていた。今日のうちにスワフハムに――うちに帰れるかしら？　長い旅になりそうだ。すべては道の状態と、停車場で取り替える馬の善《よ》し悪《あ》しにかかっている。通り道にはすばらしい宿屋があるので、それは問題ではない。けれども今はすぐにこの旅が終わり、安全な自分の部屋に、これまでの生活に、そして何も知らなかった以前の自分に戻りたくてたまらなかった。

運よく道はそこそこの状態で、馬も上々の速度を保った。この分なら遅い昼食の時間にウィズビーチに着けるだろうとデシーマは思った。そのとき、プルーの何かが彼女の目を引いた。

メイドは沈んだ様子で座席の隅にちぢこまっていた。鼻は赤く、ふっくらした頬に大きな一粒の涙が流れていく。

「まあ、プルー！　気分が悪いの？　今日、あなたを引っ張りだすんじゃなかったわ」デシーマは自責の念に駆られた。「よさそうな宿屋の前を通りかかったら、紐を引いて御者に馬車を停《と》めさせるわね」

プルーはしゃくりあげると、かぶりを振った。「そんなんじゃないんです、ミス・デシー。体調はいいし、あたたかいし、馬車は快適です」

「だったら、何が問題なの？」デシーマは座席を移ってプルーの隣に座り、彼女の額に手を当てた。まったく平熱だ。「教えてちょうだい、プルー。なんであれ、一緒に解決しましょう」彼女はメイドの手を取ると、そっと叩《たた》いた。

「お嬢さままではどうしようもありません、ミス・デシー」プルーはハンカチを探しだし、はなをかんだ。「ばかばかしいことなんです」

「問題がなんであれ、手立てがないなんて、私は信じないわよ。さあ、教えて」

「ジェスロのことなんです」プルーの声が揺らいだ。

「ジェスロ？　いったい誰のこと？」

「ベイツです。彼の名前がジェスロなんです」

「彼に何かひどいことをされたの？」デシーマは途方に暮れた。二人は口喧嘩《くちげんか》ばかりしていたが、涙をもたらすようなことが何かあったのだろうか？

「ああ、違うんです、ミス・デシー」プルーの顔がくしゃくしゃになった。「あたし、彼を愛してしまったみたいなんです」

「ベイツを愛してしまったですって？」デシーマはプルーを見つめた。「でも、彼とは言い争ってばかりで……」しばし間を置いてから、注意深く言ってみる。「彼はちょっと年が上すぎないかしら」

「ほんの少しだけです」

「彼も同じ気持ちなの？」

「わかりません」プルーの唇がわなわなと震える。「でも、そうだと思います。彼はおしゃべりじゃないし」

「そうね。今後も連絡を取りあう約束はした？」

プルーはかぶりを振った。「何もかも突然だったので。こんなふうに出ていくなんて考えてもみませんでしたから」彼女がもう一度はなをかんだ。デシーマの頭に不吉な考えが忍び寄った。

「プルー、あなた、まさか……何もしていないわよね……軽率なことを？　したの？」それからデシーマは思いだした。「そうね、もちろんありえないわ。私ったらばかね。彼は脚を折っていたんですもの」沈黙があり、プルーがデシーマをちらりと横目で見た。「プルー！　ほんとなの？　どうやって？　いえ……いいの、言わないで。知りたくないから」

プルーが身ごもっていたらどうするの？　そう考えたとたん、デシーマの中にアダムの固い体に引き寄せられた記憶がよみがえった。あのとき、もう少しで屈しそうになった。私も同じことで悩んでいたかもしれないのだ。それでも私は二度とアダムと顔を合わせることはないだろう。つまり、再会がもたらすはずの誘惑に身をさらす必要もない。

今ではプルーの頬を止めどなく涙が流れていた。ああ、どうしましょう！　私はどうすればいいの？「プルー、あなたがずっと同じ気持ちなら、なんとかしてウェストン卿に連絡をとりましょう。そうすれば、またベイツに会えるわ」

とはいえプルーが身ごもり、ベイツが正しいことをするつもりがなかったら？

プルーがデシーマの両手をぎゅっと握りしめるので、デシーマはなんとか励ましの笑みを見せた。けれども心は震えおののいていた。ベイツとプルーを引きあわせるには、アダムの手助けが必要になる。つまりは、彼と再び顔を合わせるということだ。

11

いとこのオーガスタは帰ってきたデシーマを喜んで迎えた。旅についてはまったく無関心で、ハーマイオニとチャールトンがどうしていたかにも興味がなかった。ところが二人で新しい温室に入ったとき、彼女はデシーマを見て目をしばたたいた。「あなた、ずいぶん違って見えるわ。髪型を変えた？」

これがいつものオーガスタ・ウィンポールだ。デシーマはその言葉を気に留めなかった。だが、親しい友人のヘンリーには驚かされた。翌日、サー・ヘンリー・フレッシュフォードは近くにある彼の領地から馬でやってきた。デシーマの帰宅を聞きつけたようだ。

「ヘンリー！」デシーマは腰をかがめて頬に兄のようなキスを受けた。兄のチャールトンよりもずっと心がこもっている。「クリスマスは楽しかった？」

「ああ。よかったよ」ヘンリーは奇妙な目で彼女を見つめた。「デシー、いったい君に何があった？」

「あら、何もないわ。オーガスタの最新の無駄づかいを見に行きましょうよ」デシーマはヘンリーの腕を取り、居間の一つから張りだしたように建てられた温室に連れていった。

「すてきでしょう？　彼女は羊歯《しだ》や椰子《やし》、蘭《らん》を植える予定なのよ」

デシーマはヘンリーがすぐさま興味を示し、熱を送るパイプや、水やりの装置について尋ねるかと思っていた。代わりに彼は立ち止まってデシーマをまじまじと見つめている。首をかしげ、口の端を小さくゆがめて笑みを浮かべていた。

准男爵のヘンリー・フレッシュフォードは、デシーマが会った中でもっとも美しい男性だ。背丈が平均より低いとはいえ、古典的な顔立ちは非の打ちどころがない。髪はブロンド、目は紫がかったブルーで、その姿は気品がある。見た目だけでも女性の賛美者を集めたが、その血筋と財産がさらに多くの若いレディの母親たちを引きつけた。

結婚の魔の手を避けようと努める小柄な男性と、誰からも結婚相手として望まれない大柄な女性のあいだには、めったにない深い友情があった。デシーマにとってヘンリーは自分で選んだ兄であり、一方デシーマはヘンリーにとって完璧な女友達だった。

「どうしてじろじろ見るの？」デシーマは温室に合わせて買ったらしい新しいソファに座った。「あなたはオーガスタが何をしていたかに興味を持つと思っていたのだけれど」

「君が何をしていたかのほうがずっと興味があるね、デシー」ヘンリーは向かい側に座って脚を組むと、椅子の背にもたれて彼女をじっくり観察した。

「どういう意味？　それとお願いだから、デシーと呼ばないで。その呼び名がどんなに嫌いか、気づいたところなの」

「いいよ、デシーマ。さあ、話題を変えるのはやめて、彼が誰なのか教えてくれ」

「彼って?」うわずった声になり、デシーマは顔を赤らめた。「何が言いたいの、ヘンリー?」

今度はヘンリーが当惑したように見えた。「どう言えばいいかよくわからない。なんというか君は……輝いている。新しい自分に目覚めたというか。僕は兄のような気持ちで君を思ってきたが、その僕でさえも君の……心の震えを感じる」彼は咳《せき》をして袖口を引っ張った。「それで男がいると思ったんだ。彼は、ええと、内なる……感情をかき立てた」

「見てわかるの?」デシーマはぎょっとした。「いえ……あなたが何を言っているのか見当もつかないわ。まるで私が恋人でも作ったと言っているみたい」

「そうじゃないのかい?」ヘンリーは当惑から立ち直ったようだ。

「まさか!」デシーマはヘンリーの疑わしげな顔を見つめ、とうとう降参した。「ただ、近いことはあったわ。あなたが誰にも言わないと約束してくれるなら、打ち明けてもいい」

デシーマがチャールトンとハーマイオニとの最後の朝食のあとの出来事をすべて――細かい部分については語らずに吐きだしてしまうと、ヘンリーはうれしそうに両手をこすりあわせた。

「ほらね？　僕がずっと言ってきたように、君の見た目に問題なんてないんだよ。気にするのは、君のばかな親戚と、一握りの同じくばかな俗物だけだ。その男がそれを証明してくれたじゃないか」

「でも、これまで私に魅力を感じた人なんて誰もいなかったわよ」デシーマは納得したかった。ヘンリーは友情からそう言っているのでは？

「今度ばかりは考えることがたくさんありすぎて、躍起になって魅力のない行き遅れになる暇もなかったようだな」ヘンリーが容赦なく言い放った。「彼は君の本当の姿を見たんだよ。魅力も個性も隠してしまう猫背の引っこみ思案じゃなくね」

「彼はものすごく背が高いのよ。だから、私がぶざまなのっぽだなんて気づかなかったんだわ」

「社交界にだって、君よりも背が高い男は大勢いるだろう。そんな言い訳は通らないよ」

「彼はひどく変わっていたわ……私のそばかすが好きなんですって。おまけに私の口が大きすぎるとは思っていないみたいなの。実際、私が唇をすぼめたときに彼は……」デシーマは真っ赤になった。

「なんだって？」ヘンリーが興味をそそられ、問いつめた。「噛《か》みつきたいとか？」

「そうよ！　これであなたも、彼のことをまともだなんて言えなくなったでしょう」

「完璧にまともだよ。これは実にはしたない話題だが、デシー――デシーマ、ここまで話したからにはしかたない。彼が何をしたいかについては、わかりきっている。それに、君のそばかすが好きだからといって、いかれた男にはならない。僕は君のそばかすが好きだよ。話を聞くに、彼は健全な男の欲望を充分に持ちあわせた、いかにも男らしい男だな」

「まあ」ヘンリーによれば、アダムはおかしな理由から私を魅力的だと思った変人ではなかったのだ。ほかに誰もいないし、何もないよりましだから、私にキスをしたわけでもなかった。

「これから何が起きる?」

「いいえ、何も起きないわ」彼女が答えるとヘンリーが片眉を吊《つ》りあげた。「言ったでしょう。彼は友人たちに私の話をしたとき、すごくいやがっていたの。私と会わずに逃げだしたと認めたわけだし」

「だが、彼は君に会っていない。逃げだしたんだから」ヘンリーが追及した。「君だっていやだったんだろう——彼に会わずに逃げだした。賭けてもいい、もし君がまっすぐここに戻っていたら、憤慨して僕に話していたはずだ。兄たちが、見るからに嫌悪感を抱かせるような男と結婚させようとした、とね」

「それは違うわ!」デシーマははたと考えこみ、ヘンリーの顔を見た。「いえ、そのとおりかもしれない。そんなふうに考えたことはなかったわ」

「彼のことを愛してしまった?」

「わからない」デシーマは眉根を寄せてヘンリーを見つめた。「どうしたらそうだとわかるの?」

「僕にわかるわけがないだろう」ヘンリーは明るく言い返した。「残念ながら、僕も経験がない。想像するに、もしそうなったら、ただ〝愛してしまった〟と思うんじゃないかな。あるいは、食事を忘れたり、相手のことを一日じゅう夢見たり。とにかく、これからどうするんだ?」

「何もしないつもりだったわ」デシーマは正直に答えた。「彼を追いかけるなんてできないでしょう? たとえそうしたくてもね。でも、複雑な事情があるの。プルーが彼の厩《うまや》番《ばん》に恋をしたみたいなのよ——いいえ、〝みたい〟じゃないわね。だから近いうちにそちらをなんとかしないといけないの」

「ふうむ」その問題については、ヘンリーはあまり力になってくれそうになかった。「君は気分転換を図る必要があるな、デシー——デシーマ。母上が今度の社交シーズンにキャロラインを社交界入りさせるため、ロンドンの屋敷を開くつもりなんだ。僕も行こうと思っている。君も一緒に行かないか? 母上は君が来れば喜ぶし。早めに支度を調え、二月の終わりまでにはキャロのドレスやら派手な装身具やらを一式そろえる予定でいるんだ」

それにはデシーマもそそられた。もともと今度の社交シーズンには顔を出すつもりだったた。チャールトンを怒らせるためだけでもいい。けれども兄とは関係なく、今後は自分のしたいことをするつもりだった。私はロンドンに行きたいし、ヘンリーの言葉が本当なのか明らかにしたい。引っこみ思案でもなく、自分の姿を変だと思わなければ、ほかの人たちも私を変だとは思わない？

それに、アダムも社交シーズンにロンドンにいる可能性は高い。だからといって、彼に会いに行きたいわけではないけれど。でもプルーに手を差し伸べる必要があれば、最善を尽くさなくてはならない。

「どうもありがとう、ヘンリー。私もロンドンに行って、あなたのお母さまのところで過ごしたいわ」

「見つからないとはどういうことだ？」アダム・グランサムは書類をつかんだまま、広い机の向こう側にいる調査員をにらみつけた。「イギリス人紳士とその家族をたどるのがどうしてそんなに困難になる？　もう三週間も捜しているじゃないか」

男は顔を赤くしたが、平静は保っていた。アダムは癇癪《かんしゃく》を抑えた。フランクリンが仕事を怠けたことはないし、手を抜いていると疑う理由もない。

「座って、これまでわかったことを報告してくれ」

調査員は腰を下ろすと、自分の書類を開いた。「チャールトン・ロスという名の紳士を捜すようにとのご指示でした。ただし、彼に称号があるかないかはわからない。妻の名はハーマイオニ、そして妹がデシーマ。ホイッセンダインからそう遠くない場所に屋敷を構えている。というのは、あの大雪の朝、ミス・ロスの馬車はあなたと出会った地点までたどり着いたからです。彼女の話では、屋敷はレスターシャーにある。そういうわけで、私は貴族名鑑、地主名鑑、及び彼が聖職者である可能性までを考慮し、クロックフォード聖職家名鑑を調べました。しかし何も出ませんでした。そこでさまざまな地方の住所録――念のためノッティンガムシャーも当たりましたが、チャールトン・ロスは影も形もありません。ロスという名前については多くの記載があっても、該当する人物はいないのです。貸し出しの記録が残っていないので、馬車は家族所有のもののようです。結局ノーフォークにまで調査の手を伸ばしました。けれども、当てはまりそうなロスという名の独身女性も夫を亡くした女性も見つかりません。当然そのレディのいとこが夫を亡くしているとか、独身であっても姓が異なる場合は考えられます。唯一あなたの説明に該当しそうな一行が、ウィズビーチの近くの〈日の出亭〉で昼食をとっていましたが、わかったのはそこまでです。あの日の駅馬車街道を行き来していた馬車の数は、悪天候によって足止めされていた人たちがいっせいに帰宅したせいで非常に多かったのです。有料の街道についてもあらゆる方面を調べましたが、目撃者はいませんでした。残念です」

「ありがとう、フランクリン。よくやってくれた」男は一礼すると部屋を出ていった。アダムは屋敷の主人の書斎で机を前に、一人ふさぎこんだ。ブランデーをグラスにそそぎ、思いにふける。

　このロングミンスター・ハウスはおばの夫であるミンスター伯爵が所有する田舎の屋敷だ。ちょうど初孫の洗礼式の最中で、まさにお祭り騒ぎだった。アダムは一週間にわたる赤ん坊のお披露目にしぶしぶつきあいながら、数えきれない親戚のダンスの相手を務め、未婚でいることへのお説教を避けてきた。

　数少ない逃げ道の一つが、ミンスターおばの遠い親戚のオリヴィア・チャニングを励ますことだった。アダムはオリヴィアを小さくて内気だった少女のころから知っている。今や彼女はちょっとした美女に成長していた。いまだに小柄だが、ブロンドで妖精のように愛らしい。加えて立派な血筋とみごとな礼儀作法から、完璧な花嫁候補と言えるだろう。問題は彼女の家が金に困っていることだった。

　そして切羽詰まった母親は娘を社交界へと押しだそうとしていた。当のオリヴィアは見た目と性格のよさにもかかわらず、自分は相手にされないと固く信じこんでいる。ひと月前なら、アダムも彼女のことなど相手にしなかっただろう。だが、縁結びに躍起になる人たちに対するデシーマの厳しい意見が、今も耳の奥で鳴り響いている。アダムはオリヴィアに同情し、一人ぽつんと取り残された彼女と親しくなろうと努力していた。

　オリヴィアは不思議な娘だった。ようやくアダムに慣れてきて、いくらか気楽に話せるようになったが、それでもアダムはずっとオリヴィアが彼の肩越しにちらちら見て何かを確認している気配を感じた。

彼は再びグラスにブランデーを満たし、オリヴィアを解決不可能な問題として退けた。父の弟の忘れ形見であるペリグリン・グランサムも、また別の問題だ。彼は今回の訪問の明るい希望だった。跡継ぎを作れと言われても、若いペリーの多くの長所を並べ立てればいいからだ。もっとも、ペリーがいとこの後がまを狙っているわけではない。

〝あなたが結婚してくれればいいのに、アダム〟昨日二人で泥だらけの野原をせっせと歩いているとき、ペリーが言った。どちらも肩にかけた散弾のベルトからは十羽以上の鳩《はと》がぶら下がっていた。〝僕は入隊したいのに、後見人たちは子爵の跡継ぎが軍隊に入って危ない目にあうのは困るとお説教ばかりで〟

アダムはそのとき、あと二年待てば好きなことができるようになるじゃないかと言った。〝そのころには戦争も終わってしまいますよ〟ペリーは冗談めかして反論した。〝やっぱりあなたを結婚させるしか解決法はないな、アダム〟

その夜アダムは暖炉の前で長い脚を伸ばしてミンスター家の最高級のブランデーを飲みながら、おそらく初めて結婚について真剣に考えていた。

彼はペリーのために独身を貫いているわけではなかった。知性と野心にあふれるあの青年は、誰かの遺産を待っているような人間ではない。それに、アダムが結婚しないのは、単に自由と独立をあきらめてもいいと思えるほどに興味をかき立てるレディがいないからだ。たった一人を除いて。

手元の本にデシーマの兄の記載が見つけられないとわかるや、アダムはただちにフランクリンにデシーマの行方を調べさせた。立ち去った三日後に彼女から丁重な礼状を受け取ったが、住所は記されていなかった。そのときアダムはなぜ自分が彼女を見つけだしたいのか自分に問いかけず、ただ彼女の無事を確かめたいと考えた。手紙が届いたことで無事はわかったのだから、それは的はずれだったが。

アダムは、デシーマを恋しく思っているという事実を突きつけられていた。体がデシーマを求めてうずいているのも確かだが、何より彼女をもっとよく知りたかった。茶目っ気のある低いくすくす笑いを聞きたいし、ワルツを踊ったり、料理の腕をからかったりしたい。顔を赤らめさせ、突然の恥じらいを捨てさせるのもいい。そして、この胸のなじみのない痛みが愛なのか確かめたかった。

まるでデシーマは消滅してしまったかのようだった。そうなると、彼女が本当の名前を告げなかったとしか考えられないが、そうだとしたら、ボウ・ストリートの警察隊を組織しても、役に立たない。

晩餐《ばんさん》前の着替えを促す鐘の音が聞こえ、アダムは立ちあがって階上に向かった。そういえば今夜はミンスターおばの初孫の誕生を祝うだけでなく、末娘シルヴィアの婚約を祝う舞踏会もある。内輪の晩餐会のあと招待客たちがやってきて、熱気に満ちた舞踏室でダンスとおしゃべりの長い夜が始まるのだ。

「何をしているんだ、グリーヴズ？」革砥《かわと》で剃刀《かみそり》を研いでいた側仕《そばづか》えは手を止めた。

「晩餐の前にひげ剃《そ》りをご所望かと思ったのですが」グリーヴズはタオルを振って広げた。

ため息とともにアダムは椅子に座り、懸命に不機嫌を抑えた。

「パーティという気分じゃないんだ、グリーヴズ」剃刀を顔に当てられたとき、彼は穏やかに言った。

「そうですね、だんなさま。失礼ながら、ほとんどのダンスの相手に何かしら血のつながりがあるのでは、あまり楽しくはないでしょう」

心ならずもアダムは笑ってしまった。そう、勢いこんだ母親か、そこそこお上品な独身女性が相手では、楽しいパーティになりそうもない。

階下に下りたとき、アダムは晩餐会の客が増えているのに気づいた。ペリーが不満げな顔でアダムに近づいてきた。「ねえ、アダム、カードテーブルはホイストをする婦人たちに占領されてしまいますよ。僕たちは一晩じゅうダンスをさせられる」

「楽しくいちゃつけるかわいい女の子を見つければいいじゃないか」アダムはそっけなく言い返した。ペリーはいまだ若い娘を近づきがたいと感じる年ごろなのだ。「オリヴィアはどうだ？　あっちに行って彼女を相手に練習を積むといい」

ペリーはおびえたようにアダムの視線をたどり、それから力を抜いた。「オリヴィア・チャニングか。あなたがいては、僕など見てももらえませんよ」

アダムはこれを思春期特有の自信のなさと考え、受け流した。あの娘なら、ペリーがぎこちないところを克服するために役立ってくれるだろう。彼女に見つめられれば、ペリーも自分がすばらしいと感じられるだろうし、びくびくしないでもすむはずだ。

アダムはいとこの肘をしっかりとらえると、晩餐会の客のあいだを縫って進んだ。だが途中で、ミンスターおばに強引に呼び止められた。

「そこにいたのね、ペリグリン。アダムと無駄話なんかしていないで、海軍大将とお話ししなさい」彼女はアダムの手からペリーを引きはがすと、自分の手を彼の腕にかけてそのまま引っ張っていった。

連れを奪い取られたが、アダムはオリヴィアのもとに足を進めた。彼女は頭を下げて挨拶した。「ごきげんよう」小さな声は息切れしたようだった。オリヴィアは目を見開いてアダムを見つめた。

あまりに若く生気がなく、あまりに小さいとアダムは考えた。そのとたんに、彼女よりも優に八、九歳は年上の、背の高い型破りな女性が心の中に広がった。オリヴィアの母親はこんなゆるやかな袖の大胆なドレスを娘に許すべきではない。これは既婚女性に似あうドレスだ。その後アダムは生来の親切心から、やさしい言葉でオリヴィアの緊張を解きほぐそうとした。

晩餐会が始まるころには、オリヴィアもいくらか明るくなったが、アダムはまたしても彼女がしょっちゅう自分の背後をうかがっているような落ち着かない感覚にとらわれた。機会をとらえてちらりと後ろを見ると、彼女の両親がいた。二人はひどく緊張した様子の娘にしっかりと目を配っているようだ。

晩餐会は予想どおり退屈だった。のべつまくなしにしゃべるおばと、アダムを浮気の相手にしようと迫る既婚女性のあいだに挟まれ、気がつくと酒を飲んでいた。逃げだしたくてたまらない。アダムの望みはただ、ある型破りな女性と話し、からかい……。

「グランサム！」

アダムは夢想から引き戻されて目を上げた。

「おまえは飲みすぎてぼんやりしとるぞ」おじが険しい声で言った。確かにからのデカンターがいくつも並んでいた。アダムはぞんざいな手つきでグラスを満たすと、それをテーブルの奥に押しやった。

紳士たちが舞踏室に向かったとき、彼は逃げ道を探して周囲を見渡した。よかった、温室がある。あそこは椰子の木陰の安息所のようだ。椅子も置いてあるし、誰もいない。まだ夜も早いので、大胆な男女がべたべたしに来ることもないだろう。

通りかかった従僕のトレイからシャンパンのグラスを取りあげると、彼は手近な扉を抜けて、葉に覆われた聖域に退散した。

さあ、これでやっと腰を下ろして、デシーマのことをどうするか一人静かに考えられる。スカートの衣《きぬ》ずれの音がしたので、アダムは身をこわばらせて奥に引っこんだ。葉のあいだからブロンドの頭がちらりと見え、抑えたすすり泣きが聞こえた。

ああ、オリヴィアじゃないか。彼女はうなだれ、薄いレースの切れ端を目に当てている。ため息とともに、アダムはポケットに手を入れ、きれいなハンカチを探った。「オリヴィア？」

彼女は大げさに驚き、アダムを凝視した。

「まあ、ありがとう」アダムがハンカチを押しつけると、オリヴィアに手をつかまれ、気づいたときには隣に座らされていた。

「オリヴィア？　いったいどうした？」彼女の肩をそっと叩《たた》きながら、これほど酒を飲まなければ、どうすればいいかちゃんと考えられたのにと思った。母親を呼ぶべきか？　オリヴィアがしゃくりあげ、アダムが次に気づいたときには、震える若いレディを両腕で抱いていた。

無意識に彼女を胸に引き寄せて慰めると、ドレスがまるで命を吹きこまれたかのように勝手に肩からずり落ちた。アダムのてのひらに、むき出しのやわらかな熱い肌が感じられる。

「オリヴィア? 君も頑張って……」彼女の顔が上を向き、アダム自身にも理解できない震える感情を刺激した。まつげに涙がたまり、ピンク色の唇は開いている。そこでアダムは彼女の頬にキスをした。やさしく慎《つつ》ましい、純粋に慰めるためのキスだった。

「ウェストン卿《きょう》!」

「アダム!」

アダムははっとした。身をよじって振り返りながら、とっさにオリヴィアを腕に抱いて隠そうとした。そこにいたのは彼女の両親とミンスターおばだった。アダムは彼らを見つめていたが、オリヴィアが何をしているかはわかった。彼女はドレスの襟をつかんで引き下ろし、美しい胸のふくらみをいかがわしくもあらわにしたのだ。

「ウェストン卿」ミスター・チャニングが怒りの口調で言った。「何をしているんだ?」

その隣では、妻が隠しきれない勝ち誇った表情を浮かべていた。

こんな状況で何が言える? あるいは何ができる? アダムはいにしえから続く策略に引っかかったのだ。「ミスター・チャニング」彼は立ちあがった。「明日の朝、あなたのところにうかがいます」

12

アダムはレディ・ブラザートンの話に聞き入るふりをした。オリヴィアはいとこのソフィ・ブラザートンと買い物に出かけていた。婚約して四週間で、アダムの忍耐力はすでに極限まで試されている。

「まったくしようのない子たちねえ」レディ・ブラザートンは物憂げに舌打ちした。「あなたはオリヴィアを許してあげるわよね……女の子は毎日嫁入り支度の買い物に出かけるわけじゃないんだから」

これまでのアダムの経験では、オリヴィアの一日は買い物で占められていた。彼にとっては好都合だが、こう待たされるとあっては話は別だ。

「でも、あなたも女の子というのが、どんなものかわかるでしょう」女主人が続ける。

「僕には妹が二人いますからね」

「二人だけ？」レディ・ブラザートンは同情しているように見えた。「かわいいソフィは六人姉妹のいちばん下なのよ」

「それに、みんな美人だ」アダムは期待どおりの返事をした。

「自慢になってしまうけど、確かにそうね。それにどの子もいいお相手に嫁いだわ――小さなソフィにも大きな期待をかけているの」レディ・ブラザートンが立ちあがった。「娘たちの肖像画を見たい？」

アダムの望みは新しい二頭立て二輪馬車で馬を走らせることだ。彼はうれしそうに微笑《ほほえ》み、彼女のあとについて一枚の肖像画がかかる部屋の反対側まで歩いていった。喉で呼吸が止まり、時間が止まった。

さまざまな年齢のソフィのそっくりさんが六人、互いに腕をまわし、椅子に座ったり立ったりしている。そしてその後ろに七人目の娘が立っていた。ほかの娘たちよりも背が高く、濃い茶色の髪を地味な型にまとめている。猫背ぎみで、顔はまったく無表情だ。半ば閉じたまぶたに瞳は隠れているが、追いつめられ、虐げられた動物が自分の世界に引きこもってしまったような印象をアダムに与えた。

「この七人目は誰なんです？」落ち着いた声が出せるようになると、アダムは関心もなさそうに尋ねた。話しているうちから、答えはわかっていた。

「ああ、この子はデシー・ロスよ。彼女の母親の最初の夫がブラザートン卿《きょう》とかかわりがあったの。彼女の兄のチャールトンが妹の扱いに困り果てて、それで私たちが娘たちと一緒に外へ連れだしたのよ――代わる代わるね。みんなで彼女の結婚相手を探そうと最善を尽くしたわ。当然、見こみなしで……信じられないほど背が高くて、ぞっとするほどそばかすがあるのよ。それに唇の形も残念だったわね。やさしい子なんだけれど、とても物静かで」

レディ・ブラザートンはもとの椅子に戻り、アダムは一人で肖像画を見つめた。デシーマが背の高さと外見をあれほど気にするのも無理はない。自分が不器量だと思わされたばかりか、結婚できないと思わされて成長したのだ。結婚をさせたがる者たちへの彼女の考え方にも納得がいった。冷遇され、侮辱された経験は、実に深く魂に傷を負わせたに違いない。

「チャールトン・ロス」アダムは自分の椅子に戻りながら、注意深く切りだした。「聞いたことがあるな。知り合いかな」問いかけるように片眉を吊《つ》りあげると、レディ・ブラザートンがかぶりを振った。

「あなたのお知り合いとは別人ね。チャールトンは父親の違う兄なの――カーマイケル卿よ。ノッティンガムシャーに住んでいるわ。かわいそうなデシー」彼女は同情するような表情を浮かべた。「カーマイケル夫妻はいまだに彼女に夫を見つける希望を捨てていないのよ。なんておめでたいのかしら」彼女はアダムを心配そうに見た。「あなた、大丈夫？少し顔色が悪いみたいだけれど」

当然だ。アダムは苦々しく思った。デシーマ・ロスは僕が逃げだしたと言って冗談の種にした女性なのだから。しかも彼女はそれを聞いていた。

今や最後の日にデシーマが冷たくなった理由もわかったし、彼女を捜しだすこともできる。そして自分がオリヴィアと婚約した今、デシーマを手に入れるまっとうな方法はない。デシーマ・ロスに望むのは求婚を受け入れてもらうことだと、彼は今になって痛ましいほどはっきりとわかった。

デシーマはベッドの端に腰かけ、絹と綿の靴下を選《よ》り分けていた。プルーは鞄《かばん》からドレスを取りだし、たんすにしまっている。「とにかく着いたわ、プルー。久しぶりのロンドンよ。あのお節介なレディ・ブラザートンから逃れて、もう四年もたつなんて。ああ、ここがどれほど騒々しいか忘れていたわ。だからレディ・フレッシュフォードがここは静かですてきな部屋だと言っていたのね」

デシーマは靴下を引き出しにしまうと、振り返ってメイドを見た。プルーはひと月前に身ごもっていなかったと打ち明けたが、その後はベイツの話をいっさいしなくなった。彼女が幸せでないのはわかっている。デシーマは内心ため息をついた。

「プルー、ウェストン卿が町にいるか確かめてほしい？」

プルーは唇を噛《か》み、ベッドに座った。「ええ、お願いします、ミス・デシー――ミス・デシーマ。でも、ベイツには何も言わないでくれますね？」

「彼には会わないと思うわ」デシーマはプルーを慰めた。「ウェストン卿と話す機会があったら、あなたたちのあいだにいくらか愛が芽生えたみたいだから、さりげなくここの住所をベイツの耳に入れてほしいと頼んでみる。そうすれば、彼も自分で心が決められるし、あなたの思いも知られないわよ」

プルーはうなずいた。「あたしが彼を追いかけているって思われたくないんです。でも、お嬢さまはどうやってウェストン卿を捜しだすんですか？」

「ヘンリーにきいてみるわ。彼ならきっと知っているから」デシーマは誰かを訪問するなら、その前に美容師を呼び、気合いを入れて買い物をするつもりだった。一月二月と、彼女は新年の誓いを実行すべく、ずっと自分に言い聞かせていた。そして、私は行き遅れかもしれないけれど、とびきり洗練された行き遅れになろうと決心したのだ。これからは自分だけを満足させればいい。結婚する気がなければ、何かを証明することも、誰かと比べられることもない。無理に人の意見に合わせなくてもいい。そして気ままに楽しむためのお金は十二分にある。自分を最高の姿に見せることと背の高いグレーグリーンの瞳の紳士とは、なんの関係もない。

未来の義母の突然の訪問から立ち直るために、アダムはロンドンのタウンハウスの書斎に引っこんだ。彼女はオリヴィアを引き連れ、婚礼の予定について話しに来たのだ。どうやら挙式は六月に執り行われるらしい。夫人はアダムの希望を聞く必要があるとは考えていないようだった。婚約の告知については明日、新聞に掲載される予定になっていた。

ずっと狙われ、罠《わな》にかけられたのはアダムもよくわかっていた。それでも報復に打って出なかったのは、騎士道精神からオリヴィアを気づかったからだ。彼女は両親の策略における単なる駒でしかなく、しかも絶対に彼らに逆らわない。いったん結婚したら、夫の言葉が掟《おきて》となり、決して反論などしないだろう。そう考えて、アダムの心は沈んだ。

彼の求める花嫁は反論もするし、必要ならテーブルに肘をついてフォークを振りまわす人物だ。アダムは夫をからかい、目を輝かせてばかげた気まぐれを楽しむ妻が欲しかった。そして腕の中では……。

「レディのお客さまがお見えです、だんなさま」いつの間にか執事のダルリンプルが現れ、呼びかけた。

「なんだって?」アダムは目を見開いた。

「レディです、だんなさま。お名前は教えていただけませんでした」

「本当にレディなのか?」

「間違いありません、だんなさま。あえて意見を申しあげるなら、とてもお育ちのよろしいかたです。メイドが付き添っております」

だったら、古い愛人ということもない。「では、こちらに案内してくれ、ダルリンプル」

「ここにですか？　だんなさまの書斎に？」執事は憤慨したように見えた。

「もちろん、ここにだ」ミセス・チャニングがパラソルを忘れたとかで、思いがけず戻ってくることもありうる。居間で見知らぬレディをもてなしているところを彼女に見られるつもりはない。執事は硬直したお辞儀のあと、書斎を出ていった。

「マダムがおいでです」戻ってきた執事は無愛想に声をあげると、部屋に入る女性のために扉を押さえ、かちりと音をたてて扉を閉めた。レディが一人、そこにいた。

アダムは幻覚を見ているのかと思い、訪問者を数秒間見つめていた。彼女の背の高さがなければ、見知らぬ人物だと――極上の装いに身を包む、上品な髪型の若い既婚女性だと信じたかもしれない。やがて彼女が微笑んで、大きなふっくらした唇が曲線を描いた。微笑みを取り巻くように頬にそばかすが躍り、冷ややかなグレーの瞳が輝いた。

「デシーマ」アダムは部屋を横切り、考える間もなく彼女を腕に抱いていた。デシーマは小さく声をもらしたが逆らわず、信頼しきったように顔を上げた。「ああ、二度と会えないと思っていた」

アダムはとっさに唇を重ねた。彼の激しいキスに、以前の抱擁と変わらぬ無邪気さでデシーマの唇がやわらかく開いた。アダムを我に返らせたのが、そんな無邪気さと彼女の甘い香り、頬に触れる彼女のてのひらだった。

「デシーマ」アダムはもう一度つぶやき、後ろに下がった。「許してくれ。いきなり君に会ったものだから。頼む、座ってくれないか」椅子を指し示した。たった今、許されない行為をしたあとで、堅苦しくふるまう自分がぞっとするほどいやになる。

「ありがとう」デシーマは優雅な物腰で腰を下ろすと、落ち着き払って彼を見つめていたが、突然微笑み、かわいらしく鼻にしわを寄せた。上品なレディは消え、馬の世話をするおてんば娘が現れた。「私もまたあなたに会えてうれしいわ」

アダムは呼び鈴の紐《ひも》を引っ張ると、デシーマの向かい側に座った。心臓は激しく轟《とどろ》いている。彼女がここにいること以外は、どうでもよかった。

「何か飲み物を頼む」執事が現れると、アダムはいらだたしげに言った。デシーマと二人きりになりたかった。「君はまるで……」ぴったりの言葉を探そうと努力する。「信じられない。すっかり見違えたね」いや、だめだ。これではうまくない。

デシーマがアダムの鼓動を速まらせる低い笑い声を響かせた。「馬の世話をしていたときよりもずっとましでしょう？　厨房《ちゅうぼう》つきのメイドをしていたときよりましと言うべきかしら？」

「〝まし〟じゃないよ。ただ違って見えるというだけだ」いったいどうした？　いつもなら洗練された放蕩者《ほうとうもの》らしく、舌はなめらかに動き、気のきいたお世辞を言えるのに。デシーマは一瞬にしてアダムを口下手の愚か者に変えてしまう。「僕を許してくれたのかい？　僕はもう君の兄上の名前も、年末に会わずに逃げだした女性が誰かもわかっている」

「あら」デシーマは彼を見つめ、好奇心の強いコマドリのように首をかしげた。「どうやって？」

「レディ・ブラザートンのところで肖像画を見た」

「あら」デシーマはもう一度言うと、握りあわせた手に視線を落とした。「ひどかったでしょう？」

「君の本当の美しさが誰にも見えないとしたら悲しいことだと思った」グレーの瞳に輝きが戻り、アダムの心からの言葉は報われた。

「ありがとう。まるであなたはほかの人には見えないものが見えるみたい。心がやさしいからだわ」

「やさしくなんかないよ」アダムはぶっきらぼうに言った。「どうしてここに来たんだ？」くそっ、どうして巧みな話術を一つも披露できない？

「ああ、そうだったわ。それが、少し言いにくくて」デシーマは再び目を伏せた。頬に赤みが差している。「こんなふうにあなたに話しに来るのは気乗りしなかったの。だって、結婚させようとする人たちについて、あんな意見を言ったあとでしょう」

今やデシーマの顔は真っ赤になっていた。彼女は見るからに努力してアダムの顔に視線を据えた。

「もしかしたらあなたはこれから私が言うことを……気に入らないかもしれない。でも、人は誠実であるべきだと思うの……愛に対しては」

愛？　僕を愛しているとでも言うのか？「デシーマ」アダムは手を伸ばして、彼女の両手を包みこんだ。「言いたいことははっきり言うべきだ」

「それが難しいのよ。ベイツは何か言っていた？」

「ベイツだって？……あとにしてくれ」アダムは扉を開けたダルリンプルに言い放った。

執事は手袋をはめた手で器用に飲み物のトレイを掲げている。

「かしこまりました、だんなさま」ダルリンプルはくるりとまわって背を向けると、部屋を出ていった。

「いったいベイツになんの関係がある？」彼女はベイツに夢中だと告白するつもりなのだ。それしかない。僕の人生はこれ以上ないほどめちゃくちゃだ。

「プルーのことなの。あの子は彼に恋しているのよ。あなたなら、それとなくプルーの居場所を彼に伝えられるんじゃないかと思ったの。彼にその気があれば、連絡してくるでしょうから」

「なるほど」アダムはそっけなく言って、椅子の背にもたれた。「つまり、すべてはプルーとベイツのためか。そのことがなかったら、君は僕に会いに来なかった。それで、どのくらい真剣なんだ？」

デシーマは狼狽《ろうばい》したように見えた。いいぞ。アダムは意地悪く考え、それから自分がいやになった。

「その……私が心配していたのは、プルーが身ごもったかもしれないということだったの」デシーマの頬が再び赤くなった。「でも、運よく違ったわ。あとは、そうなったのが彼に愛情があったからなのか、単に体の欲求からでしかなかったのかを知りたいの」

やるじゃないか、ベイツ。アダムは苦々しく考えた。折れた脚で最後までやり遂げるとは。それにあの年のいった女たらしは、ずうずうしくも僕に礼儀作法について説教したんだぞ！

「ぜひとも彼らの幸せのために頑張ろう」辛辣な口調になっているのが自分でもいやになる。デシーマは困った顔をしている。当然だ、とアダムは思った。彼女は僕の気持ちなど見当もつかないだろう。「余計なお世話ってことにはならないんだろうね？」

「それは大丈夫」デシーマはぴしりと言い返した。「プルーはベイツの気持ちを知りたいだけだから」

デシーマがスカートをひるがえすように立ちあがったので、アダムもあわてて立ちあがった。

「あなたがかかわりたくないなら、私が厩《うまや》に行って彼に会うわ。あなたは使用人や私の問題に煩わされる必要はありませんから。では、ごきげんよう」

「デシーマ」アダムは扉の前に立ちはだかった。「申し訳ない。いきなり君に会ったから」

デシーマの両眉が尊大に上がる。「いや、それでは言い訳にならない。僕は妹のところであんなふるまいをした自分に罪悪感をおぼえた。君の前で話をしたから、なおさら気分が悪い。そして君を捜しだしたかったのに、それができずに傷ついていたんだ」

「だからすねているのね？」

「いや、僕はそんな……」アダムはデシーマの目に茶目っ気たっぷりの輝きを見て、悲しげに微笑んだ。「たぶんね」こうして二人が近くにいると、再びデシーマを腕に抱きたい衝動が強い力で押し寄せてくる。まるで誰かに背後から押されているような。彼女の肌の味わいも、重なりあった唇の感触もわかっている。アダムはデシーマが彼の名を叫び、決してやめないでと乞うまで愛を交わしたかった。手に入れられないものすべてを手に入れたい。「一緒に厩に行こう。それとも何か飲むかい？」

「厩に行きましょう。フォックスはロンドンに連れてきたの？」扉を開けたアダムに、デシーマが鋭い視線を向けた。「こうして仲直りもしたし、彼を私の牝馬《ひんば》とかけあわせることに同意してくれる？」

「仲直りって、僕たちは喧嘩《けんか》していたのか？」

「まあね、ちょっとは。マージョリー、一緒にいらっしゃい。子爵と厩に行くから」玄関ホールの固い椅子に座っていたメイドが立ちあがり、デシーマに薄手の外套《がいとう》を着せかけてからアダムにお辞儀をした。「プルーは連れてこないほうがいいと思ったの」デシーマがこっそり打ち明けた。「あなたはベイツの近くで私の滞在先を尋ねてくれるだけでいいから」

デシーマはアダムが腕に手をかけると、彼に従って階段を下り、ポートマン・スクエアの歩道を進んだ。レディ・フレッシュフォードに仕えるマージョリーが、控えめに距離をあけてついてくる。

アダムに近づき、彼に触れるという贅沢《ぜいたく》な喜びに、デシーマの脈は速まった。キスについては考えないように努めたが、抑えていた奇妙な感覚がまたしても大波のように襲ってきた。息は浅くなり、体の中は熱く、親密な場所は興奮にうずいて心を乱す。

アダムと一緒にいると、これまでと違う自分になれるのだ。不思議と自信がわいて、恥じらいだろうと怒りだろうと本当の気持ちをあらわにできる。そして突然、どうして彼がこんな気持ちにさせるのかに気づき、デシーマは隣にいる男性の力強い横顔を見あげた。

彼を愛しているからだ。

二人は厩の前庭に入っていった。ベイツはフォックスを外につないで手入れをしていた。彼は体を起こすとしばらく目を見開いていたが、やがてブラシを置いて、足を引きずりながらデシーマに近づき、帽子を脱いだ。「こんにちは、ミス・デシーマ」

「こんにちは、ベイツ！　脚の具合はどう？　見たところ、まだつらいみたいね」ほかの人に意識を向けることで、少し楽になった。デシーマはたった今発見した新事実について考えたくなかった。

「よくなりました、ありがとうございます。一生、ちょっとばかし足を引きずるかもしれないけども、これよりひどくなってた場合もあるわけだし」

「つまり、だんなさまと私はそんなにひどい仕事ぶりではなかったということね？」

「ええ、お嬢さん。それとおれの言葉づかいが悪くて申し訳なかったと思ってます」ベイツはデシーマの背後をちらりと見て、一緒にいる人物を確認すると顔をこわばらせた。彼はブルーに会えると期待していたのだ。これはいいわ。

「おかげでずいぶん勉強させてもらったわ、ベイツ」デシーマはベイツの前を通り過ぎてフォックスを撫《な》でた。「お気に入りの坊やは元気だった？」そしてアダムを振り返る。「うちの牝馬とかけあわせる契約を結ばなければ。社交シーズン《レティキュール》のあいだはロンドンにいるつもりなの。ノーフォークに戻る前に連絡します」手提げ袋に手を突っこみ、笑みを浮かべてみせた。「ロンドンの住所が書いてある名刺は持っていなかったんだわ。私はグリーン・ストリートのレディ・フレッシュフォードのお屋敷にお邪魔しているの。グリーン・ストリート十一番よ」

アダムが立ち去ろうとするように向きを変えた。「それで、ブルーも一緒なのかい？」

「ええ、一緒に来たわ。ちょっと落ちこんでいたから、彼女のためにもロンドンに来るのがいいんじゃないかと思ったの。さようなら、ベイツ。あなたの脚がもっとよくなるよう祈っているわ」

アダムはデシーマの腕を取り、前庭から連れだした。「僕の屋敷まで戻ろう。そうしたらダルリンプルが貸し馬車を呼ぶから」

デシーマは口数少なく、ただこう返事をしただけだった。「うまくいったと思うわ。彼が何もしなかったとしても、プルーは自分の立場がわかるわけだし」でも、私は？　アダムは私にもう一度会うためにまったく何もしないの？

玄関前の階段をのぼるとき、デシーマはバルーシュ型四輪馬車が停《と》まるのを見た。従僕の手を借りてあでやかなブロンド美女が降りてくる。その女性は二人を見て、わずかにびっくりして立ち止まった。どこか神経質そうで不安な表情を浮かべている。

「なんてきれいな人かしら」デシーマはつぶやいた。「まるで小さな妖精みたい」

「みごとだね」アダムが同調した。嘲るような口調を奇妙に感じて、デシーマは彼をちらりと見た。

それからそのレディがもっとはっきり見えた。「私、彼女を知っているわ」デシーマはアダムの腕を放し、急いで前に進みでた。「オリヴィア？　ミス・チャニングね。覚えていないでしょうけれど、私は社交シーズンに何度か、あなたの親戚のレディ・ブラザートンのところに滞在していたの」

ブルーの目がはっとしたように見開かれ、心からうれしそうな表情が浮かんだ。「もちろん、覚えています。デシー・ロスでしょう？　あなたはとても親切にしてくれたもの。私はまだ勉強を習っていた子供だったけれど。フランス語の暗唱に苦労していたとき、よく手伝ってもらったわ」

「もう勉強はしなくていい年ごろになったみたいね」デシーマは賞賛の目を向けた。「すっかり見違えてしまって」オリヴィアが顔を赤らめて異議を唱え、デシーマは礼儀作法を思いだした。「ごめんなさい、あなたたち二人を紹介しないと。こちらはウェストン子爵。そして……」

「いいんだ」アダムが前に出て、子山羊《こやぎ》革の手袋に包まれたオリヴィアの手を取った。「僕はミス・チャニングを知っている。彼女と婚約しているから」

13

その瞬間、デシーマはみぞおちをこぶしで殴られたような気がした。肺の中の空気はすべてなくなり、言葉は唇で凍りつく。彼女はオリヴィアを見つめるうちに、しだいに理解してきた。

当然アダムはオリヴィアと婚約するだろう。一目見れば誰だって理由がわかる。はかなげで小柄、優美なブロンド、唇は薔薇《ばら》のつぼみのようで、顔は白桃を連想させる。今のように顔を赤らめたときでさえ、彼女の肌はほのかなピンク色で、染み一つ見当たらない。オリヴィアは完璧な花嫁候補だ。もしアダムがデシーマの正反対の女性を見つけようと思ったのだとしたら、これ以上の相手はいないだろう。

ひとたび声が出せるようになると、デシーマは背筋を伸ばし、微笑《ほほえ》みを唇に張りつけた。

「おめでとう、ウェストン卿《きょう》。オリヴィア、よかったわね」

「ありがとう」アダムが重々しく言った。「オリヴィア、これほどすぐに引き返してきたなんて、何かまずいことでも？」

「あの、ママが本を忘れただけで……居間のテーブルに置いてあるんじゃないかと」奇妙にも、これだけ言うのにも神経質になっているように見えた。

「だったら、あなたがたをここに引き止めるのはよくないわね」デシーマはきびきびと言った。「ごきげんよう、ウェストン卿。ささいなことに協力していただいて感謝しています。オリヴィア、会えてうれしかったわ。マージョリー、行きましょう」

ポートマン・スクエアからグリーン・ストリートまでの道は、貸し馬車に乗ればよかったと後悔するほどの距離があった。歩くことはなんでもないが、襲いかかる感情を押し隠し、楽しげに装うのがつらかった。フレッシュフォード邸の玄関ホールに入ると、マージョリーを下がらせ、寝室に向かうため階段を駆けあがろうとした。

「デシーマ」ヘンリーが居間から姿を現した。「ウェストンに会えたかい？」

「ええ」彼女は声を詰まらせた。「屋敷にいたわ」

「何かあったのか？」ヘンリーが階段に足をかけ、心配そうに見あげた。「デシーマ、どうしてそんなに動揺している？」

「お母さまはいらっしゃる？」

「いや」ヘンリーは驚いた顔をした。「たった今、出かけたところだ。どうして？」

「今にも癇癪《かんしゃく》を起こしそうだからよ。きっとものを投げつけて怒鳴ってしまう」

「かまわないよ」ヘンリーが居間に向かって手を振り、デシーマを先に中に通した。「君が癇癪を起こしたところなんて見たことがないからね」

「これまではね。私はずっとおとなしくて物静かで、どんなことも我慢していた。でも、ヘンリー、アダムは私にキスしたのよ」

「ふむ、そこがわからない」ヘンリーが眉をひそめた。「君は以前キスされたときには気に入っていた。そして自分が彼を愛してしまったんじゃないかと考えた。ウェストンは乱暴なまねをしたのか？　その場合、僕が彼のところに行って――」

「だめよ！　今度も気に入ったの。それに、彼を愛してしまったと今日気づいたわ。でも、厩《うまや》にいるベイツに会いに行ったあと、オリヴィア・チャニングに会ったの。いい、ヘンリー？　アダムは彼女と結婚するのよ」感情の高ぶりでデシーマの喉が詰まった。「婚約したのに、私にキスしたのよ！　オリヴィアのことなんて何も言わなかった。私が物欲しげで、キスされたら感謝するとでも思ったのかしら？」

デシーマは力まかせに手袋を脱ぐと、生けてある花に向かって投げつけた。狙いは大きくそれた。

「あなたは男でしょう。彼が何を考えているか教えてみて。私を愛人にできるとでも？オリヴィアと正反対で笑えるわ」デシーマがいきなり振り返ったので、ヘンリーはとっさに後ろに下がった。

「僕は男かもしれないが」ヘンリーが言い返す。「そういうふるまいは理解できないし、許せないよ。彼が何をしようと思ったのかなんてわからない」

「もちろん、私を愛人にしたいとは思わなかったでしょう」デシーマは外套《がいとう》のボタンをはずし、その際に爪が折れた。「ばかげた考えだもの」

「彼だって、君がその気になると考えるほど愚かじゃないだろう」ヘンリーはきっぱりと言った。

「いいえ、それは違う」デシーマは惨めな気分で言い放った。「私、狩猟用の別荘で誘惑に負けそうになったのよ。きっと彼は、哀れな私が言い寄られて感謝し、舞いあがると思っているんだわ」

「彼の動機がなんであれ、とても受け入れがたいふるまいだ。僕が決闘を申しこんでやる」ヘンリーは眉根を寄せた。「介添え役には誰を選ぼうか？」

「だめよ！　ヘンリー、決闘なんてできないわ。アダムはなんの約束もしていないのよ。今日だって、私はキスに応えた。彼に魅力的だと思われたと信じるような、経験のない女だったからいけないのよ。あのときの状況が特別だったせいなのに」

「へえ？」ヘンリーは皮肉たっぷりに問いかけた。「雪に足止めされたら、君は十五センチ背が低くなり、そばかすも消えてキューピッドの弓のような唇になる？　雪が降ると、彼は目がくらむのか？」

「もちろん違うわよ。でも、雪に閉ざされた場所で、付き添い《シャペロン》もなく二人きりだったし、彼のほうは何日もたっていたし……その……」

「サテュロスみたいな好色家でないかぎり、手近な女性に襲いかかるまで、少なくとも一週間は性欲を抑えられると思うよ」そこでデシーマはヘンリーをにらみつけた。「それにウェストンは、無垢《むく》な乙女をもてあそぶという評判もない。高級娼婦《しょうふ》か夫を亡くした女性、暇な女優が彼の流儀だ。例外はない」

「それはご立派ね」デシーマは歯噛《はが》みしながら言った。それからアダムに愛人について尋ねたのを思いだし、優美さに欠ける物腰でソファに座った。「ヘンリー、彼と決闘なんてできない。ブルーとベイツのことを考えないといけないもの。それに、スピンドリフトのこともあるし」

「あの牝馬《ひんば》がどうした？」ヘンリーは戸惑った。

「彼女をアダムの種馬とかけあわせたいの」

「それで、彼とその話をしたのか？　もう我慢できないな、デシーマ。レディは、紳士と馬の繁殖について話してはだめだ」ヘンリーも同じソファの端に腰を下ろし、いらだちと愛情をこめて彼女を見た。

「あなたとは話しているじゃないの」

「僕は君の兄みたいなものだし、君にショックを与えられるようなことはもうない――とにかく、もうないと信じている。気分は少しよくなったかい？」

「実を言うとあまり」

「だったら、そのミス・チャニングについて教えてくれ。悩みは一度に話してしまったほうがいい」

「彼女、小柄なの」デシーマは嫉妬と憤りを見せないように答えた。「ブロンドで青い瞳、唇は薔薇のつぼみのようだし、肌はクリームみたいに白いのよ。礼儀作法もちゃんとしていて、立ち居ふるまいは美しく、おとなしくて控えめ……実際、完璧なのよ」

「ふうん」ヘンリーはびっくりしているようだ。「非の打ちどころがないな。家柄はどうなんだ？」

「とてもいいわ。ブラザートン家の親戚だもの。唯一の問題は、聞いたところによると財産がまったくないことかしら。相応の持参金がないというのがきっとオリヴィアの唯一の欠点ね」

「だとしても、どうでもいいことだな」ヘンリーはいつになく気配りを見せずに言った。

私の持参金の額も、魅力のなさを考えるとどうでもいいことなのだ。デシーマは苦々しく考えた。

「君はどうしたい？　田舎に帰る？」

二カ月前ならまさにそうしていただろうとデシーマは気づいた。逃げだして、一人きりで傷をなめていた。でもとにかく、私は新しいデシーマ。誰からも――自分からも逃げだしたりしない。

「いいえ、ここにとどまり、言ったとおりのことを実行するわ。人気者になるとか、したくないことをするとか考えずに、ロンドンの社交シーズンを楽しむの。あなたのお母さまのお役に立ちたいわ。ドレスにたくさんお金をつかって、あなたと美術館に行き、公園でスピンドリフトを見せびらかすのよ」

「よくぞ言った」ヘンリーがデシーマを立ちあがらせた。「すばらしい計画じゃないか」デシーマがあまり自信たっぷりに見えなかったのか、ヘンリーは笑って彼女の顎の下をくすぐった。「顔を上げて、デシーマ。お上品な社交界に話題を提供しよう」

自室に戻りながら、デシーマはあることに思い至り、眉をひそめた。まずはレディ・ブラザートンを訪問しなければ。あの屋敷には何度も滞在したので、できるだけ早く顔を出して挨拶するのが礼儀というものだ。オリヴィアの幸運について聞かされるのは間違いないが、それはどこに行っても同じだろう。だったら、早く慣れておいたほうがいい。

デシーマはため息とともに窓辺に座ると、頬杖《ほおづえ》をついて外の通りを眺めた。私はばかだわ。いったいアダムに何を望んでいたのだろう？　当然ながら結婚ではない。でも、単なる知り合い以上の関係になりたいなら、結婚しか道はない。とすると、私は何も望んでいなかったことになる。

ロンドンに来る前のデシーマは、手に入れられない憧れとしてアダムを思っていた。彼はデシーマの官能を目覚めさせ、不器量な娘ではないことに気づかせるというすばらしい贈り物をくれた。だが結局、デシーマは奈落に突き落とされた。

デシーマは唇を噛《か》んだ。私の体はほぼ一瞬にしてアダムに引きつけられた。彼のユーモアのセンスや、気取らない実際的なところが好きだった。それに、とても話しやすかった。きっとそこには、ハンサムな男性が注意を払ってくれたという喜びだけでなく、何か別の感情もあったのだろう。私は確かにアダムを愛してしまった。だからこんなに傷つくのでは？　でも、アダムは決して自分のものにはならない。

昼食のあと、レディ・ブラザートンを訪問し、できるだけ早く義務を果たして苦い薬をのんでしまおう。そうしたら、あとは好きに生きていける。誰にも頼らない、すてきな新しい人生を送るのだ。


デシーマを迎えたときのレディ・ブラザートンの驚きようは、これほど気分がふさいでいなかったら、もっと満足感を与えてくれたはずだった。

「まあ、デシー！　あらまあ、あなたはとっても……その……エレガントね」レディ・ブラザートンはいくらか息切れしつつ、とうとう認めた。

「ありがとうございます、レディ・ブラザートン」デシーマは澄まして言った。我慢したかいがあったというものだ。プルーが凝った新しい髪型にまとめあげ、ドレスに合わせてコルセットの紐《ひも》をきつく締めたのだから。「みなさん、お変わりありませんでしたか？　今年はソフィが社交界入りをするんでしたね？　彼女はきっと大はしゃぎに違いないわ」

「みんな元気よ、デシー」お茶のトレイが運ばれたので、レディ・ブラザートンは言葉を切った。「あなたのお手紙によると、レディ・フレッシュフォードのお宅に滞在しているんですって？」

「ええ、一人娘のキャロラインが社交界入りを果たすんです」

「一人娘ね。まあ、とにかくすべての人が私みたいに幸運ってわけじゃないものね。でも、デシー、もっとすごい知らせがあるのよ。オリヴィア・チャニングを覚えている？　私の姪《めい》の」

デシーマは突然気づいた。知らせを聞いていないふりをすることはできない。もしオリヴィアが何か言っていたら、レディ・ブラザートンは即座に私とウェストン卿の関係を勘繰るだろう。「実を言うと、聞きました。今朝、通りでたまたま彼女とウェストン卿とばったり会ったので。きっとおばさまもお喜びでしょうね。彼女がお気に入りでしたから」

「ええ、そのとおりよ。あの子の両親がそれはもう、こうなるように頑張ったんだもの」

「オリヴィアはずっと前からウェストン卿と親しいんですか？」

「いいえ、つい最近のことだと思うわ」なぜレディ・ブラザートンが居心地悪そうに見えるのか、デシーマには見当もつかなかった。だがちょうどそのとき、ミス・ソフィ・ブラザートンがやってきた。噂《うわさ》話をしたくてうずうずしていた彼女は、デシーマを見て滑稽なほど落胆した表情を見せた。

「私、あなたがロンドンに来ているという話をして、ママをびっくりさせようと思っていたのに」ソフィが不満をつぶやいた。「でも、会えてうれしいわ。とってもすてきね、デシー。ママ、さっきオリヴィアに会って、デシーの話を聞いたの。そしたらびっくり、デシーはウェストン卿と知り合いなんですって！　すてきじゃない？」彼女は興味津々の顔をデシーマに向けた。「だって私たち、彼のことをよく知らないのよ。だからいろいろ聞きたいの」

「あなたはウェストン卿と知り合いなの？」レディ・ブラザートンが抜け目ない視線を向けた。

「ええ。よくは知りませんが」彼の部屋で下着姿になって体を愛撫《あいぶ》されるくらいにしか。そのときデシーマははっとした。二人が正式に紹介されたことはない。だからあれも数のうちには入らない。「クリスマスに兄のところを訪ねたんです。その旅の途中で行きあいました」

「オリヴィアはあなたたちが取り引きをしたって思っていたけど」ソフィが口を挟んだ。

「それはあなたのママがあなたの前で口にしてほしくない話題だと思うわ、ソフィ」デシーマは真実の一部を明かした。「馬の繁殖に関することよ。ウェストン卿は種——いいえ、牡の馬を所有しているの」

「まあ、つまらないのね」ソフィは鼻にしわを寄せた。「だったら、彼のことは何も知らないの？」

「実のところ何も。でもオリヴィアが彼のことをいろいろ話してくれるんじゃなくって？」

「彼女は何も知らないの。二人はほとんど一緒にいなかったから。彼はミンスター家のパーティですごく親切だったとか、それくらいよ」

「じゃあ、恋愛結婚ではないの？」

「ええ」ソフィが残念そうに言った。

「そんなに卑しいことではありませんよ」彼女の母親が激しい口調で割って入った。

「でも、子爵はあんなにハンサムなのよ」ソフィがため息をつく。「二人が愛しあっているなら、こんなにすてきなことはないでしょう。でも、オリヴィアは彼を怖がっているみたいなの」

「ばかげたことを」レディ・ブラザートンは娘に向かって顔をしかめた。「オリヴィアは単にそれなりの遠慮を見せているだけでしょう。それに、ハンサムな男性との恋愛結婚についてだけれど、あなたのパパにはそんな戯《ざ》れ言《ごと》を聞かせないでほしいわね」

帰り道、デシーマには考えることがたくさんあった。アダムたちは恋愛結婚ではなかった。オリヴィアは未来の夫についてほとんど何も知らないし、彼女が婚約者を怖がっているとソフィは考えている。

けれども、何を怖がるのだろう？　アダムは気が短くもないし、常軌を逸したところもない。きっとオリヴィアはあの男性の存在感に圧倒されているのだろう。その存在感に見あう情熱と確信に満ちあふれたアダムの腕に抱かれ、キスをされたときの感覚がよみがえり、デシーマは快い震えに襲われた。

私が小柄で、そんな男性らしさに支配されたらどう感じるかしら？　たぶん、恐怖はそこから来ているのだろう。

デシーマが馬車から降りたとき、ヘンリーが玄関前の階段をのぼっていた。「明日の朝、乗馬に出かけない？」扉を押さえて待っているヘンリーに、衝動的に尋ねた。「ハイドパークはどう？　早い時間なら、馬を走らせてもうるさ型のお年寄りに叱られないわ」

そうよ。これでいい。これなら自信を持ってできるし、ヘンリーとも楽しみを分かちあえる。

二月初めの湿気の多い寒さの中で、アダムは外套のボタンをもう一つ留めると、アイアスの首をスタンホープ・ストリートからハイドパークの入り口に向けた。早起きして、霧を貫く弱い光のもと馬に乗って出かけるつらさも、早朝の公園にはほとんど誰もいないと思えばこそだ。

馬車道に抜ける通路はがらんとしていたので、馬の向きを変え、駆け足で走らせた。顔に当たる冷たい風、腿のあいだでうねる筋肉、そして鳴り響く去勢馬のひづめの音が、肉体的な解放感を与えてくれる。これがそんなに必要だとは気づかなかった。

草のない道に入ったところで馬に逆らって速度を落とし、しっかりした足取りで歩かせた。右に左に向きを変え、速度に変化をつけることで、馬が素直に従うように訓練する。問題は、アダムの頭が訓練に集中できず、しかも血が騒ぐことだった。

いくら努力しても、婚約を知ったとき、デシーマの顔に浮かんだ品のいい侮蔑の表情が脳裏から離れない。もしキスをしなかったら、間もなく結婚すると明かしていたら……。それは無理だ。アダムはデシーマを見たとたん腕に抱き寄せ、オリヴィアのことなどすっかり忘れてしまったのだから。

オリヴィアのことを忘れられたらといつも願っていると言っても、言い訳にはならない。アダムは完全にとらわれの身となってしまった。未来の義理の親に対する感情がどうあれ、オリヴィアに八つ当たりをするわけにはいかない。彼女と結婚するのは紳士としての義務なのだ。つまり、デシーマを忘れなければいけないということだ。

愛人には金を渡して別れた。オリヴィアが彼女の存在を知れば、嘆くのはわかっていたいだろう。彼のデシーマへの気持ちに疑いを持ったら、オリヴィアの悲嘆はそれどころではない。

デシーマはじきにノーフォークに戻るはずだ。彼女がロンドンと社交界を嫌っているのは間違いない。そもそも彼女がロンドンに来たのも、ベイツとプルーのためなのだから。

去勢馬が鼻を鳴らし、耳を立てて馬車道を見た。低く垂れこめる霧の中から別の馬がやってくる。

脚の長い葦毛《あしげ》が、公園の不文律を破って駆け足でこちらに向かってきた。その背に乗るのは、グリーンの乗馬服に身を包んだ背の高い女性だった。

デシーマだ。

14

ベールで覆われた顔に風を受けながら、デシーマは肩越しに背後を一瞥《いちべつ》してヘンリーを捜した。彼は悪態をつき、切れた鐙革《あぶみがわ》を直そうとしていた。スピンドリフトはおとなしく待っていられるような状態ではなかったので、ヘンリーは手を振って、彼女に先に行くよう促した。だが、デシーマはぐるりとまわってヘンリーのところに戻るつもりだった。彼を見捨てるなんてひどすぎる。それに、いくら人がいないといっても、エスコートもなしで公園を馬でまわるのはレディにあるまじき行為だ。

ああ、でも自信が持てることをするのは、とてもいい気分だ。「いやだわ」霧を通してほかの騎手が見え、デシーマはつぶやいた。どうやら熱心に馬を訓練している様子だ。彼のそばを通り過ぎるときには儀礼上、速度を落とさなければならない。

スピンドリフトは頭を振りあげたものの、素直に速度を落とした。だが、女主人の手綱を引く手が突然ゆるんだので、再び速度を上げようとした。

あれはアダムだ。彼を避けるすべはない。「落ち着いて！」デシーマは牝馬《ひんば》に速歩《はやあし》を命じ、アイアスの脇に近づくと同時に、さらに速度をゆるめて歩かせた。「おはよう、ウェストン卿《きょう》」できるだけ、冷ややかな口調を装った。デシーマは今もアダムに対して怒りを感じていた。だが、その理由を彼がうすうす勘づいていると思うと、いまいましい。

「おはよう、ミス・ロス」アダムは去勢馬を止めた。「今朝はお互いずいぶんと堅苦しいな」アダムの目にデシーマには読み取れない光がきらめいた。

「そのほうがふさわしいでしょう」

「君は怒っている」まったくもう。どうしてアダムは当たり障りのない会話ができないの？ 何を言っているかわからないふりをするのも癪《しゃく》に障る。

「驚いた？ 私は自分が許せないの。あなたに抱擁を返したのは賢明ではなかったわ。でも、あなたも婚約していると言うべきだったでしょう。私にキスをするなんて、どうかしているわ」

「忘れていたんだ」アダムがあまりにもあっさりと言ったので、デシーマはあっけにとられた。

「忘れたですって？ 結婚の約束をどうして忘れられるの？ かわいそうなオリヴィア。愛人の存在に耐えるだけでもつらいのに、あなたがそんな簡単に彼女のことを忘れて、ほかの女をもてあそんでいるとしたら……」

「もてあそんでなどいない」手綱をきつく引かれたのか、彼の馬が突然体を動かした。

「僕は君をもてあそぶ気などまったくなかった。ただ、君に会えた喜びで何もかも忘れてしまったんだ。君がロンドンで何をしているのか知りたかった。プルーとベイツの話が出なければ、オリヴィアについて話さなくてはいけないと思いだしたはずだ」

「本当に?」デシーマは心からアダムを信じたかった。愛する男性が不名誉なふるまいをしたと思うのは耐えられない。

「本当だ」アダムが傲慢な口調で言い返した。「それに、君がその話題を持ちだしたから言うが、愛人とは別れた」

「そう」デシーマは微笑《ほほえ》みが浮かぶのを感じ、どれだけ自分が緊張していたかに気づいた。「では、昨日あなたの書斎であったことはすべて忘れましょう」だからといって忘れられるわけではない。あれが彼の腕に抱かれ、重なった唇に息と心を奪われた最後の機会になるのだから。

アダムの唇が皮肉っぽくゆがみ、彼もまたあのひとときを忘れられないのではないかと思ったが、そんな考えは押しやった。オリヴィアに二人の関係を疑われないことが何より重要なのだ。

「私、レディ・ブラザートンに会ったの」ありきたりの会話の流れにしたくて話しだした。「オリヴィアの親戚はみな、この結婚に大喜びしているわ」

「そうだろうね」この言葉にも口調にもおかしなところはなかったが、アダムの目に怒りがひらめき、瞳がグリーンの色合いを強めた。デシーマが戸惑っているうちにアダムが振り向いた。近づいてくるひづめの音が聞こえる。ヘンリーだ。

ヘンリーは小柄ではあるが、今朝彼が乗っている馬は、アイアスと同じくらい肩の高さがある足の速いハンター種だった。デシーマは近づいてくる友人に微笑みかけた。彼はすばらしい騎手なのだ。

「鐙革は直せたの？」デシーマは問いかけた。

「ああ、鞍袋《くらぶくろ》にあったナイフでなんとか穴をこじ開けたよ」ヘンリーは鹿毛の馬をスピンドリフトの脇につけた。「やあ、ごきげんよう」

「ヘンリー、ウェストン子爵を紹介するわ。そしてこちらがサー・ヘンリー・フレッシュフォード。それとも、あなたがた紳士はもうすでにお知り合いかしら？」空気は火花が散るほど張りつめている。ヘンリーが侮辱されたデシーマのために身構えているのは当然だとしても、アダムまで決闘を申しこみそうな雰囲気を漂わせているのはなぜだろう？

「彼は有名だからね」ヘンリーはなめらかに言い、愛想よく微笑んだが、目は笑っていない。彼をよく知っているデシーマは息をのんだ。ああ、もう！

アダムは険しく目を細めた。「これまで会わなかったのが残念だな。社交シーズンのあいだずっとロンドンに滞在するのか、フレッシュフォード？」

「母と妹、そしてミス・ロスが望むかぎりはね」

「私はレディ・フレッシュフォードのお宅に滞在していると言ったでしょう」デシーマは割って入った。

「確かにそう聞いた、ミス・ロス。それで、君が応援する不運な恋人たちは出会えたのかい？」アダムがまっすぐな視線を向けてきた。だが、彼がヘンリーをひどく意識しているのは明らかだ。一方ヘンリーも洗練された物腰ながら、毛を逆立てていた。

「使用人の個人的な付き合いまで詮索しないわ」デシーマは冷ややかに答えた。「それに、あなたみたいに楽しんでいられないの。ブルーを不幸にするつもりはないから」

「愛があれば幸せになれると？」からかいの口調だが、デシーマはその下にひそむ怒りを感じ取った。「以前とは正反対の見解だな？」

「私が人に結婚を勧めていると非難しているの、ウェストン卿？」デシーマはアダムと同じく明るい口調を保った。「だったら、あなたは私の話を聞いていなかったんだわ。私は当事者の一方が望むから行動を起こしただけ。あとはベイツ次第よ」

「運のいいやつだな。これで失礼させていただくよ、ミス・ロス、フレッシュフォード。君たちもこの寒さの中、馬を待たせたくはないだろう」彼は鞭《むち》で帽子に触れ、アイアスをサーペンタイン池のほうに向けると、芝生を並足で横切っていった。

「もう、やりにくいったら」デシーマは長いため息をつき、明るい声を保とうと努めた。三人のあいだで張りつめていた緊張感にいくらか動揺していた。アダムがあれほどよそよそしかったのも悲しかった。

ヘンリーは霧の中に消えつつある人影から目をそらしてから言った。「当然だが、彼は嫉妬している」デシーマの戸惑った視線を受け、つけ加える。「馬に乗っていたから、彼は僕の背の低さには気づかず、僕が君に言い寄っていると勘違いしたんだ」

「ばかげてる」デシーマはいらだった。「あなたが百五十センチだろうと百八十センチだろうと、私の気持ちは変わらないわ。何にしても、私たちは友達じゃないの」二人で馬車道を歩きはじめたとき、彼女はきっぱりと言った。「彼が嫉妬していいのは、オリヴィアがかかわるときだけでしょう」

「男というのは、奇妙で独占欲の強い動物なんだ」ヘンリーが意見を述べた。「君たち二人はもう少しで恋人同士になるところだった。彼は君に自分の焼き印を押した気分なんだよ。それだけさ」

「それだけ?」デシーマは自分が心からショックを受けているのに気づいた。「私は焼き印を押される牝馬じゃないし、見返しに名前を書かれる本とは違うわ」

「その比喩は秀逸だね。君はこれから今年の思い出が記された書物を、彼を思いださずに、そして彼の名を見ずに開くことができるだろうか?」

デシーマは頬が熱くなるのを感じた。「彼が名前を書くのは登記簿よ。ほかでもないオリヴィアの名前の隣にね。実際、彼は私のものに何も書いていないのよ。あなたが言っているのは、すごくいかがわしいことだわ。男性の望みは、ハーレムに女性を囲って、いつでも……つまり……」

「愛を交わすこと?」ヘンリーがその先を続けた。「おそらく君の言うとおりだ。僕たち男は女性に比べると底なしに満たされない生き物だよ」彼は馬の胴にかかとを当てると、デシーマが言い返せないうちに、くすくす笑って先に馬を走らせた。


その夜、デシーマはレディ・カントラインの舞踏会に備えて、恐怖と虚勢の入りまじる思いで身支度をしていた。彼女は指で数を数え、眉をひそめたが、大きな舞踏会に出るのは五年ぶりだ。五年ものあいだ、壁の花でいるという屈辱から——あるいはめったにないが、いやいやダンスを申しこみに来た男性とぎこちなく踊る屈辱から、ありがたくも遠ざかっていたことになる。

今夜もダンスをするつもりはない。けれども、既婚女性やお目付け役たちの中で、しっかりと顔を上げていようと固く決心した。装いは完璧だし、言い訳することは何もない。もはや結婚という市場に並ぶ古びた商品ではないのだ——棚にものっていないのだから。デシーマは落ち着きなく、もう一度胸の上のそばかすに白粉《おしろい》をはたいた。今夜はかなり胸をさらしている。大きく開いた襟元のレース飾りを引っ張りあげると、プルーがヘアブラシを置いてそれを引っ張り下ろした。

「そのままにしておいてください、ミス・デシー――ミス・デシーマ」プルーはデシーマからちゃんと名前を呼ぶようにと言われたが、いまだに慣れていないのだ。「すてきなドレスなんですから、引っ張って形を崩さないでください」

デシーマはかすかにうめいた。「仕立て師のところでは、さほどはしたなく見えなかったのに」

「お嬢さまは大人のレディなんですから、おっぱいを見せびらかしたっていいんです」プルーがきっぱりと言った。「そんな大きくはないにしても、申し分ありません。肩はきれいだし、肌は白いし」

「そばかすがあるわ」プルーがネックレスを留め、真珠の揺れるイヤリングをつけるとき、デシーマはあきらめの口調で言った。

〝君のそばかすだよ。どこまであるのか不思議だったんだ……〟肌をすべる指と同時にアダムの声が聞こえる。少なくとも私は彼に背を向けていた。胸のふくらみに広がり、谷間に消えるそばかすをもしアダムが見ていたら、何が起きていただろう? デシーマは目をぎゅっとつぶり、裏切り者の心が紡ぎだす光景を締めだした。

「さあ、とってもすてきですよ」プルーが立ちあがって後ろに下がり、デシーマは長い姿見で自分の装いを確認した。

驚いた。自分じゃないみたいだ。猫背になると、ドレスの胸元が危険なほど大きく開いてしまう。これでは完璧な立ち居ふるまいをするしかない。頭を上げて背をそらし、胸のふくらみを見せつけるのだ。

「お戻りの時間はどのくらいになるでしょうか、ミス・デシーマ」プルーが何げないふりをしながら尋ねたが、デシーマはだまされなかった。

「一時を過ぎると思うわ。どうして？　外出したいの？」プルーの首が真っ赤になった。

「まあ、プルー。ベイツなのね？　出かけようって誘われた？」

「ええ、まあ」プルーはつぶやいた。「彼の知ってる酒場に行くくらいですけど。ここからそんな遠くないところです。彼の話ではそこはきちんとしたところで、食事とおしゃべりができるとか」

「すてきじゃないの」まるで子供を新たなことに挑戦させようと励ます母親のようだとデシーマは思った。「出かけたいんでしょう？」

「たぶん。ただ……」プルーは爪先で絨毯《じゅうたん》をこすっている。「恥ずかしいんです。ここだと、あの別荘にいたときみたいにはいかなくて」

「あなたの言う意味はよくわかるわ」デシーマは感情をこめて言った。「気にしないで出かけていらっしゃい。それだけだとしても、あとでどうなっていただろうと疑問に思わずにすむわ」人に助言するのはなんと簡単なのだろう。たとえ自分が無視しているような助言でも。

レディ・カントラインの邸宅に至るまでの馬車の中は現実とは思えなかった。レディ・フレッシュフォードとキャロラインは初めての大舞踏会で誰に会うかを楽しげに話している。デシーマの隣に座る、このうえなく優雅なヘンリーは、ありきたりの話題で会話を続けていた。デシーマの望みは彼の手を握り、泣き言を言うことだけだった。けれどデシーマは二十七歳で、新年の誓いに従って行動すると決めたのだ。それにヘンリーの手にすがったら、レディ・フレッシュフォードに頭がどうかしたのかと思われるに違いない。

この新しいドレスで慎み深さを保ちつつ馬車から降りるのには苦労した。おかげで恐怖を忘れたが、それも屋敷に入る列に並び、階段をのぼるまでだった。そのとき、自尊心が助けてくれた。

私は階段を駆け下りて逃げるつもりはないわ。デシーマは自分に言い聞かせながら、キャロラインの肘を取って、勇気づけるように力をこめた。キャロラインが神経質そうな大きな目を向けてきたので、デシーマは安心させる微笑みを浮かべた。

「とってもきれいよ」デシーマはささやいた。「殺到する若い男性たちを撃退することになるわ。〈オールマックス〉の後援者たちの許可をもらうまでは、ワルツは踊れないのを忘れないで。彼女たちの誰が出席しているかもわからないし。それから何にしても、同じ男性と二度踊ってはだめよ」

　自分がずっとそういう社交界の禁止事項に対処してきたかのように自信を持って話していたので、デシーマは心のうちで苦笑した。気にしないわ。キャロラインを元気づけることが大事なんだもの。

　レディ・フレッシュフォードが堂々と舞踏室の端をまわってふさわしい居場所を見つけ、サテン張りの長椅子に腰を下ろした。ヘンリーは当然のようにその後ろに座った。デシーマがちらりと見ると、彼はひそかにウィンクを送ってきた。ヘンリーは即座にカードルームに消えるつもりなのだ。デシーマも一緒に行きたかった。

　そのとき、部屋の向こう側にいるアダムが見えた。ばかげた恐怖心と不安は、せめぎあうさまざまな感情に押し流された。ただ彼を見ただけでわきあがる喜びと欲望が、全身を燃え立たせ、切羽詰まったうずきを残す。彼にこの姿をどう思われるかという恥じらいと、恐怖に抗《あらが》い、舞踏会に出向いたデシーマをよく思ってくれるのではないかという淡い期待も浮かぶ。そして……愛。今すぐ顔をそむけなければ、見た人すべてにこの思いがわかってしまうだろう。

　目を伏せたとき、デシーマはアダムがここにいる理由を理解した。ヘンリーと同じくレディたちの見張り役を果たしているのだ。そして恥ずべき嫉妬心がデシーマのほかの感情をのみこんだ。オリヴィアには若さと見た目の美しさがある。そのうえ、アダム・グランサムまで手に入れるの？

デシーマは自分自身と静かなる闘いを繰り広げ、勝利をおさめた。ゆっくりと息を吸いこみ、目のかすみが消えるまで、まばたきを繰り返す。それから唇に笑みを張りつけると顔を上げ、波のようにうねる招待客の群れを興味ありげな様子で見つめた。

部屋の反対側でアダムは柱に肩をもたせかけて楽な姿勢をとりながら、前に座るミセス・チャニングのターバンを巻いた頭を冷ややかな嫌悪とともに見ていた。今夜は彼女のことも我慢するつもりだった。それもオリヴィアと結婚するまでだ。どんなに巧みに罠《わな》にかけたとしても、いずれ彼女も義理の息子は思うようにはならないとわかるだろう。

だがそれはあとでいい。自分とミセス・チャニングの不仲がオリヴィアを苦しめている。結婚前に彼女にある程度の気骨を見せるよう教えるのは無理だ。そして何よりもいまいましいのは、もしデシーマ・ロスと出会っていなければ、アダムはオリヴィアを充分な花嫁候補として考えていただろうことだった。彼女は誰もがふさわしいと思う女性だ。持参金がないことでさえ、アダムの財産からすれば無視できる。そう、ＢＤ――〝デシーマ以前《ビフォー・デシーマ》〟と彼は考えるようになっていた――であれば、オリヴィアは彼の基準をすべて満たしていた。家柄はいいし、従順で美しく、いずれ申し分のない女主人となり妻となるだろう。周囲の望みに従って義務を果たすならば、オリヴィア・チャニングは完璧な花嫁だ。

アダムは愛想のいい顔を作って知り合いにうなずきかけ、数えきれないレディたちの紹介を受けるために背筋を伸ばした。婚約の告知が新聞に掲載された今、ミセス・チャニングはご満悦だ。カードをたしなんできた長い年月が、アダムに感情を表さない巧妙なすべを教えてくれた。だが、今夜はカードルームという聖域でさえ立ち入り禁止だった。彼の務めは何度かオリヴィアとダンスをすることだ。

アダムはミセス・チャニングを締めだすように背を向けながら、オリヴィアの椅子に身を乗りだした。「今夜はどのダンスを僕と踊ってくれるんだい？」

オリヴィアは薔薇《ばら》の甘い香りがした。ブロンドの髪は結いあげてあり、優美な喉や、こめかみの透けるような肌があらわになっている。ドレスのレースの下の胸のふくらみは、しっかりと曲線を描いている。彼女はこのうえなく美しく、無垢《むく》でみずみずしい。すべてアダムのものになる。そして彼はこれっぽちもオリヴィアに欲望を感じなかった。

オリヴィアは顔を赤らめて、指示を仰ぐように母親に視線を向けたが、助けが得られないとわかった。「あなたは何がお望み？」彼女がいくらかあせったようにダンスカードを見せると、アダムはワルツを含め、四曲に自分の名を書いた。

「四曲も？　これはちょっと……つまり、私はまだ後援者からワルツの許しももらっていないのに」

「スキャンダルを起こすんだ」アダムは重々しく言った。「それしかない。僕たちは結婚しなければいけなくなる」こういうことをデシーマに言ったなら、彼女はすぐさま調子を合わせるだろう。声をあげて笑い、ふざける彼をなんらかの方法で懲らしめたはずだ。オリヴィアはただ、ぞっとしたような目を向けた。ああ。「ちょっとからかっただけだ」

彼女の顔から恐怖が引いていき、アダムは苦笑した。冗談も通じない相手と暮らしていけるだろうか？　オリヴィアは結婚そのものを恐れているだけで、いずれは気を許し、別の側面を見せてくれるかもしれない。そうなることを祈るしかなかった。

背を起こして部屋を見まわしたとき、デシーマが目に入った。ダンスフロアを挟んだ向こう側に、アダムの知らないローマ鼻の既婚女性と、とても若いレディと一緒に座っている。それからあのいまいましいヘンリー・フレッシュフォードがいる。

激しい感情がアダムを押し流しそうになった。ダンスフロアを横切ってデシーマを腕に抱きあげ、遠くに連れ去ってしまいたい衝動に駆られる。そして彼女が恍惚《こうこつ》のすすり泣きをもらし、やめないでほしいと懇願するまで愛を交わすのだ。

デシーマは明らかにダンスを申しこんだ紳士に、首を横に振っていた。ダンスを断り、付き添い《シャペロン》の一人としてずっと座っているつもりなのだ。

最後にもう一度デシーマを腕に抱きたい。そして彼女と話し、許してくれたか知りたかった。自分勝手な願いを聞き入れてもらえるような人生ではなかったので、今さら神に祈るつもりはなかった。実現させるなら、ぜひ自力でやり遂げたい。

ある考えが浮かんで部屋を見まわすと、派手な赤毛に視線を引きつけられた。緋色《ひ》の上着を着た将官たちの中でも、頭と肩が飛びだしている。そうだ、ジョージ・メイズがいる。疑うことを知らない、善良な妖精みたいな男だ。アダムはオリヴィアたちのほうに身を乗りだした。「しばらく失礼してもいいかな？　とても懐かしい顔を見かけたので」

15

ああ、助かったわ。ちらほらとダンスの申しこみに来る紳士たちもようやくいなくなった。デシーマは椅子にもたれると、落ち着きなく扇であおぎはじめた。キャロラインにだけ注目が集まると思っていたので、心の準備ができていなかった。

「キャロはダンスフロアにいても見映えがするわ」デシーマは娘を溺愛する母親に言った。レディ・フレッシュフォードはコティヨンを踊る娘を誇らしげに眺めている。ヘンリーは飲み物を持ってくるという口実で、十分前に席をはずしていた。

「本当に。もっとよくなると期待せずにはいられないんだけど」レディ・フレッシュフォードがデシーマに鋭い一瞥《いちべつ》を向けた。「それで、どうしてあなたはどの殿方とも踊らないの、デシーマ?」

「まわるたびにお相手の足を踏んでしまうんですもの。いずれにしても座っています。私が立ちあがったら、あの人たちは卒倒してしまうわ」デシーマは明るく言いながら気づいた。背の高さを認めても、私は何も感じない。どういうわけかアダムと踊った厨房《ちゆうぼう》でのおふざけのワルツが、何年もの心の傷と屈辱を払拭するほどの自信を与えてくれたのだ。おそらく、このいかがわしいほどに襟ぐりの広いドレスが男性たちの目を引きつけたのだろう。とはいえ、それもこのそばかすが見えるほど近づいたら……。

「失礼、紹介もなしに声をかけるのは言語道断だとわかっているんですが、僕と踊っていただけませんか?」背の高い――それも非常に高い赤毛の男性がデシーマの前にそびえ立った。美男子とは決して言えないが、愛嬌《あいきょう》のある顔をしている。「ジョージ・メイズといいます。レディ・フレッシュフォード」夫人に向かってお辞儀をする。「僕の母があなたのお父上と親戚ではなかったですか?」

「そのとおりよ。あなたはジョージアナ・ステイプルフォードの息子さんね」レディ・フレッシュフォードが笑みをひらめかせた。「彼女はお元気?」

「おっしゃるとおりです。おかげさまで母はとても元気です。今は父親と一緒にスコットランドにいます」魅力的な笑みが浮かび、彼の印象がすっかり変わった。「こちらのレディに僕を紹介してもらえますか?」

レディ・フレッシュフォードが鷹揚《おうよう》な笑みを浮かべた。「ミスター・メイズ、こちらはミス・ロスよ。デシーマは私たちのノーフォークでのお友達なの。キャロラインの初めての社交シーズンなので、親切にも私のために付き添ってくれているのよ」

「ミス・ロス」二人はお辞儀を交わした。「あなたのダンスカードに名前はまだ入りますか？」

「ありがとう。でも、今夜は踊らないつもりですから、ミスター・メイズ」

「ああ」ミスター・メイズは落胆したように見えた。「では、よろしいでしょうか……」

彼はデシーマの隣の椅子を手で指し示した。

「ええ、もちろん」

「ミス・ロス、あなたを信用して打ち明けてもいいですか？」デシーマがあいまいに答えると、ミスター・メイズは組みあわせた両手に顔を伏せていっきに言った。「僕もいつもなら絶対に踊らないんです。でも、あなたなら理解してくれるかもと思って」

「理解？ ごめんなさい、よくわからないんですが、ミスター・メイズ」

「僕がばかなんです。あなたが大勢の誘いを断っているのはわかっているのに……でも、ほら、僕はとても背が高いでしょう？ 女性のほとんどは僕と踊りたがらない……怖《お》じ気《け》づいてしまって。だから、あなたを見て……許してください、僕はわけのわからないことを言っている」

衝動的にデシーマは言った。「私なら怖じ気づかないと思ったんですか？」ミスター・メイズがうなずく。「私も背が高いから？」もう一度うなずきが返ってきた。どうして彼を拒絶できるだろう？ 「もちろんあなたとダンスを踊ります、ミスター・メイズ。喜んで」

「次のダンスを？」彼は勢いこんで尋ねた。

ダンスカードを確かめるふりをするべきなのはわかっていたが、デシーマは心からの笑みを浮かべて同意した。「次のダンスを」

次のダンスはワルツで、ミスター・メイズはとても上手な踊り手と判明した。デシーマは彼の手を取ると、足元を見下ろしたい気持ちを抑え、元気なワルツの名手とともにダンスフロアをまわった。

一回りしたところでなんとかミスター・メイズの襟から視線を引きはがして上を見た。下を見ていた彼の目に、突然うれしげな表情が浮かび、デシーマは胸のあらわなドレスを思いだした。いやだ、彼にはよく見えたに違いない。あわてて胸を張ると、彼女は明るく微笑《ほほえ》んだ。少なくともミスター・メイズはそばかすに嫌悪感を持ったわけではないらしい。

「僕たちは息もぴったりだ、ミス・ロス」彼が打ち明けた。「若い女性と踊りながらこうして話ができるのがどんなに気分がいいか、口では言えないくらいだ。いつもは頭のてっぺんを見るだけだから」

「私にとっても同じ……まあ！」ミスター・メイズが大胆なターンをしながら角をまわった。大きくひるがえったデシーマのスカートが、アダムに抱かれてまわるオリヴィアの慎み深い白のモスリンのドレスをかすめた。アダムと目が合ったとき、デシーマは大きな笑みを浮かべた。ここには厨房のテーブルも、バターを作る攪拌器《かくはんき》もない。ダンス用の靴にタフタのスカートは、鳥になったように軽く感じられる。ミスター・メイズはダンスを始めた場所からいちばん遠いところで、デシーマを旋回させて止まった。「なんて僕は不器用なんだ」彼はダンスフロアから離れながら謝った。「レディ・フレッシュフォードのところまで送らせてください」途中、大勢の軍人たちに道を阻まれ、ミスター・メイズが一人の肩を叩《たた》いて道を開けさせた。「また会ったな、フレデリクス、ピーターソン」

二人が振り返った。緋《ひ》色の上着がたくましい背中にぴったり張りついている。デシーマは背の高い男性に囲まれているのに気づいて息をのんだ。彼女のパートナーは仲間を見てにやにや笑っている。「ミス・ロスを紹介しよう。ミス・ロス、こちらはピーターソン大佐とフレデリクス少佐」

デシーマはお辞儀をし、礼儀正しく微笑んだ。二人は再び会話を再開するかと思いきや、どちらも彼女にダンスを申しこんだ。大佐が少佐の前に割りこんで言った。「ダンスフロアでメイズを品よく見せることができる女性なら、僕にぴったりだ」

三十分後、デシーマはレディ・フレッシュフォードとヘンリーのもとに戻った。息が切れ、くすくす笑いたい気分だった。

そのとき、そんな気分も吹き飛んだ。アダムがオリヴィアを伴って近づいてきたのだ。「オリヴィア！　ウェストン卿《きよう》、ご機嫌いかが？」デシーマはあわててヘンリーをオリヴィアに紹介した。

「夕食をとりに行くところなんです」オリヴィアが恥ずかしそうに言った。「一緒にいかがです？」

今朝のように二人の男性のあいだに緊張が走るのではないかとデシーマは思ったが、アダムはたった今おもしろい考えが浮かんだという顔をしているし、ヘンリーのほうは亡霊でも見たようにオリヴィアを見つめていた。

「そうよ、行きなさいな」レディ・フレッシュフォードが扇とレティキュールを取りあげた。「私は古い知り合いと噂話《うわさばなし》に花を咲かせるわ。キャロはすでに若いお友達と一緒のようだし」

アダムが先に立って夕食の用意された部屋に赴き、オリヴィアとデシーマを並んだ座席に座らせてから、ヘンリーとともに料理を取りに行った。

「すてきなドレスね」オリヴィアが恥ずかしそうに言った。「ママは私がそういうきれいな色を着るのは許してくれないの」

「今あなたが着ているドレスのほうが、この色よりずっと似合うと思うわ。あなたの髪や目の色にとてもよく映えるもの。それと」デシーマは声を落とした。「この襟元は後悔しているの。こんなにさらけだしたのは生まれて初めてのような気がするわ」

「ちょっと大胆だと思うけれど、あなたはとてもきれいな肩をしているし」オリヴィアが言った。

彼女はいい子だわ、とデシーマは思い、褒め言葉に微笑んだ。オリヴィアはアダムのいい妻になれるかしら？ きっと義務を果たそうと努力するだろう。

「あの、サー・ヘンリーは……」オリヴィアが切りだし、顔を赤らめた。「あなたと約束を交わしたんですか？」

「まさか、違うわよ！」デシーマは笑い飛ばした。その声が会話のざわめきを貫いたかのようにアダムが振り返って彼女を見た。「いいえ」デシーマは小声でつけ加えた。「私たちはいいお友達というだけ。彼は本当にすばらしい人よ」

「まあ」オリヴィアは目を伏せ、男性たちが料理ののった皿を持って戻るまで黙りこんだままだった。

「レモネードでいいかな、ミス・チャニング？」ヘンリーが気づかいを見せて尋ねた。誰もデシーマに何が飲みたいかきかなかったが、アダムが彼女の前にシャンパングラスを置いた。デシーマはびっくりして男性二人を見た。ヘンリーはオリヴィアに話しかけ、アダムは片眉を吊《つ》りあげただけだった。

「君はレモネードのほうがよかった？」

「正直に言えば、こちらのほうがいいわ」デシーマはグラスを取りあげ、泡がはじけるのを、そして血が体内ではじけるのを楽しみながら一口飲んだ。アダムはあまりにも近くにいる。テーブルに置いた腕に彼の熱が感じられるほどだ。

「そう、正直がいちばんだ」アダムはそっと言い、ほかの二人に目を向けた。「教えてくれ、デシーマ。フレッシュフォードは……誰かと深くつきあっているのか？」

「いいえ。私の知るかぎりはないわ」デシーマは驚いて、考えもせずに答えていた。「それに、もし何かあったとしても私には関係のないことよ。友人についての個人的な質問に答える気はないわ」

「ただの好奇心だよ」アダムのグラスの中でシャンパンがまわっている。華奢《きやしや》なグラスの脚を持つ長く力強い指に目を奪われながら、デシーマはあの指が体に触れたのを思いだしていた。

アダムはぼんやりした状態からいきなり引き戻されたかのように椅子の上で身じろぎをすると、フォークに手を伸ばした。「このパテはおいしそうだ」

デシーマはほんの少し口にして同意した。食欲はまったくない。彼女はまたシャンパンを飲んだ。

「僕は許してもらえたのかな？」

「もちろんよ。今朝話しあったでしょう。あれについては忘れたわ」

「僕もそうできたらいいと思う。今朝の僕は……いらついていたみたいなんだ」アダムの片眉が吊りあがり、デシーマは彼が皮肉を言ったのか決めかねた。

「確かにそうだったわね。どうして？」

「君とフレッシュフォードの仲を疑ったからだ」

デシーマはヘンリーとオリヴィアをちらりと見た。二人は会話に夢中になっている。オリヴィアはうれしそうに顔を赤らめ、珍しく手を振って何かを説明していた。「とにかく何もないわ。私たちはいいお友達よ。そもそもあなたになんの関係があるの？」

「今は君が言うとおりだとわかったよ。立っている彼の姿を見たから」アダムは声を低くして言った。

「私が彼を愛していたら、身長は問題にならないわ」デシーマは硬い声で反論した。「もう一度言うけれど、それがあなたになんの関係があるの？」

「もちろん僕がやきもちをやいているからさ」

デシーマはぽかんと開けていた口を閉じた。ヘンリーの言ったとおりだわ。アダムは私を所蔵品の中に加え、自分のものだと感じているのだ。

「あなたは婚約している身だと念押ししないといけないのかしら？」彼女は険しい声でささやいた。

「それはわかっている。イギリスでハーレムが許されないとは、なんと嘆かわしいことか」

「どうかしているわ」アダムが冗談を言っているのはわかっていたが、デシーマはこのままではすませられなかった。「かわいそうにオリヴィアは……」

「男に媚《こび》を売っている」アダムがささやき、首を傾けて婚約者を指した。

「もちろん彼女はそんなことを……しているわね」気弱でかわいらしいオリヴィアが、ヘンリーの目を見つめて、まつげをぱちぱちさせている。

「かわいそうに、あの子はママから離れられなかったから、ああいう楽しみにふける暇もなかった」アダムがデシーマの耳元でささやき、甘美なうずきをもたらした。「僕は彼女に小言を言う気はないよ」

つまり、アダムは自分に自信があるから、婚約者がヘンリーのような見目麗しい男性に近づいても平気なのね。だったらどうして私とヘンリーが親しい仲だと思ったときにはあんなにいらだったの？

「なぜ眉をひそめている？」アダムが指を鳴らして従僕を呼び止め、シャンパングラスを二つ確保した。

「あなたのことが理解できないからよ」デシーマは率直に答えた。「支離滅裂なんだもの」

「ありがとう」アダムは小さく頭を下げた。「だが、レディたちが支離滅裂なんだ。僕は謎めいた存在になるべく努力しているんだよ」

「またふざけて」デシーマは言い返した。「あなたがおもしろく思っていないのはわかっているんだから、そんな物言いはやめて」デシーマが声を落とすのも忘れたので、オリヴィアとヘンリーが、びっくりして顔を向けた。「ウェストン卿が私をからかうものだから」デシーマは説明し、気付けのためにグラスから一口飲んだ。

「君たちレディはシャーベットがご所望では？」ヘンリーが言いながら、すばやく警告の視線を送った。デシーマは鼻にしわを寄せた。ああ、シャンパンは心を軽くする。とてもいい気分だわ。

デシーマはもう一口飲むと、頭を振った。「いいえ、私はけっこうよ、ヘンリー」

「では、僕とダンスを踊るのはどう？」アダムが尋ねた。デシーマの手首からぶら下がるダンスカードをつかんで、ぱっと開く。「次はワルツだったな」

「私は踊りませんから」もはや言い訳にはならないと気づく前に、言葉が飛びだしていた。

「踊っていたじゃないか、ずっと。君は僕を拒絶する気かい、ミス・ロス？　それは傷つくな」

「私……そんな意味では……」私はずっと踊っていた。大勢のいろいろな相手と。アダムの申し出を断る理由はない。デシーマはあきらめた。「ありがとう、ウェストン卿」

デシーマの隣では、ヘンリーがオリヴィアにダンスを申しこみ、四人がそろってダンスフロアに出たとき、音楽が始まった。デシーマは心もとない気持ちで立っていた。ミスター・メイズに誘われたときからみなぎっていた自信もすっかり抜け落ちてしまった。

「デシーマ？」アダムは忍耐強く待っている。デシーマは息苦しさをおぼえながら彼の腕の中に進みでると、手を取った。再び息ができるようになったとき、なじみのあるにおいに大きな衝撃を感じ、危うくよろけそうになった。柑橘《かんきつ》系の香りと男性のにおい、そして間違えようもないアダムのにおいがする。馬を立ち直らせるかのごとく彼の腕がデシーマをしっかりと抱き、二人は踊りはじめた。

「それは格別、人を引きつけるドレスだね」アダムが言った。デシーマはその声に笑いを聞き取り、目を上げて鋭く彼を見た。「そばかすはあらゆるところにあるんだな、違うかい？」

「違うわ」デシーマは反論した。「あなたは私のそばかすをすべて見たはずよ。だから、その話は二度としないでほしいんだけれど。とても不謹慎だわ」

「君が僕を不謹慎にさせるんだ」アダムはあっさり言い返して、のんびり踊る男女を避けてデシーマを抱え、大きくまわった。一瞬二人の体がぴったり重なった。情熱がひらめいて下腹部にいっきに押し寄せ、デシーマは声をもらして体を離した。

現実に立ち返り、お互いの立場を思いだすために、彼女は頭に浮かんだ最初のことを口にした。「結婚式はいつ？」

「六月十八日だ」

「まあ」さあ、なんと言おう？「どこで？」

「知らない。未来の義理の母親がいまだに決めかねているらしい」

「オリヴィアはどう思っているの？」

「オリヴィアは母親の言うことに従うだけだ」アダムが歯を食いしばるように言った。

そういうことだったのね。結婚に対してアダムが冷ややかだったのも合点がいく。「将来彼女との対決の際には、私はあなたの勝利に賭けるわ」デシーマは無礼なことを言った。

「もちろん勝つつもりだが、オリヴィアを母親から引き離すのが先決だ。彼女と争っても何も得るところはない。オリヴィアを嘆かせるだけだ」

「オリヴィアを気づかってるの？」アダムが婚約者になんらかの感情を表したのは、これが初めてだ。

「僕のことを冷たいと思っているんだな？　僕はオリヴィアが好きだし、幸せにしたい」

アダムがデシーマを見下ろす。ワルツの明るい曲調とはそぐわず、その瞳は暗かった。

「でも、彼女は僕に打ち解けようとしない。あからさまな愛情表現は彼女をうろたえさせるからね」

「ごめんなさい」デシーマは唇を噛《か》んだ。「私が悪かったわ。詮索する権利などないのに」

そのときアダムが微笑みかけ、デシーマの心臓が大きく飛びはねた。「友人として、いつでも僕にお説教してほしいな。きっとフレッシュフォードも叱っているんだろうね」

「ヘンリーにお説教が必要なことなんて、めったにないわ」二人でくるりとまわるとき、デシーマはヘンリーとオリヴィアの姿をとらえた。「まあ」

「まさしく」アダムがあっさりと言った。「お似合いの美しいカップルだ」

まるで芸術家が完璧な男女を描いたかのようだった。小さなオリヴィアはヘンリーの小柄な身長にぴったりで、二人はこれ以上ないほど似合っている。どちらも完璧な型から作られたような顔立ちで、古代ギリシアの壁に彫られたレリーフを思わせた。

「オリヴィアは相手が誰であろうと、見映えのする美しさがあるわ」デシーマはあわてて言った。ヘンリーは慎重にふるまわないと、怒りでおかしくなった婚約者に決闘を申しこまれてしまう。オリヴィアがほんの少し媚を売ったくらいなら、アダムも目をつぶったかもしれない。けれど、彼女がほかの男性の腕に抱かれてダンスフロアをまわり、互いの目をじっと見つめあうとなると、いささか問題が大きすぎる。

「それは確かだ」アダムは落ち着いて同意した。デシーマは疑わしげなまなざしを投げかけたが、彼はこの状況にまったく動じていない。ただダンスをしながら、デシーマをわずかに引き寄せただけだ。

こんなふうにアダムと踊るのは危険だとデシーマにもわかっていた。それでいて、彼の腕の中にいる喜びにひたっている。気分が悪くなるまで砂糖菓子を食べてしまう小さな子供と同じだ。

アダムを愛し、この思いを抱いて生きていくことはできると自分に言い聞かせてきた。ロンドンで彼に会えば、胸の痛みを感じるだろうが、実際に再会したらいくらか幻滅するとも思っていた。愛がここまで強烈なものになるとは予想もしていなかった。彼の近くにいるとさらに思いがつのり、キスで再び火がついた。アダムがほかの女性と婚約しているという事実も、デシーマの心を変えはしなかった。

音楽が終わり、デシーマはなめらかにお辞儀をした。頭がくらくらし、大胆な気分になっている。もっとも暗く、もっとも恐ろしい亡霊はあっという間に消え去った。デシーマの心を読み取ったかのように、アダムがささやいた。「二人の後援者が僕たちを見ている。彼女たちが君を邪険にしたのかい？」

突然ぶざまな十八歳のころに引き戻され、デシーマはおびえた視線を彼女たちに向けた。

「ミセス・ドラモンド・バレルとレディ・カースルレーね。怖かったわ。私のことをじろじろ見たけれど、私みたいな大きな女を無視するのは難しかったと思う」

「よし」アダムはデシーマの腕を取ると、二人の手ごわいレディのほうへと足を進めた。

16

アダムがレディたちの前で立ち止まり、小さくお辞儀をすると、二人は優美にうなずいて微笑《ほほえ》みで迎えた。明らかにウェストン子爵は好かれている。「ミス・ロスはご存じですね？」デシーマは値踏みするような視線を向けられた。どうやら二人はデシーマがわからないようだったが、やがて背の高さが彼女たちの記憶を刺激したらしい。

「デシーマ・ロス？」ミセス・ドラモンド・バレルが尋ねた。「カーマイケルの異父妹の？」

「ええ、そうです」

「あらまあ」レディ・カースルレーがつぶやき、それからはっきりと言った。「あなたはすっかり……見違えてしまったのね、ミス・ロス」

「ミス・ロスは踊りの名手ですよ」アダムはデシーマの指が腕に食いこむのも無視して続けた。「そして彼女は、すべては何シーズンものあいだ、あなたがたの影響を受けたおかげだと言っています」

「私たちの影響?」ミセス・ドラモンド・バレルは過去を思い返している。「ミス・ロスにダンスをするよう勧めたことは一度もなかったと思うけれど」

「まさにそのとおり」アダムは甘い声で言った。「無知からくる偏見を吹き飛ばし、自信喪失を克服するために個性が築かれるというのは、すばらしいと思いませんか?」アダムは再び完璧なお辞儀をすると歩きだし、デシーマは彼の隣で身を震わせた。「ご婦人たちの顔から得意げな笑みを消してやったよ」デシーマを見下ろし、彼自身の笑みが消えた。「ああ、しまった。あれでショックを受けたのか? てっきりおもしろがると思ったのに」

デシーマは必死に落ち着きを保ち、二人はいつしかカーテンの脇から庭園を見下ろせるテラスに出ていた。取りはずしのできるガラスに囲われているので、二月の冷たい風がさえぎられている。遠くのほうで男女が背を向けて話していたが、それがなければ、デシーマたちは薄暗く、いくらか寒い場所で二人きりだった。デシーマはこらえきれずに両手で顔を覆った。

アダムは小声で悪態をつくと、デシーマの震える肩を見つめた。どんな勇敢な男も女性の涙には動揺するものだ。「デシーマ? ダーリン? 僕はただ、意地悪なご婦人たちをやりこめたかっただけなんだ。泣かないでくれ」彼はデシーマを抱き寄せながら、花の香りを胸いっぱいに吸いこんだ。

「違うの」くぐもったあえぎ声が聞こえ、アダムは力をこめて彼女を抱きしめていたことに気づいた。彼がそっと腕をゆるめると、デシーマが体を離した。顔を紅潮させ、くすくす笑っている。「すばらしかったわ。本当にありがとう、アダム。一晩で二つのお化けを消すことができたのも、あなたとあのミスター・メイズのおかげだわ」

「二つって？」アダムは染みのない真っ白なハンカチを取りだし、注意深く彼女を見た。

「それにメイズにどんな関係があるんだ？」

「彼にダンスをしようと説き伏せられたからよ。ものすごく親切な人だわ。それにとても背が高くて、私は彼と一緒にいて心からくつろげたの。たった一晩で私はダンスの恐怖を克服し、後援者たちについても心配しなくてすむようになったのよ」

「もしかしたら僕は君が〈オールマックス〉の招待状を受け取るチャンスをつぶしてしまったかもしれないな」アダムはそこまで考えが至らなかった。それに彼女がジョージ・メイズを好きになることも。

「もう受け取っているの。レディ・フレッシュフォードがレディ・セフトンと親しいおかげでね。彼女はただ一人、私のことを邪険にしなかった人よ」デシーマは両目にハンカチを当ててきちんとたたみ、脇のテーブルに置いた。アダムは無言でそれをポケットに戻した。彼女が涙を拭いたからこれを宝物にしようだなんて、実に青くさい考えだ。愛は自分を根底から覆してしまった。あろうことかジョージ・メイズにまでやきもちをやいている。

「僕だって背が高いよ」どんなにばからしく聞こえるかに気づく前に、言葉が飛びだしていた。そんな愚かさもデシーマの笑みによって報われた。

「そうね。でも、ミスター・メイズほどではないわ。あるいは彼の軍隊のお友達ほどでは。緋《ひ》色の連隊服のせいね。あれは男性をすてきに見せるもの」

「ずいぶん気が多くなったんだな、ミス・ロス」

デシーマが長く濃いまつげの陰から横目でアダムを見た。彼の胸は痛いほどに締めつけられた。「そんなことないわ。静かで居心地のいいノーフォークの暮らしに戻る前に、ちょっと楽しんでいるだけ」

「それが君の望み？」アダムはその質問の答えが生死にかかわるほど重要だと気づいた。ばかげている。解けない問題をすぐさま解決しないかぎり、目の前に広がる未来は味気ないものなのだから。

「今となってはよくわからないわ」デシーマは衣《きぬ》ずれの音をたてながら、落ち着きなくアダムのそばから離れた。やわらかな光に肩が白く輝いていた。

もしデシーマを腕に抱きしめ、ここから二人で逃げようと迫ったら、彼女はなんと言うだろう？　アダムにはその答えがわかっていた。デシーマは澄んだグレーの瞳でアダムを見つめ、オリヴィアに対する義務を、彼の名誉を思いださせるのだ。

「もっと多くのことを経験したいの」デシーマは立ち止まって振り返ると再び戻ってきた。「家族が強いることではなく、私がしたいことをね。もちろん騒ぎは起こしたくないわ」

彼女はふっくらした下唇を噛《か》んだ。「実を言うと、チャールトンに何かを求められるたびに、騒ぎを起こしたくなるの。彼は絶対にロンドンに行くなと私に書いてよこしたのよ。だからすぐに荷造りを始めたわ」

「どうして君がロンドンに行ってはいけないんだい？」心から興味があったわけではないが、アダムはデシーマの唇と白い歯を見ていたかった。あの唇に歯を立てたときの感触を思いだす。彼は大理石の植木鉢に浅く腰かけ、両腕を組んで待った。

「真っ先に兄に助言を求めなかったからという理由以外で？」デシーマが笑い、彼女の胸が興奮をあおるように盛りあがった。アダムは組みあわせた両手を体の前に下ろしながら、暗がりに感謝した。「考えてもみなかったわ。たぶん破廉恥な財産狙いの魔の手に落ちるとでも思ったんじゃないかしら。あるいは派手なドレスを買いあさるとか」

「そのドレスみたいな？」

「すてきでしょう？　もっとも、これがこんなに厄介なものだなんて思いもしなかったわ。ずっと胸を張っていなければならないなんて」

「僕がすばらしいと思っているのはわかっているだろう」アダムは、デシーマがあとどのくらい前に身を乗りだしたら、あの美しい胸のふくらみをてのひらで包みこめるか距離を測っていた。

「アダム」彼が目を上げると、デシーマが険しい視線を向けていた。「やめて。あなたに言い寄られて、いい気分にならないなんて嘘《うそ》はつけないわ。でも、やっぱりだめ。オリヴィアは無邪気で、すごく人がいいかもしれないけれど、いずれ気づくでしょう。私は何より彼女を傷つけたくないの。あなたが本気だと彼女が思いこんだらどうするの？」

だが、アダムは本気だった。しかもデシーマは正しい。これは危険な火遊びだ。デシーマの評判とオリヴィアの幸せの両方が焼け落ちてしまう。

「戻らないと」デシーマは急に目が覚めたかのように見えた。「みんなが私たちのことを疑うわ」

アダムは五感が鋭くなったような奇妙な感覚で、デシーマのあとからカーテンのあいだを通り抜けた。何かが胸を万力のように締めつけている。だが、欲求不満のいらだちではない。過去に経験した三度の決闘の前にも、こんな殺気立った気分を感じた。恐怖ではなく、うまくやり遂げないとてつもなく深刻な事態になるという、身に迫る予感だった。

アダムはデシーマがレディ・フレッシュフォードのところに戻るまで、カーテンの陰に立っていた。背の低い女性たちのあいだを縫って進む彼女の濃い色の髪がよく見える。何はなくとも、アダムは社交界で楽しく過ごせる自信をデシーマに与えたのだ。いや、それも自分とは関係ないかもしれない。新年の決意を説明したときのデシーマのきっぱりした声を思いだし、アダムは思わず笑みを浮かべていた。

決闘に赴く前の感覚は消えなかった。アダムは息を深く吸いこみ、呼吸を整えた。体はすっかり高まっている。デシーマのために闘う準備ができていると告げているのだ。問題は、打ち倒すべき敵がオリヴィア・チャニングだということだ。そして彼女を負かす唯一の名誉ある方法は、アダムとの結婚から逃れたほうがましだと思わせる以外になかった。

笑いさざめく人の群れに戻るのも気が進まず、アダムは柱にもたれ、デシーマについて考えた。体は彼女を自分のものにしたくてうずいていたが、過去に経験したものとはまったく違う。

アダムが求めてきたのは、男女が互いに与えあう肉体的な満足だった。デシーマが相手だとそこが違う。もちろんそういう意味でも彼女が欲しい。体ははっきりそれを伝えてくる。だが、アダムに必要なのは、愛を交わしながらデシーマの目を見つめ、その深みに彼女の感情を読み取ること、そしてお互いの魂をさらけだすことだった。

これが愛というものに違いない。アダムは目を閉じ、雪の中でデシーマにのしかかったときの彼女の大きく見開かれた目を記憶の奥に押しやろうとした。

「デシーマ」彼は無意識につぶやいていた。

「おい、大丈夫か？　独り言を言っていたぞ」アダムがぱっと目を開くと、ジョージ・メイズが心配そうにのぞきこんでいた。「ちょっとした息抜きか？　おまえの義理の母さんになる人が捜していたって教えてやろうと思ったんだ」

「それはすばらしい。彼女がいないなと思ったんだ。まだここにいるとわかって、ほっとしたよ」

ジョージは疑わしげに両眉を吊《つ》りあげた。「とにかく、婚約者はものすごい美女だな。母親のほうはいささか難物のようだが。そうだ、ミス・ロスのことを教えてくれてありがとう。彼女は本当にすてきだね。言われたとおり、身長を持ちだして同情を引いたら、うまくいったよ。彼女のところを訪問しようかって気分だ。いや実際、花を贈って訪問するつもりなんだが、おまえはどう思う？」

「いいんじゃないか、ジョージ？　きっとミス・ロスは喜ぶはずだ」アダムは友人の背を叩《たた》くと、チャニング母娘を捜しはじめた。

気分は突然高揚してきた。ゲームは始まったのだ。

彼はオリヴィアが母親と座っている場所から少し離れたところで足を止めた。彼女は次のダンスのパートナーとおぼしき若い男と楽しげに話している。オリヴィアが目を上げ、その顔から活気《きう》が消え失せた。

いや、これはゲームなどではない。決闘と同じくらい真剣勝負なのだ。

デシーマはフレッシュフォード家の面々とともに遅い朝食をとっていた。誰もがゆうべの催しのせいで疲れきっている。初めて正式な舞踏会を経験したキャロラインは、興奮して眠れなかった。四十五歳を過ぎたレディ・フレッシュフォードは、寄る年波には勝てない様子だ。そしてヘンリーは……そう、むっつりしている。

きっと妹の請求書が今朝、机に山積みされていたのだろう。それ以外に説明がつかない。もっとも、お金のことでいらだつとはヘンリーらしくない。デシーマは心の中で肩をすくめ、再びアダムについて考えた。私は、自分の最高の姿をアダムに見てもらい、彼と踊れて喜んでいる。二人きりのときに手に負えなくなる感情もどうにか抑えこんだ。アダムは私が友情と、救ってもらった感謝以外の気持ちを抱いているとは思っていないだろう。

でも、彼が言い寄ってきたらどうやって拒むの？　デシーマはため息をついた。すると新聞を凝視していたヘンリーが彼女の顔を見た。「大丈夫かい？」

「楽しいことを数えあげていただけ」デシーマは微笑みながら答えた。

「そんなふうには聞こえなかったぞ」彼の母親と妹が同時にファッション雑誌から顔を上げた。「朝食のあとに散歩に出かけようか？」

「そうね、きっと楽しいでしょう。新鮮な空気を吸いたいし。あなたのお母さまとキャロも……」

「いや、いい」ヘンリーがかぶりを振った。「君と二人きりで話したい」

一時間後デシーマが散歩用のドレスに着替えて階段を下りたとき、ヘンリーが不機嫌そうに玄関ホールを歩きまわっていた。「ハイドパーク？」外に出ると、彼女はヘンリーの腕に手をかけた。

「え?」

「ヘンリーったら! ハイドパークに行くの?」

「ああ、それでいい。君の友人のウェストンがまた馬を訓練させていなければの話だが」それが欠点と言えるほど大らかなヘンリーが、文字どおり敵意をむき出しにしている。パークレーンに足を向けながら、デシーマはヘンリーを横目で見た。

「ゆうべは楽しめた?」気軽な調子で尋ねてみる。「キャロはきっと人気者になるわね」

「そうか」

さあ、何を言えばいいかしら? 「今夜のヘイドン家の夜会には出席するの? 私は出席すると返事をしたけれど、あまり遅くまでは――」

「君はまだあのウェストンを愛しているのか?」ヘンリーが彼女の話の半ばでいきなり問いかけた。

「ええ」デシーマは考える暇もなく口走っていた。これほど自分をさらけだしていいものだろうか。今はアダムが遠い存在だったときとはわけが違う。

「だったら、どうして彼はオリヴィアと……ミス・チャニングと婚約した?」ヘンリーはステッキで罪もない草を乱暴に払った。

「彼女と結婚するからだと思うけれど」デシーマは辛辣に言い放った。「彼は私が友情以外の思いを抱いていることを知らないのよ」顔をしかめてちらりとヘンリーを見る。「そして私はこのままでいたいと思っているの」

「あの男は彼女を愛しているのか？」ヘンリーがしつこく尋ねた。

「もちろんよ！　そうじゃなかったら、どうして彼女と結婚するの？」デシーマは強い口調で言ったが、自分の耳にも確信がなさそうに聞こえた。アダムはオリヴィアに深い愛情を抱いている様子ではなかった。彼は冷ややかで丁重な敬意をもって彼女に接していた。付き添っているときには気をつかい、彼女の母親にも我慢しているようだった。だが、オリヴィアに向けられたまなざしに情熱はなく、彼女に話しかけるときの声にも深い愛情はなかった。「彼女の財産目当てということはありえないわ。それに、彼女の家柄は立派だけれど、格別すばらしい親戚はいなかったと思うの。どちらにしても、子爵ならそういうものは必要ないでしょうけれど」

「彼女のほうは彼を愛していると思う？」

「思わないわ」デシーマは即座に答え、よく考えてからもう一度言った。「愛しているとは思わない。オリヴィアは彼に圧倒されているんじゃないかしら。でも、彼女にとってアダムはすばらしい結婚相手よ」

「僕なら、彼女は怖がっていると言うね」

「そんなはずはないわ。いったい何を怖がるというの？」デシーマは信じられないとばかりに友人を見つめた。「アダムは誰よりも気分にむらのない人よ。雪の中で立ち往生したとき、彼がどんなふうに問題を解決していったか考えてみて。チャールトンだったら、一時間は怒りでおかしくなっているわ。あなただって、きっといくらか腹を立てるでしょう」

「彼は階級が高い。間違いなく大所帯を切り盛りしなければならないだろう……」

「オリヴィアは紳士の妻になるべく育てられたのよ。その重圧を思うと、不安を感じるかもしれない。でも、怖がるですって？」

「確かに。それは僕の印象だから」ヘンリーは彼女に同意した。「もしかしたらたぶん……肉体的に……」彼は言葉を切り、無言で歩きつづけた。

「アダムはとても背が高いし、オリヴィアはとても小さいけれど……」デシーマは切りだした。あれほど大きな男らしさの見本みたいな男性と向きあうとしたら、オリヴィアはどう感じるだろうか。とくに彼が友好的でないときに。これが初めてではないが、デシーマはある思いにとらわれた。アダム・グランサムを相手に処女を失うのはどんなふうなのだろう。

確かに不安に違いない。デシーマは真っ赤になった。まさかヘンリーは結婚のそういう面について言ったわけじゃないわよね？

「もしあなたが、その恐怖というのが……初夜にあると言っているなら、オリヴィアはあまりに無邪気でそこまで心配していないと思うわ」

「もちろん無邪気だ」ヘンリーが声を荒らげた。「僕は支離滅裂だな、そうだろう?」

「あなたのことをよく知らなかったら」デシーマはあえて言った。「やきもちをやいていると思っていたでしょうね」

デシーマはヘンリーが否定すると思った。だが、彼はぱっと振り向いてデシーマを真正面から見据えた。「そのとおりだ。僕はオリヴィアを愛してる」

「でも……あなたは彼女をほとんど知らないのよ！　そんなはずはないわ、ヘンリー。そうでしょう?」

「彼女は僕の運命の相手だ」ヘンリーは熱をこめて言った。「彼女の目を見れば、それがわかる。彼女を腕に抱き、ダンスをしたときにわかったんだ」

「オリヴィアはどう感じているの？」

「はっきりは言えない。信じてくれ、僕はもちろん何も言っていない。でも、彼女は僕に近いものを、似たところを感じたはずだ」

「ヘンリー、彼女に言い寄ることはできないのよ」

「わかっているよ」ヘンリーが大きく一歩踏みだし、それからくるりと振り返ってデシーマに向き直った。「彼女がウェストンとの婚約を破棄しないかぎり、僕は手も足も出ない。何をしても不名誉になる」

「なんて厄介なのかしら」デシーマはうなだれた。「私はアダムを愛している。あなたはオリヴィアを愛している。そして私は二人が愛しあって結婚するとは信じられない。私たち、どうすればいいの？」

「ノーフォークに帰りたいかい、デシーマ？」

「無理よ。私たちはここにとどまり、あなたのお母さまとキャロの後押しをしなければ」

「君は帰ってもいいんだ」

「逃げるつもりはないわ」デシーマは再びヘンリーと腕を組んで歩きはじめた。「いずれにしても、惨めな状態のあなたをほうっておけない。そもそも、このことを話せる相手がほかにいる？」

二人は二十分ほど無言で歩きつづけ、その後グリーン・ストリートに向けて、来た道を戻りはじめた。「僕たちはあの二人を避けなければ」屋敷の玄関に近づきながら、ヘンリーがきっぱりと言った。「この町には社交界と気晴らしがあるわけだし、二人の人間にたまたまでくわす心配もないだろう」

「そうね」デシーマは同意した。そのとき馬車が通り過ぎ、階段の前で停《と》まった。「誰かしら？」

「理性ある決断をくじくものだ」従僕が馬車の扉を開けて踏み段を下ろしたとき、ヘンリーが険悪な声で言った。馬車から降りてきたのはオリヴィア・チャニングだった。

17

「ミス・ロス、サー・ヘンリー、おはようございます」オリヴィアがしゃれたブルーのボンネットの縁から恥ずかしそうに二人を見あげた。「お宅にいらしてよかったわ。ちょっと訪問には早すぎるのではないかと心配だったんです」

「さあ、どうぞ」ヘンリーが玄関前の階段をのぼるようオリヴィアを促した。デシーマは天を仰ぎ、あとに続いた。「飲み物はいかがかな、ミス・チャニング？　母と妹はどこにいるんだろう……」

執事が現れ、女性たちの外套《がいとう》を預かった。「奥方さまとミス・キャロラインは馬車でお買い物に出かけられました、サー・ヘンリー」

「私はミス・ロスに会いに来たんです」オリヴィアが応接間の椅子に腰かけながら打ち明けた。「母と私で〈ウォルヴァートン・ギャラリー〉の内覧会に行くつもりで入場券を手に入れたんです。大陸を旅している画家の素描画が新しく届いたとかで。ところが母はいとこのジェーンを歯医者に連れていくことになりました。膿瘍《のうよう》ができてしまって」

ぶやいた。

「すごく痛そう」それが自分たちにどう関係があるのか疑問に思いながら、デシーマはつ

「ええ、とても。ジェーンがすっかり歯医者を怖がっているので、母が付き添うつもりでいます」

「まあ」デシーマからすれば、ミセス・チャニングに付き添われるくらいなら、歯医者十人に立ち向かうほうがましだった。

「それで今日の午後、一緒に内覧会に行けたらと思って」オリヴィアがとうとう話の要点を伝えた。「入場券は三枚あるし、あなたが美術に興味を持っていたのを思いだしたんです、ミス・ロス」

「ご親切にありがとう。そんな昔のことを思いだしてくれたなんて。それと、お願いだからデシーマと呼んでくださらない？　ぜひご一緒したいけれど、ウェストン卿《きょう》が同行をお望みでしょうし」

「彼は今日は都合が悪いそうなの。私があなたを誘おうと思っていると伝えたら、だったらサー・ヘンリーも誘ったらどうか、従僕一人よりは紳士が同行したほうが安心できるからと言うんです。それで私、あなたが大陸旅行《グランド・ツアー》を楽しんだというゆうべのお話を思いだしたんです、サー・ヘンリー。だから……」オリヴィアは言葉を切った。恥ずかしさから息切れした感じだった。彼女がこんなに長く話すところは初めて見たとデシーマは思った。

あんなことを言ったあとだけに、当然ヘンリーは断るだろう。それが唯一の賢明な道なのだ。

「ありがとう、ミス・チャニング。喜んでご一緒しましょう。何時ごろ出かけますか？」

離れた場所にいたので、デシーマはヘンリーの足を蹴ることができなかった。そこで彼を見つめて目を丸くしてみせた。ヘンリーは〝僕に何ができる？〟と言い返すかのように苦笑いした。

ばかね、何か約束を作りなさい。午後は母親に付き添う予定でしょうと言ったほうがいいかデシーマは考えたが、すでに遅かった。二人は楽しげに相談し、二時半にオリヴィアを迎えに行くことになった。

早い時間にやってきたオリヴィアの良心のとがめも、すっかり消えてしまったようだった。彼女はヘンリーとおしゃべりに興じ、デシーマは早く帰ってくれないかと思いながら座っていた。

やがてオリヴィアが帰っていった。「ヘンリー・フレッシュフォード！　いったい何を考えているの、あんな――」

「お手紙でございます、ミス・ロス」執事のスターリングが銀のトレイを差しだしていた。

「ありがとう。待って、ヘンリー」ヘンリーは執事のあとから部屋を出ていこうとしていた。「私の小言を聞く前にこっそり逃げだすなんてだめよ」

「手紙は誰から？」ヘンリーは居心地が悪そうに見えた。当然だわ、とデシーマは目を細くした。

「チャールトンからよ。ああ、ハーマイオニに何か悪いことが起きていなければいいのだけれど」

「開けてごらん。僕は逃げないから」

デシーマは封を切って読みはじめた。やがて憤慨しつつ手紙を脇にほうった。

「悪い知らせ？」

「最悪よ！　いえ、誰かの具合が悪くなったわけじゃないわ。チャールトンは私が勝手にロンドンに出てきたことに愕然《がくぜん》としたそうよ。これは自堕落で道を誤っていて、自分が予期していたとおりになったと書いてあるわ。それなら驚くことはないのに。彼もハーマイオニも義務を果たすため、都合がつきしだい、ロンドンの屋敷を開けるんですって。私はどうすればいい？」

「何もする必要はないさ」ヘンリーが答えた。「彼はもはや君の財産を管理する立場にないのだから」

「でも、どこへ行くにもハーマイオニを付き添わせるわ。私が何をしたか、誰と会ったか逐一知りたがるのよ。アダムのことはどうするの？」

「ウエストンと熱い情事にふけっているわけでもないのに、チャールトンがかかわる余地はないだろう。二人が顔を合わせたとしても、君の小さな冒険など彼は知るよしもない。それにウェストンはオリヴィアと婚約しているんだから、危険はないし」

「あなたがオリヴィアに言い寄っているんだもの、危険がないとは言えないわ」デシーマは反論した。

「言い寄ってなんかいないよ」

「避ける努力もしていないでしょう。あなたは彼女を愛している。彼女はあなたと一緒にいて楽しい。その気持ちが別のものに変わるのに、あと何度会えばいいのかしら?」

二人は無言で見つめあった。やがてヘンリーがゆっくりと言った。「そうなれば、僕たち二人の問題は解決だな」その言葉が二人のあいだで宙に漂っているかのように感じられた。ヘンリーがかぶりを振った。「言葉にするのはおろか、考えるのも許されないことだ。不道徳きわまりない。彼女がすでに人妻であるくらい悪い」

「そうね」デシーマはヘンリーに近づいて彼の手をぎゅっと握った。彼女の怒りは消えていた。「あなたがそういうことを絶対に受け入れないのはわかっているわ。いずれにしてもアダムは私を愛していないし。私を愛していたら、どうしてオリヴィアに求婚するの? アダムは彼女のことも愛していないかもしれない。でも、それは今関係ないわ。ヘンリー、慎重にね。何よりもオリヴィアのために」

二人が沈んだ顔をしていたとしても、オリヴィアは気づいたそぶりを見せなかった。彼女はうれしそうにヘンリーとおしゃべりし、無邪気に彼の腕に手を添えてギャラリーをまわった。

デシーマは義理を果たすべく、二人のあとをついていったが、ヘンリーが用心深くオリヴィアと距離を保っているとわかって、徐々に緊張を解いた。ヘンリーはオリヴィアに風景の細かい描写を語るだけで満足しているようだし、オリヴィアは目を見開いて彼の一言一句に聞き入っている。デシーマのほうは、独創性と情熱に欠ける似たような風景画ばかりを見せられて、だんだん飽きてきた。

良心よりも足が痛くなり、デシーマはギャラリーに置かれていた長椅子にありがたく腰を下ろした。そして伝統的な表現方法にのっとって描かれたフォロ・ロマーノにぼんやりと目を向けていた。

「いとしいミス・ロス、居眠りしているようだな」やわらかな非難の声に、デシーマはぱっと背筋を伸ばした。アダムが優雅なポーズで隣に座っていた。

「びっくりさせないで！　居眠りなんてしていないわ。ただ――」

「目を休めていただけ？」アダムがからかった。

「休めていたのは足よ」ああ、もっと強くならなければ……。アダムは格別ハンサムに見える。むしゃぶりついてみたくなる。デシーマの奔放な心の一部がつぶやき、彼女の顔が赤らんだ。

「こういう月並みな作品は、僕の体のあらゆる部分をうずかせる」アダムは長椅子の背にもたれ、長い脚を観賞させる機会をデシーマに与えた。腰から脚にぴったり張りついたズボンに、立派なヘシアンブーツ、そして、レディなら気づいてはいけないことだけれど――太腿の筋肉もすばらしい。「君がため息をつくのも当然だ。そして君はここに来る原因となった僕を非難するんだろうな」

「どういうことかしら。あなたがここにいるなら、どうしてオリヴィアをエスコートしなかったの？」

アダムはギャラリーの奥に奇妙なまなざしを向けた。オリヴィアとヘンリーが大きなカンバス画の前で熱心に論じあっている。だが、アダムは何も言わなかった。

「ききたいことがあるの」デシーマは向きを変え、アダムをまっすぐに見つめた。

「なんだい？」アダムは彼女が振りあげた手をとらえると、握りしめた。彼の手はあたたかくて力強く、デシーマは手を引き抜く気にならなかった。

「ベイツはプルーのことを何か言っていた？」

アダムが顔をしかめた。「彼女のほうは？」

「私が尋ねようとするたびに、プルーは顔を赤らめてごまかし、何も話そうとしないのよ。ただ、彼女が幸せだとは信じられなくて。もっとも、二人は何度か夜に出かけているみたい。プルーがベイツを使用人用の広間に通してもいいか、レディ・フレッシュフォードに頼んでみようかしら。あなたは使用人についてどういう考えを持っているの？」

「いや、僕はそんなことにかかわっていないよ！　すべて執事にまかせている」

「でも、ベイツは友人を連れてくるくらいのことで執事の許しを得る気なんてないでしょう。彼は屋敷外の働き手だから、執事の権威も及ばないわ」

「使用人の広間でお茶を飲む許可がないからといって、ベイツの性生活が妨げられるとは思えないな」アダムはいらだたしげに言った。「そもそも彼には厩《うまや》の階上《うえ》に自分の部屋がある。ベイツはしっかりした考えを持っている大人の男だ。踊り子を何十人楽しませようが、僕の知ったことじゃない」

「どうでもいいの？」デシーマは勢いこんで尋ねた。

「ああ、どうでもいい」アダムの手に力がこもり、デシーマはびっくりした。突然彼がそばにいることを意識させられる。そっと握られていたときには危険もなく、ただその心地よさにひたっていた。通りかかった人に気づかれなかったかしら？　デシーマは手を引っ張ったが、アダムは放さなかった。「彼には幸せになってほしい。だが、干渉することで二人の仲がうまくいくとは思えない。君だって自分の性生活をプルーに干渉されたくはないだろう？」

性生活ですって？　デシーマはその言葉が口から飛びだす前に唇を噛《か》み、アダムをにらみつけた。「今すぐ手を放していただけないかしら。あなたは私のことを縁結びに熱心なお節介やきだと思っているんでしょう？　私はただ、二人の前の障害をできるだけ取り除いてあげたいだけ。あなただってお友達には同じように感じるはずよ」

「僕の友人はみな、自分たちの情事をきちんと整理できているように見えるけどね、デシーマ」アダムの視線がデシーマの唇に落ちた。その名残惜しげな表情に、彼女の胸は痛いほど高鳴った。「僕だって、人に干渉されるのはありがたくないな」

「あなたが自分の情事を完璧に整理できるのは間違いないでしょう。それに、あなたはこれまでずっと好きなときに好きなことができたんじゃないかしら。何かに邪魔されることはなかったはずよ。使用人たちとは違って」デシーマは立ちあがり、アダムの手から自分の手を引き抜いた。「無理を押してここに来たあなたを見たら、婚約者は喜ぶでしょうね」

アダムも立ちあがり、その場を離れるデシーマのあとを物憂げについてきた。「もっとゆっくり歩いてくれなければ、僕は君に聞こえるように大声をあげることになる。それは君の望みではないと思うが」デシーマはいきなり立ち止まり、アダムをにらみつけた。

「君は怒っているのか？」

「そうよ。ものすごく機嫌が悪いの」

「ふさぎの虫に取りつかれたのかな？」アダムが素知らぬ顔で深刻なふうを装ったので、デシーマはつい声をあげて笑ってしまい、心は突然ラトランドの別荘の厨房《ちゅうぼう》に引き戻された。

「残念ながら違うわ。もしそうなら、あなたの乳母が勧めたようにお菓子屋さんに飛んでいって、お菓子をたっぷり食べるけれど」デシーマはアダムの腕に手をかけて細長い部屋を進んだ。「ふさぎの虫と違って、私の不機嫌にはたくさんの原因があるから」

「話してくれ」アダムが腕を引き寄せ、デシーマの手をあたたかな服の布地に押しつけた。手の甲に彼の心臓の鼓動が感じられる。そしてデシーマ自身の鼓動もそれに応えて飛びはねた。オリヴィアの誘いを断らなかったヘンリーに怒りを感じたのは欺瞞《ぎまん》でしかない。私自身も彼と同じくらい罪深いのだから。

「まずプルーとベイツのことでしょう。それに、ヘン――友人がつらい思いをしているのに、私はなんの手助けもできない。あげくの果てにチャールトンがロンドンにやってくるのよ」

「それはすばらしい！　いや、プルーや君の友人について言っているんじゃないよ。僕は伝説のチャールトンに会いたくてたまらないんだ。僕が君と以前からの知り合いだと知ったら、彼は恐ろしいほどの癇癪《かんしゃく》を爆発させるだろうな」

「私が兄にすべてを話したとしても、当然の報いじゃないかしら」デシーマは言い放った。

「すべて？」

「それについては忘れるはずだったと思うけれど」デシーマは落ち着いた声を保とうと努

めた。なんて不公平。この人こそすべてを打ち明けられると感じた相手なのに、体面と礼儀からうわべだけの冗談を交わすくらいしか許されていないなんて。

「口にしないとは言ったかもしれないが、忘れるなんて約束をした覚えは絶対にないよ、デシーマ」彼の声はあたためた蜂蜜のようで、デシーマの耳に誘いかけるように甘く響いた。

「ぜひ忘れてちょうだい」ヘンリーとオリヴィアに近づきながら、デシーマは小声で鋭く言い返した。「オリヴィア、彼はここに無理して来てくれたのよ。ヘンリー、あなたのお気に入りの作品を教えて」

彼女はヘンリーと雑談を続けながらギャラリーを歩き、やがて誰にも声が聞こえないところまで来た。

「どうして震えている?」ヴェネチアの大運河を描いたカンバス画の前で足を止めたとき、ヘンリーが尋ねた。「ウェストンが君を不安にさせるようなことを言ったのか?」

「ええ……いいえ……わからないわ！　彼がただここにいるだけで、不安になるんですもの。彼があなたとオリヴィアの仲を勘繰ったらと思うと心配だし、私の思いを知られてしまうのが怖いの。私は彼と一緒にいたくてたまらない。でもそうなると、私にできるのは憎まれ口を叩《たた》いて気難しくなるだけなの」

アダムはデシーマを見つめながら、オリヴィアが楽しげに語るのを聞いていた。「サー・ヘンリーはウィーンやパリ、ローマの遺跡について話してくれたの。彼は旅することが多くて、鮮やかに表現してくれるものだから、私もそこに行ったみたいな気分になったわ」彼女がため息をつくと、小さく可憐《かれん》な顔の両脇でブロンドの巻き毛がかわいらしくはねた。「ぜひ自分の目で見てみたい」

オリヴィアを冷たくあしらうのはアダムにとって苦痛だったが、同じ思いでいると考えてもらっては困る。「君をがっかりさせて悪いんだが、オリヴィア、僕は海外旅行が嫌いなんだ」

「そう」オリヴィアの下唇が悲しげに震えた。こまやかな感情が少しでもある男なら、彼女を慰めたいと思うだろうが、アダムはそれでひどい目にあわされている。「きっとイギリス諸島なら楽しめるんじゃないかしら？　スコットランドは？　私、サー・ウォルターの物語が大好きなの」

「サー・ウォルター・スコットかい？　それはないな。君が小説好きじゃないことを切に願うよ、オリヴィア。スコットランドに関してだが、僕なら一週間ポンプの下に座っているね。旅の不便も経験せずに、冷たい雨と惨めな気分が味わえる」

「そう」オリヴィアがもう一度言った。すっかり打ちのめされている。アダムは単にヘンリーと正反対のところを示そうとしただけだが、子猫を蹴るような気分だった。

オリヴィアとヘンリーを近づけるのは理想的な解決法に思えた。必死に隠しているようだが、ヘンリーがオリヴィアに夢中なのは一目瞭然だ。それにオリヴィアが彼以上に気の合う夫を見つけられるとは思えない。けれども彼女の従順な性格と両親に対する恐怖心、そしてヘンリーの厳格な道義心といったものがあいまって、思ったように事がうまく運ばない。デシーマはアダムがオリヴィアを大事にするべきだという信念に凝り固まっているようで、まったく役に立たない。

この絡みあった状況から逃れても、デシーマが僕を拒んだらどうなる？　アダムはしばし目を閉じ、まぶたの裏に焼きつくデシーマの顔を見つめた。少なくとも、何が起きたか、自分がどう感じたかを説明することはできる。彼女を手に入れられないとしても、それだけでも多少の慰めにはなる。

アダムが我に返ると、オリヴィアが心配そうに彼を見ていた。「頭痛がするの、ウェストン卿？」アダムは名前で呼んでほしいと何度も頼んだが、そのたびに彼女は顔を赤らめ、〝ママがそれは不適切で、礼儀正しくないと言うから〟と答えるだけだった。その程度のことでも打ち解けようとしない花嫁との初夜を思い、アダムが内心たじろいだのはそれが初めてではなかった。

「いや、頭痛じゃないんだ。絵はもう充分見たかい？　それとももう少しここにいたい？」

「いえ、いいわ。ありがとう。すぐに出られるわ。でも、デシーマとサー・ヘンリーを待たないと」

「その必要はない。午後の仕事の会合が、代理人の都合で延期になった。僕が君を送っていくよ」

「あの、サー・ヘンリーが海外で描いたスケッチブックを貸してくれるの。いいかしら?」オリヴィアが心配そうに彼を見あげた。

「君がいいと思うことなら、何をしてもかまわないよ」よくやった、ヘンリー。アダムは近づいてくる准男爵を見てにやりとした。デシーマはまだ彼の腕に手を添えている。オリヴィアと礼儀をわきまえた付き合いを維持しようとするあの男の戦略は実にみごとで、励まされるほどだ。だが、ヘンリーがオリヴィアを拉致して国境まで連れていかないかぎり、アダムとしてはどうにもならない。そしてヘンリーはどう見ても立派な紳士で、そういう型破りな行為など考えることすらしないだろう。

「ありがとう、フレッシュフォード。オリヴィアに君のスケッチブックを見せてくれるそうだね。今から一緒にそちらに向かってもいいだろうか?」ヘンリーは即座に同意したが、デシーマはいぶかしげに目を細め、しかめっ面をした。気をつけないと、彼女はこちらの計画すべてをひっくり返してしまうかもしれない。これは当初計画したよりも、もっと大胆な行動が必要になるだろう。

18

デシーマはフレッシュフォード邸に戻るまで、ずっとやきもきしていた。けれども馬車にはオリヴィアがいたので、内覧会について話すほかは何も言えなかった。オリヴィアは当然のようにヘンリーの馬車に乗りこみ、座席に座ってから婚約者と行くべきだったと気づいた。しかしアダムは無関心な様子で、デシーマの気がかりはさらにふくらんだ。アダムには状況が見えていないの？　私は何か言うべき？　だが、それではヘンリーが恥ずべき行為に及んでいると遠回しに言うことになってしまう。デシーマは陰鬱な気分で、いずれオリヴィアと二人きりで話をしなければならないと決意した。

フレッシュフォード邸では夫人とキャロラインが緑の応接間で客の相手をしていた。「デシーマ、どなたがいらしたと思って？」レディ・フレッシュフォードが現れて、デシーマと彼女の子供たちにしかわからない切羽詰まった笑みを浮かべた。「あなたのお兄さまとレディ・カーマイケルよ」ヘンリーは急いでオリヴィアとアダムを母親に紹介した。

オリヴィアは顔を赤らめて、来客中なのに邪魔をしたくないと遠慮したが、アダムは勧められるまま椅子に座り、お茶のカップを受け取ると、オリヴィアにも隣に座るよう促した。彼の目に不穏な光がきらめくのを見て、デシーマはぞっとした。アダムは腰を据えてチャールトンと知りあうつもりなのだ。

ところがチャールトンのほうは、いつものように自分の目的ばかりが気にかかるようで、ただちに彼らが到着するまで話していた用件に戻った。

「おまえの面倒を見てくれたレディ・フレッシュフォードに礼を言っていたところだ、デシー。しかし、こうして私たちが町に来た以上、彼女に迷惑はかけられない。今すぐ荷物をまとめて一緒に来るんだ」

「でも――」

「でも、カーマイケル卿《きょう》、デシーマが行ってしまったら、私が困るんですよ」レディ・フレッシュフォードがそつなくデシーマの反論をさえぎった。「キャロラインを社交界入りさせるのに、デシーマが一緒にいてくれなかったら、どうしたらいいか」

「デシーが？　彼女がミス・フレッシュフォードの社交界入りの手助けをするんですか？」ハーマイオニが女主人をぼんやりと見つめた。

「ええ、そうですよ。私は体が強くなくって」健康を謳歌《おうか》しているにもかかわらず、レディ・フレッシュフォードが臆面もなく言いきった。「デシーマは私の代わりにお目付け役を果たしてくれるんですもの。キャロラインにお手本を示してくれるし」

「デシーが？」チャールトンが割って入った。

「ええ、当然でしょう」今度はアダムだった。彼は椅子にもたれ、呆然《ぼうぜん》とするカーマイケル夫妻に愛想よく微笑《ほほえ》みかけた。「ダンスフロアでのミス・ロスときたら、羨望の的ですよ。優雅な立ち居ふるまいの見本として彼女を見ているのはミス・フレッシュフォードのお母上だけじゃないと思いますね」

「私の母も、私がミス・ロスと一緒にいるとすごく喜ぶんです」オリヴィアが笑みを浮かべて言った。「でも、デシーは独身で、しかも――」

アダムが口を挟んだ。「しかも、立派な大人でしょう」デシーマはアダムの不意の発言に感謝するのも忘れ、彼をにらみつけた。「おまけに、彼女は落ち着きがあり、判断力を備えている」

「そうかもしれないが……」チャールトンが疑わしげにデシーマをちらりと見た。「申し訳ないが、やはり曲げられない。ハーマイオニはデシーの付き添いと手助けを当てにしている。それに家族として、私の屋敷が彼女のいるべきところだろう」

「いいえ」デシーマは大胆に言い放った。ほかの人たちのいない場所で話しあうほうがいいのはわかっていた。でもそうしたら、チャールトンに脅されて同意するしかなくなる。

「悪いけれど、それでは都合が悪いの。私はここに残るわ。レディ・フレッシュフォードに約束したんだもの。いずれにしても、もう予定がたくさん入っていていてハーマイオニのお役には立てないし」彼女は義理の姉に微笑みかけた。「いとこのガートルードは手が空いていないの？」

「予定？　何があるというんだ？」

「この先一週間には舞踏会が四つと、昼食の約束が――」

「レディ・ヘイルのパーティも」キャロラインがその先を続けた。「それに、宮殿舞踏会用のドレスの仮縫いに付き添ってくれるんでしょう。ママがあれは疲れるからって」彼女は予定をでっちあげた。

「ミス・ロスはミス・チャニングに付き添ってリッチモンドのピクニックに行くはずだ」アダムがつけ加える。初耳ではあったが、デシーマはうなずいた。

「私自身もドレスの寸法合わせがあるんだったわ。ごめんなさい、ハーマイオニ。でも、ガートルードなら喜んであなたに付き添ってくれると思うわ」

チャールトンが真っ赤な顔でいきなり立ちあがった。癇癪《かんしゃく》を爆発させるのではないかとデシーマは思ったが、すんでのところで彼も人前だと思いだしたらしい。レディ・フレッシュフォードにぎこちないお辞儀をしてから、ほかの面々に短く頭を下げると、チャールトンはその場を辞した。ハーマイオニが不安そうに彼のあとに従った。

静寂が広がり、全員がため息をついた。アダムはカップを置くと、如才なくいとま乞いをし、オリヴィアはデシーマの手を握って、明日のラクストン邸の舞踏会で会えるのを楽しみにしていると伝えた。

二人が出ていったあと扉が閉まり、レディ・フレッシュフォードはデシーマを心配そうに見つめた。「これでよかったのかしら？　どういうわけか、あなたが私たちと別れたくないと感じたのだけれど、もし間違っていたら、遠慮なくそう言ってね」

「よろしければ、ぜひこちらにいさせてください」デシーマは震えを抑えるために膝の上でしっかりと両手を握った。友人たちの援護はありがたかったが、できればこの不愉快な衝突は誰もいないところで起きてほしかった。

デシーマが望んでいたよりも早く、異父兄と二人だけで話す機会が持てることになった。翌日の夜、フレッシュフォード家一行が仮面舞踏会の催されるラクストン邸の舞踏室に入っていったとき、チャールトンとハーマイオニの姿が見えた。

デシーマはとっさに仮面を着けたが、一晩じゅう自分の家族を避けていても悪い噂《うわさ》を立てられるだけだと気づいた。それに、どんな催しでも、背が高いせいで簡単に見つかってしまう。

ロビンフッドの扮装《ふんそう》をしたヘンリーが、ソファがあり、部屋の見渡せる奥まった場所を見つけた。レディ・フレッシュフォードがヘンリーの衣装をいたく気に入り、全員が緑の森を連想させる衣装に身を包むことになった。キャロラインはロビンフッドの恋人の修道女マリアンで、レディ・フレッシュフォードは野薔薇《のばら》に扮して花びらで覆われた仮面を着け、デシーマは柳の木になった。ドレスはちらちら光るグリーンの生地で、仮面はシルクの葉でできている。

チャールトンはあまり賢明とは言えず、ローマ皇帝に扮していた。妻のほうはいくらか堅苦しいとはいえ、優美で古典的なチュニックを着こなしていた。

「チャールトンのあの格好はすごく目立つわ」デシーマはヘンリーにささやいた。彼はチャールトンを見て、激しい笑いの発作に襲われた。

「一瞬、摂政皇太子かと思ったよ」ヘンリーがあえいだ。「コルセットと顔を覆い隠す仮面が必要だ」

やがて紳士たちがやってきて、デシーマとキャロラインはほぼ等しい数のダンスの申しこみを受けた。

「不公平だわ」キャロラインがデシーマをからかった。「あなたは背の高い人にばかり人気があるんだもの。私には背の低い人だけ」

とはいえ、デシーマのカードに名前を記入していない背の高い男性が一人だけいた。アダム・グランサムの名前がない。自由で気安い雰囲気の仮面舞踏会はオリヴィアにはふさわしくないとミセス・チャニングが禁じたのだろうとデシーマが思ったとき、なじみのある暗い色の髪が人の群れの中に現れた。デシーマは目を見開いた。アダムは覚えているよりもずっと背が高く見える。それから衣装を見た。十八世紀中ごろの扮装だ。上着は真っ黒の地に銀のモールで縁取りされ、長い裾は型崩れしないように鯨骨が入っている。足元は赤いバックルつきの靴だ。隣のオリヴィアはマイセンの陶器像を思わせる装いで、紐《ひも》できつく締めた細いウエストからブルーのスカートが広がっている。髪は巻き毛が滝のように流れるスタイルにまとめていた。母親の衣装も、同じ時代のいくらか地味なドレスだった。

ヘンリーが前に出たが、ためらって立ち止まった。「ミス・チャニングにダンスを申しこまないの？」母親が尋ねた。「とてもいい子じゃなくって？」

ヘンリーはデシーマの視線を避けたまま、部屋を横切っていった。「私もミス・チャニングが好きよ」キャロラインが言う。「ウェストン卿と婚約しているのは残念だわ。ヘンリーにぴったりなのに」

レディ・フレッシュフォードが鋭いまなざしを息子に向けた。そしてわずかに向きを戻すと、真実に気づいて驚きながら、デシーマと目を合わせた。

キャロラインがダンスのパートナーに連れられて席を立ったあと、デシーマは静かに言った。「ヘンリーは……軽率なことは決してしないはずです」

「もちろんですよ」ヘンリーの母親がきっぱりと言った。不安そうな視線をダンスフロアの向こうの小さな集団に据えている。「私たちは潔癖すぎて、そんなことはできないもの」彼女は気を取り直して言った。「さあ、カーマイケル卿が来るわよ」

兄はまさしくこちらに向かってきていた。月桂樹《げっけいじゅ》の冠は禿《は》げあがった頭から落ちそうで、垂れ下がった一枚布のトーガは巨大なバスタオルのようだ。

「マダム」彼はレディ・フレッシュフォードにお辞儀をしてから妹をにらみつけた。「デシー」

「まさか私にダンスを申しこみに来たんじゃないわよね、チャールトン」残念ながら、その言葉はデシーマの耳にも生意気そうに聞こえた。「実はカントリーダンスのパートナー以外、空きがないの。それにお兄さまのその衣装では、あれは踊れないわね」

「もちろん、ダンスをするつもりなどない」チャールトンが息巻いた。彼はデシーマの腕を取り、レディ・フレッシュフォードから離れたところに引っ張っていった。「ハーマイオニの付き添いで来たんだから。それとおまえに義務を叩《たた》きこむためだ」

「クリスマスにお兄さまのところを訪れたときに、ハーマイオニがロンドンに招待してくれていたら、私も喜んで彼女に付き添ったわ」それが真実かどうかは疑問だが、今はそんなことにこだわる気はない。「でも、私の予定を変え、恩のあるレディ・フレッシュフォードに迷惑をかけさせてもいいと思っているなら、お兄さま、それはありえない」

チャールトンがまくし立てようとしたとき、その顔がこわばった。デシーマは背後に近づいた人物を意識した。それが誰なのかはわかっていた。「ミス・ロス、カーマイケル、こんばんは」

「ウェストン卿」デシーマは振り返り、小さくお辞儀をした。「あなたがたはとてもすてきな衣装でそろえていらっしゃるのね」

「ありがとう、ミス・ロス。君の柳の木も最高に品がいい。そしてカーマイケル卿、なんとすばらしい装いか！　だが、風呂はどこに？」

「風呂？」チャールトンは呆然とアダムを見た。

「アルキメデスでしょう？　浮力の原理を発見したときに風呂から飛び出して、タオルを体に巻いて〝わかった《ユリイカ》〟と叫んだのでは？」

チャールトンの顔がどす黒くなった。彼が癇癪を起こす前に、デシーマはあわてて割って入った。「兄はローマ皇帝に扮しているのよ。あなたにも彼の額の冠が見えるかと」

笑いを抑えるのは一苦労だった。デシーマがアダムを懇願の目で見ると、彼はデシーマの腕を取った。

「衣装についてはもういいだろう。僕のダンスの番だ、ミス・ロス。早くしないと始まってしまう」

振り付けが決まっているコティヨンは、苦言を呈するのに最高とは言えないが、二人が近づき、離れるまでのあいだ、デシーマは最善を尽くした。

「よくもあんなことを！　タオルだなんて！」

「本当に誤解したんだ」アダムがデシーマの脇に戻りながら言った。

「嘘《うそ》に決まっているわ」

「確かに」アダムは腹立たしくも同意した。

「それに、このダンスはあなたと踊る予定じゃなかったわ」

「ほかに誰かいたのか？」

「いいえ」デシーマはしぶしぶ認めた。「でも、それは関係ないでしょう。あなたって横暴な人ね」

ダンスの流れで二人は離れた。再び近づいたとき、アダムが真剣な顔で尋ねた。「君は兄上の要求に屈して、滞在先を移すのか？」

「いいえ」デシーマはきっぱりと首を横に振った。「兄に逆らうのは気がとがめるのよ。彼は家長なんだもの。でも私は独り立ちしようと決意したんだし、そのつもりでいる」

「よかった」アダムの顔に笑みが戻り、そのあたたかな輝きにデシーマの胸がいっぱいになった。

ダンスが終わってダンスフロアを離れるときも、アダムはデシーマの手を離さなかった。彼女は礼を言おうと振り向いて、ショックで言葉を失った。アダムがその手を持ちあげてひっくり返し、長い手袋のボタンのあいだにのぞく素肌に唇を寄せたのだ。

「よかった」彼はもう一度言った。「君が信じていたとおりの人じゃなかったとは思いたくないんだ、デシーマ」ダンスフロアの端で顔を赤らめるデシーマを残して、アダムは立ち去った。デシーマはあたりを見まわした。お目付け役全員が彼女を指さし、奔放なふるまいを非難しているような気がする。

デシーマは頬を火照らせて化粧室に逃れた。ついたての向こう側に引っこむと、鏡をのぞいて落ち着きを取り戻そうとした。メイドに礼を言って下がらせたあと、彼女は一人きりになった。

これではうまくいかない。本当にうまくいかない。アダムに気づいてもらうこと、そばにいてもらうことに私の幸せの多くがかかっているなんて、どうかしている。アダムは私など気にしていないし、自分が注意を向けることで私の胸に望ましくない感情をかき立てるとは思ってもいないはずだ。デシーマはため息をつき、舞踏室の熱気で少し伸びてしまったカールを人差し指と親指でつまんで巻き直した。

廊下に面した扉が開いた。メイドがほころびた裾を縫いあわせるために針と糸を持ってきたらしい。頼んだのはミセス・チャニングだ。連れとしゃべりながら、高飛車にメイドの存在を無視している。どうやら傷んだドレスの持ち主はオリヴィアのようだ。

「もっと落ち着いてお上品にふるまわなきゃだめでしょう、オリヴィア。あなたがどたばた歩くから、ドレスが台なしになるんじゃないの。裾がほんの少し破れただけですんだのは運がよかったのよ」

「ごめんなさい、ママ。でも、人が多くて……」

「あなたはレディでしょう。道を開けるのはみんなの義務なの。あなたは子爵と婚約したんだから。遠慮してぶざまに一歩下がっていてはだめ。結婚したら、もっとしっかりすることを学ばなきゃね」

「はい、ママ、でも……」

「口答えをするんじゃないの、オリヴィア！」

デシーマは鏡の前で、天を仰いだ。娘が話そうとするたびに怒鳴りつけておいて、ちゃんとした行儀作法が教えられると思っているの？

「もう少し存在感を出せるよう頑張りなさい。ミス・ロスを見習うのも悪くないわ」

「彼女は私よりも年上で、世慣れているし……」

「結婚していないんだから、私は彼女が世慣れていないことを祈りますよ、オリヴィア。私が言いたいのは、彼女は落ち着きがあって、ある種の魅力があるということです」私が褒められているなんて！　デシーマはびっくりして声をあげそうになった。ミセス・チャニングの賞賛は思いがけない栄誉だ。「よく聞きなさい。彼女は克服すべき欠点があまりに多すぎて、自分の長所を生かすすべを学ぶ必要があったの。もちろん、夫を獲得するのは無理でしょうけれど。あの背の高さとそばかすではねえ。デルクロワの〈スルタンの妃《きさき》たちのクリーム〉を勧めるべきかしら？　あれはミセス・ペティグルーの末娘には驚くほど効き目があったそうだから」

「でも……彼女は気を悪くするのでは？」オリヴィアが勇気を出して言い、デシーマはついたての陰で勢いよくうなずいた。ミセス・チャニングに褒められ、素直に喜ぶなんてどうかしていた。

ついたての向こうが騒がしくなり、扉が開いて、また閉まった。デシーマは最後にもう一度髪をひねると、隠れ場所から足を踏みだした。そこにはオリヴィアしかいなかった。ひざまずいて裾の仕上げをしていたメイドは仕事を終えて出ていった。

「まあ、いやだわ！」オリヴィアは当惑して真っ赤になった。「ああ、ミス・ロス……デシーマ……あなたがそこにいたなんて！　どうしましょう……」

「すべて私のせいだから」デシーマは自分の戸惑いを押し隠し、オリヴィアを慰めた。「あなたのお母さまが話しだしたときに出ていくべきだったわね。いずれにしても、私を褒めてくれていたわ」

「ええ、でも……」

「そばかすのこと？　もしかしたら彼女の親切な助言に従うべきかも」でも、アダムは私のそばかすが好きよ。反抗的な声がデシーマの耳元でささやいた。だったら、なおさらそばかすを消さなければ。

「デシーマ?」オリヴィアがおずおずと言った。

「なあに?」

「よければ……あなたのところにうかがってもいいかしら? 二人だけで……話したいの」

「もちろん」これはオリヴィアに率直に話す絶好の機会だ。ヘンリーとの〝友情〟を育むのではなく、アダムにすべて意識を向けるべきだと言わなくてはならない。けれども、デシーマは気が進まなかった。「明日の午前中はいかが? ほかの人たちは外出しているはずだから、私たちだけでくつろいで話ができるわ」

彼女の心は重く沈んだ。正しいことをするのが楽にできればいいのに。

19

「ウェストン卿《きょう》を愛していないの？」デシーマはオリヴィアの恐怖にすくむ顔を見た。彼女は非難の言葉だと誤解したに違いない。というのも、静かにすすり泣きを始め、かわいらしい午前用の薄地のモスリンのドレスをぎゅっとつかんだからだ。

「私は義務を果たしたいわ。そのために愛する必要はないでしょう？　ママはそんなものを望む紳士はいないと言うし、愚かな私はそんなことを考えるのもいや」オリヴィアはハンカチを押し当てて、しゃっくりを抑えた。「彼はとても親切だわ……少なくとも、以前は。でも、ママの話では、私が愚かだから、彼が打ち解けないのも当然だって」

　ああ、どうしよう。デシーマは居間の扉にちらりと目をやり、しっかり閉まっているか確認した。「幸せで満ち足りた結婚に、愛は必ずしも必要な条件だとは考えられていないわ。良家の人々の――とくに貴族のあいだでは。でも、相手に対する思いやりの気持ちと敬意はあるべきでしょう。ウェストン卿にはそういうものも感じないの？」

「彼は婚約する前はとてもやさしかったの」どういうわけかオリヴィアは真っ赤になった。

「それに、もちろん彼を尊敬しているわ。だって、彼はとても頭がよくて、立派な身分なんだもの」

「だったら、今は神経質になっているだけで、結婚したら幸せになれるわよ」ハーマイオニみたいな言い方だとデシーマは思った。でも、ほかになんと言えるだろう？　婚約破棄を期待して、オリヴィアの疑念をあおる？　これは見下げ果てた行為だし、オリヴィアの評判を台なしにする危険もある。「彼が求婚したことを忘れないで。あなたには称号もなく……こう言うのを許してね、もしかしたらほかの若いレディほど持参金がないにもかかわらず」

理由はわからないが、これによってオリヴィアはさらに赤くなり、すっかり打ちひしがれてしまった。「ミンスター家のパーティの前までは、彼は私に求婚する気なんてまったくなかったと思うの」

「それは彼がどんなにあなたに夢中になったかという証《あかし》じゃないかしら」デシーマはなんとか声に励ましをこめようと努力した。「あなたは美人であることを自覚すべきよ。それに、大きな屋敷を切り盛りする能力は備えていると思うわ」

「あ、ありがとう」オリヴィアはハンカチで目元をそっと叩《たた》いた。「あなたは全然彼が怖くないのね」

「ええ、どうして怖がらなければいけないの？　彼が怖がらせるようなことを何か言った?」

「いえ……」オリヴィアは落ち着きなく視線を動かした。「彼はときどきものすごく気難しくなるの。でも、考えてみるとパパもそうだわ」

あまりロマンティックなたとえじゃないけれど。「だったら、彼は驚かすようなことをしたの?」

「彼は……キスしたの」

「ええと、それは予期できることじゃないかしら? つまり、あなたは結婚するんだもの」

「思ってもみなかったの、あれがあんな……あんな……」オリヴィアが口ごもった。「彼がキスするかもしれないとは思ったわ。ほっぺたや手には。でも唇にあんなふうに……」

「あの……あなたのママは結婚について説明してくれた?」

「それほどは。ただ、私が世間知らずだって」

「とにかく、私はあなたに説明できないの。私自身結婚していないし、実際、どういうものか知らないから」デシーマは喉から熱が広がるのを感じた。こういう事柄を話す決まり悪さゆえとオリヴィアが思ってくれればいいのだけれど。「あなたからなんらかの愛情や情熱を示せば――少なくともおびえたところを見せなければ、うまくいくとは思わない? 彼は、あなたに信頼されていると感じ、あなたもじきに慣れるんじゃないかしら、彼のオリヴィアが考えこむようにうなずいた。

「ほんの少し心を打ち明けて、あなたが緊張していることを説明してみたら？　キスのことじゃなくて、もっと話しやすいことがいいわ。大きなお屋敷を切り盛りするのが不安だとか。そうしたら彼も、あなたの未経験な点を大目に見てくれるでしょう」

「やってみる」オリヴィアは果敢に言った。「どうもありがとう、デシーマ。ママにはこんなことは絶対に話せなかったわ」

「でも、婚約に疑問を感じなかった？　ほかに思いを寄せている人はいないの？」デシーマは追及した。

「まさか！　誰かを好きになったら、ママがかっとなって……つまり、万が一そうなったら、の話だけれど」オリヴィアのきめ細かな肌の下から血の気が失《う》せていく。後ろめたそうで、しかもどぎまぎして見えた。彼女はどう見ても嘘《うそ》をつくのが下手だ。「私はママが正しいと思ったことに逆らえないの」

フレッシュフォード家の人々が帰宅したとき、デシーマはソファにもたれ、ぼんやり詩集をめくっていた。みんなの気分をそぐのがいやで、昼食の時間はひどい頭痛を理由に自室に引きあげたが、プルーの笑顔によっていくらか励まされた。

「額を冷やすものを持ってきましょうか？」プルーは足音をたてずに気付け薬とラベンダー水を捜しながら、小さく鼻歌を歌っていた。

デシーマは寝室のベッドの上で体を起こし、興味深げにプルーを見た。プルーはこの数日無口だった。詮索しないと決めたものの、幸せそうに見える誰かと話すのは気晴らしにもなる。デシーマはあえて尋ねた。「最近ベイツと会っているの、プルー？」

「ええ、ミス・デシーマ。手の空いている晩と半日休みのときはいつも。あたしたち、話が尽きることがないみたいなんです」

「本当に？　ベイツがおしゃべりになるの？　あなたたち、もう口喧嘩《くちげんか》はしない？」

「彼は人見知りをするだけです。恥ずかしがり屋というか。もう口喧嘩なんてしませんよ」

「それはすばらしいわね、プルー」頭痛を忘れ、デシーマはまっすぐ背を起こした。「彼は将来のことを何か言った？」

「まだです。でも、いくらかほのめかしてました。彼が言うには、もし落ち着く気があれば、だんなさまがコテージを持たせてくれるかもしれないって」これは将来有望だわ。そうなると当然プルーが離れていくことになるが、認めないわけにはいかない。「たぶん今晩、彼が大事な話をすると思うんです」プルーの丸い顔に大きな笑みがひらめき、デシーマはこんなに美しい彼女を見たことがないと思った。

その後は寝室でスープと果物をとる程度には快復したが、フレッシュフォード親子の買い物に付き合うのは断った。プルーについて考えることで、アダムとヘンリー、そしてオリヴィアを忘れようと努力しているとき、扉を叩く音がした。

デシーマが扉を開けると、フレッシュフォード家の執事が立っていた。彼の顔はいらだちを抑えようとしてこわばっている。

「お部屋に下がられているところをお邪魔して申し訳ありません、ミス・ロス。しかしウエストン卿が玄関ホールにお越しで。お嬢さまは外出されていると申しあげたのですが、ちょうど通りかかったステイプルズがずうずうしくも口を出し、お嬢さまは頭痛のせいでお部屋でお休みだと言ったのです」

「彼女がそんな失礼なことをしたなんて」プルーはどうかしている。執事の権威と尊厳を傷つけるようなまねをするとは。「あとで彼女によく注意しておくから」

「ウエストン卿は、あなたさまの体調が悪いのは大変残念だとおっしゃいまして、もし階《し》下《た》に下りてこられないほど具合がよくないなら、みずからこちらに上がってお話ししたいと」

「なんですって？　彼は酔っ払っているの？」

「いいえ、ミス・ロス。あえて言わせていただくなら、非常に興奮されているご様子で。それもかなりいらだっているようでした。お断りしようとしましたが、どうしてもあきらめてくれません。わたくしとしましては、サー・ヘンリーの命令もなしに貴族の方を追い払うのは気が進まないのです」

「そうね、スターリング。あなたはまったく間違っていないわ。ではウェストン卿を小さい居間にご案内して、私はすぐに行くからと伝えてちょうだい」

「かしこまりました、ミス・ロス。ステイプルズを捜して、そちらにやりますから」

デシーマはためらった。アダムがどういう理由でここに来たとしても、これはささいなことでも、誰かと分かちあいたいことでもないだろう。「必要ないわ、スターリング。これは内々の家族の問題だと思うの。一人でウェストン卿と会うわ」

デシーマが背を向けたとき、執事の不満そうな顔がちらりと見えた。だが、頭痛が早くもぶり返し、気にするどころではなかった。

髪とドレスを手で撫《な》でつけたあと階段を下り、硬直した姿勢の執事の前を通り過ぎて小さな居間に入った。どうしてこれほど不安なのか、わけがわからない。胃が締めつけられ、吐き気までしてきた。

「アダム……」

「本当に頭痛がするのか？」彼は火のない暖炉の前に立ち、ブーツを履いた片足を炉格子にかけていた。顔をしかめてデシーマを見つめている。

「少し。いくらかよくなったわ」デシーマは彼と同じくらい愛想のない顔を返した。「レディ・フレッシュフォードの執事をあんなに怒らせなければならないほどの重要な用件って何かしら？」

「君は今日の午前中、とても忙しかったんじゃないか、デシーマ？」アダムは片手に持っていた革の手袋をもう一方の手でしごいた。そのときの音がデシーマの張りつめた神経を逆撫でした。

「オリヴィアの訪問を受けたわ。それだけよ」不安はくすぶっていたが、今や怒りが勝っていた。

「それだけ？　君には礼を言わなければならないようだな。おかげで控えめで無垢《むく》な僕の婚約者はすっかり大人びてしまった」

「でも……でも私が言ったのは……」デシーマは声を失った。オリヴィアは何を言い……何をしたの？

「そうだ、デシーマ。教えてくれ。僕の愛の行為について君がどの段階までほのめかしたら、オリヴィアが礼儀作法を捨てて僕に身を投げかけてくる？」

「そんなことはしていないわ！　あなたが言うような〝愛の行為〟なんて話していないし」デシーマは怒りに駆られてアダムから何歩か離れると、くるりと振り返った。「オリヴィアが私と二人きりで話したいと言ってきたの。秘密を打ち明けたかったのよ。私はどうすればよかった？　はねつける？　彼女には話ができる女友達もいないのよ」

「母親がいる」アダムの顔は怒りでこわばっていた。

「オリヴィアは母親を怖がっているわ。悩み事なんて打ち明けても、叱られて落ちこむだけよ」

「それで、彼女は何を話したかったんだ？」

「あなたに話すつもりはない。私を信用して打ち明けてくれたんだもの」デシーマはアダムが近づいてくるのを意識した。そこでじりじりと遠ざかり、小さな円テーブルの向こう側に引っこんだ。

「デシーマ、君は僕に無理やり彼女から聞きだしてほしいのか——それとも君が話してくれるのか？」アダムの声は危険なほどに静かだった。

「あなたが彼女に横暴なまねをするというなら、わかりました。彼女はときどきあなたが怖くなると言ったの。たぶん、若さと経験のなさと、息が詰まるような成長過程のせいでしょうね。でも、あなたがそんなふうに威張り散らして不機嫌なところを見せてばかりいるなら、不思議でもなんでもないわ」

「それで、君は彼女になんと言ったんだ？」

「あなたと話をしなさいと。それだけよ。自分の恐怖を説明するべきだとね。恥ずかしくて話せないような……親密な話題ではなく、もっと話しやすいことにすればいいと。心を開いて話せるようになれば、じきに信頼できるようになると思ったから」

「確かにまったく健全な助言だ」その言い方は皮肉っぽく、デシーマは気をゆるめなかった。アダムは私の手助けを少しもありがたいと思っていないのだ。「だったら、彼女が僕の腕に身を投げかけて情熱的にキスをしたのは、どう解釈する？　あれほど未熟じゃなかったら、軽薄な女だと思ったところだ」

「彼女はあなたのキスに不安を感じていたのよ」デシーマは口走った。「私はあなたの愛情表現に対して、いくらか努力して返せば、いずれ慣れるかもしれないと言っただけ」

「つまり、君はそういう助言ができるほど経験を積んでいるわけだ」アダムがさらに近づいた。今は腕の長さほどしか離れていない。デシーマはさらに後退し、レディ・フレッシュフォードの書き物机の開いた蓋にぶつかった。

「それはあなたがよく知っているでしょう」デシーマは言い返した。「どうしてそんなに怒っているのかわけがわからないわ。私は友人として、あなたにとってよかれと思ったことをしたのに。オリヴィアはとても内気で、とても過保護に育てられた。彼女の恐怖心がそんな……賢明とは言えないまねをさせたのだとしたらぞっとする」

「僕と結婚する彼女は賢明だと思うか？　言い換えれば、彼女と結婚する僕は賢明だろうか？」デシーマをじっと見つめるアダムのまなざしは険しく、その瞳の色はグリーンが濃くなっていた。

その問いに困惑し、デシーマはかぶりを振った。「あなたはオリヴィアに求婚し、彼女は受け入れた。どちらが取り消したとしてもスキャンダルよ。オリヴィアは身の破滅だわ。なぜこんな話をするの？　まるで……あなたは彼女と結婚したくないみたい」

アダムは混乱のよぎるデシーマの顔を見つめていた。デシーマは彼にとって、そしてオリヴィアにとって最善のことをしたいと望んだ。だからこそアダムは彼女を愛しているのだ。そうしたのは義務感からなのか、あるいはほかの女と結婚したアダムが見たいからなのかはわからない。アダムはデシーマ・ロスを理解しているつもりだった。今は確信が持てない。

「僕が間違っていたと思うのか？」アダムは大きく見開いた目に浮かぶ感情を読み取ろうとしながら、ゆっくりと尋ねた。デシーマは彼が進めていた計画を数日は後戻りさせてしまった。だが、そのいらだちと怒りも、誠実なまなざしの前に消えていった。

「もしそうだとしても、あなたに何ができて？」デシーマがおびえたように彼を見つめている。「まさかあの子を捨てたりしないわよね？」

「もちろんそんなまねはしない」アダムはのろのろと言った。もし計画がうまくいかなければ、受け入れるしかない。オリヴィア・チャニングとの結婚に最善を尽くさなくてはならないのだ。

だが、そうなるつもりはない。いくらデシーマが知らず知らずのうちに計画を覆そうとしても。

「君の意見に興味がある。それだけだ」アダムは横を向き、明るい声で言おうとした。「君は正しい。オリヴィアは過保護な親に育てられた。そこを考慮すべきだった」そしてオリヴィアをもっと追いつめるべきだろうか？　彼女がデシーマの善意の助言に従ったのだとすると、そうすべきかもしれない。確かにアダムはひどく面食らった。オリヴィアを怖《お》じ気《け》づかせるためのキスが、結果として彼女をぎこちないながらも積極的にさせたのだから。

「今日のあなたは少しどうかしているわ、アダム」デシーマはいくらか怒りが弱まったように見えた。「哀れなオリヴィアを見捨てないと約束して」

「君は本当に僕がそんなまねをすると？」デシーマがそう信じていると思うと、アダムは傷ついた。僕の計画を知ったら、彼女はなんと言うだろう？　ああ、彼女を引き寄せ、抱きしめたい……ただ、抱きしめたい。そうすればジャスミンの香りを嗅ぎ、やわらかな体をじかに感じられる。アダムは手を伸ばしてデシーマの両手を取った。一瞬彼女は抵抗したが、導かれるままソファに向かった。

「いいえ……ただ、そんなふうにいつもと違うふるまいをされると、あなたがまったくわからなくなるの」デシーマは握られた手を見下ろし、そっと引き抜いた。「彼女を愛してるの？」

「いや」それについてはアダムも嘘がつけなかった。「結婚する潮時だったからだ。我々の階級の結婚に愛は期待できない。愛しあって成立する結婚を目撃したいなら、ベイッとプルーを励ましつづければいい」気をそらすつもりで使用人の話をしたのだが、デシーマは不安そうなまなざしを向けてきた。

「だったら、彼女にやさしくしてくれるわね？　オリヴィアはこれまでの人生、愛情をあまり与えられなかったみたいなの」デシーマは自分の言葉を強調するために、無意識にアダムの手を取った。アダムもその手を握りしめ、彼女の熱を感じ取ろうとした。

デシーマが顔を上げて彼を見た。アダムは彼女を腕に抱きしめ、この思いをわかってもらえるまでキスをしたい衝動と闘った。

「デシーマ、約束する。オリヴィアのためにすべてがよくなるように全力を尽くすと」

「ありがとう」デシーマはただそう言った。アダムはもう一方の手を彼女の手に重ね、しっかりととらえた。「アダム……」

背後の扉がいきなり開き、壁に当たってはね返った。デシーマはぎょっとして、とっさに自由なほうの手でアダムの上着の襟をつかみ、彼のほうも同じくとっさに自分の体でデシーマを隠そうとした。

戸口に立っていたのはカーマイケル卿だった。激しい怒りに、顔は真っ赤だ。その後ろに執事と、スカートの裾がちらりと見えた。だが、誰もチャールトンの前に出ようとはしない。

「なんてことをしてくれたんだ、デシーマ！　すぐにこちらに来なさい。自分の目が信じられない。おまえが付き添い《シャペロン》もなしに男と二人きりで、そんな娼婦《しょうふ》みたいなまねをするとは――」

彼は最後まで言えなかった。激しい怒りを表現するのに〝赤く見える〟と言うのは、アダムも知っていたが、単なる比喩だと信じていた。だが、血に染まるかすみの向こうにチャールトン・カーマイケルを見たとき、その表現は真実だとわかった。アダムは立ちあがり、右のこぶしを握りしめると、激怒する男爵の顎めがけて殴りつけた。

チャールトンは後ろにひっくり返り、背後の執事もろとも玄関ホールの床に倒れた。金切り声をあげたプルーは、すんでのところで難を逃れた。

20

「チャールトン！」デシーマはアダムを押しのけて、床の上で大の字に横たわる兄に駆け寄ろうとした。彼は陸に引き揚げられた鯉《こい》のように口をぱくぱくさせ、血を流している。プルーがスターリングを助け起こそうとしたが、激怒する執事は払いのけた。

「そこにいるんだ、ミス・ロス」アダムがぶっきらぼうに言った。彼は前に進みでると、チャールトンの腕をつかんで立ちあがらせ、居間の内側に引っ張りこんでから、しっかり扉を閉めた。怒りに駆られてまくし立てるチャールトンに、アダムが向き直った。「ミス・ロスをこれ以上使用人たちの厚かましい視線にさらす必要はないだろう」

「よくもこんなまねを！」チャールトンはポケットに手を突っこむと、大判の白いハンカチを取りだし、顔を押さえた。鼻血が出ていたのだ。「妹をたぶらかしている現場を見つけたと思ったら、ずうずうしくも私を殴るとは。これは法に訴えるしか――」

「君がたった今、嘆かわしい中傷をしたレディの評判を守るために？　僕は君がミス・ロスをそしるのに使った言葉を繰り返す気にはならない、カーマイケル卿《きょう》。だが紳士であれば、レディに対するあれほどの侮辱を聞くのは耐えられない」

「私は兄だぞ、くそっ」

「だったら、もっと気をつかうべきだろう。念のため言っておくが、彼女はまだここにいる。どうか言葉を慎んでほしい」

アダムはわざと気取った物言いをしているとデシーマは気づいた。自分の名声が危うくなる状況を、チャールトンが悪いと思わせるように方向転換しているのには驚かされる。けれど、これは悪夢にも等しい。いつフレッシュフォード家の人たちが戻ってくるかわからないし、間違いなく使用人の半数は玄関ホールに集まっているだろう。そしてどんなに愚か者でも、チャールトンは私の兄なのだ。

「もちろん、ミス・ロスの付き添い《シャペロン》がしばらく外に出ていたのは残念だが――」

「しばらく？　しばらくだって？」チャールトンは鼻血のせいでだみ声になっていた。

「妹はお目付け役もいない場所に放蕩者《ほうとうもの》と二人きりで残されたというのか！　あのメイドと呼ばれる無責任な自堕落女は、紹介状もなしで首にしてやる――」

「そんなまねはさせないわ！」デシーマはかっとなって割りこんだ。

「僕を放蕩者と呼ぶのか、カーマイケル卿？」アダムが険悪な形相で詰問した。「そうしたいのはやまやまだが、君の妹になされた発言で決闘を申しこむことはできない。しかし、君が僕の名を汚すなら、ためらいはない。君の友人の名を挙げたまえ」

「だめよ！」デシーマはアダムを押しのけ、二人の男性のあいだに立った。どちらの男性により怒りを感じるのかは定かではない。そしてなぜか興奮と心のざわめきもあった。
「二人ともやめて。チャールトン、さっきはまったく不適切なことなんてなかったの。ウェストン卿、兄から守ってもらう必要はありません。あなたには感謝します。でも、もう出ていっていただけないかしら。今すぐに」

扉の外から、新たに現場に到着した人々の声が聞こえてきた。スターリングの声は怒りに震え、プルーは憤慨している。そしてすべてを圧してヘンリーのしっかりした声が響いた。自分の屋敷の玄関ホールで何が起きたか教えるように求めている。

デシーマは深く息を吸いこむと、扉を開けに行った。決まり悪いのは確かだが、このままではこの部屋か、決闘場で闘いが始まる危険がある。
「ヘンリー」デシーマは三人の男性を黙らせた。「残念な誤解があったの。兄は手当ての必要があるわ。ウェストン卿はお帰りになるところよ」

アダムは危険なほどに細めた目でデシーマを見据えていた。「そんなつもりは――」
「ここにとどまるつもりはない、でしょう。すばらしいわ」デシーマは彼の視線を受け止めた。「オリヴィアによろしく。スターリングがあなたの帽子を持って待っているはずですから」

長く不穏な沈黙のあと、アダムはヘンリーに向き直った。「君の屋敷で、いくらか騒動のもとになったことについては詫《わ》びを言わせてもらう。ミス・ロス、ごきげんよう」

彼が出ていったあと扉が閉まり、デシーマは怒りに震えるチャールトンを椅子に座らせた。「ヘンリー、とにかくごめんなさい。申し訳ないけれど、兄の鼻血を誰かに手当てしてもらえるかしら？」

如才ない咳払《せきばら》いが聞こえ、誰もが振り返った。ヘンリーの側仕《そばづか》えだ。「だんなさま、よろしければ私が同行します。もっとお楽にしてさしあげられるかと」チャールトンは気づかいを見せられ、態度を軟化させたように見えた。「あなたさまの側仕えに、きれいなお召し物を持ってこさせましょうか？」

「そうしてくれ」戸口でチャールトンはデシーマをにらみつけた。「デシー、すぐに荷造りして私と一緒に帰るんだ」彼は足音高く立ち去った。

「やれやれ、デシーマ！」ヘンリーは彼女の腕を取ると、強引にソファに並んで座らせた。「いったい何があったんだ？　スターリングは辞めさせてもらうと脅すし、メイドは君を救いに行かなければ、兄上が僕の母のお気に入りの絨毯《じゅうたん》を血だらけにしてしまうと言うのだから」

「私、オリヴィアにちょっとした助言をしたの。いちばんいいと思ったことを。ところが彼女は少々過剰で熱烈な行動に出てしまって」デシーマは打ち明けた。騒ぎがおさまってみるとひどい吐き気がし、アダムが自分のために立ちあがってくれたことでひそかに高揚感をおぼえた事実で、後ろめたい気分になった。「アダムが私に腹を立てて、二人で話しあっていたの。そこにチャールトンがやってきたのよ。ソファに座っていた私たちを見て、兄は結論を導きだしたというわけ。そして言ってはいけないことを兄が言い、アダムが殴った」

「それはひどい。まるで道化芝居だな。幸い、母上とキャロはまだ帰宅していないから、帰ってくるまでにスターリングをなだめておこう。あの二人は決闘で結果を出すところまでいったのか？」

「アダムが決闘を口にしたわ。チャールトンが彼を放蕩者呼ばわりしたから。さすがに妹を侮辱したかどで兄と決闘はできないと悟ったんだと思うの」デシーマはため息をついた。

チャールトンに刃向かったときのアダムは、本当にすばらしかった。

「チャールトンと一緒に帰るかい？」

「いいえ」デシーマはかぶりを振った。「明日、みんなが冷静になったところで訪問して謝るわ。私はもう家族に指図されるつもりはないの。今回のように、チャールトンが正しいとわかっていても」

チャールトンがようやく帰っていき、デシーマは部屋に戻った。ブルーが心配そうに彼女を見た。「あたしが原因だとしたら、ごめんなさい、ミス・デシーマ。でも、お嬢さまはウェストン卿に会いたいんじゃないかって思ったんです」

「よかれと思ってしたことですものね。ただし、ミスター・スターリングには謝ってくれないかしら。彼を怒らせたら、私たち、ここにはいられないもの」

「わかりました、ミス・デシーマ」プルーがためらった。「ウェストン卿のことですが、あの、お嬢さまは……つまり、あの方は？　これでうまくいくんですか、ミス・デシーマ？　あの方はミス・チャニングと結婚なんてしないですよね？」

「もちろん、するわよ、プルー！」デシーマは鏡台の椅子に座ったまま、ぱっと振り向いた。「しないなんて、いったいどこから思いついたの？」

「ジェスロがだんなさまは彼女を愛していないって言うんです」プルーは爪先で絨毯をつついている。

「貴族の結婚では、そんなことはどうでもいいの」デシーマはそれを信じようと努めながら抑えた声で言った。「ふさわしい縁組というのが重要なのよ」

「まあ。お嬢さまは今度いつウェストン卿と会うんですか？」プルーは気を取り直したらしく、デシーマからヘアブラシを受け取ると、髪を梳《と》かしはじめた。

「いつって？」デシーマは奇妙に沈んだ気分を意識した。この数時間は悲惨だったが、そこにはアダムと過ごした後ろめたい喜びがあった。それに、彼は必要なら実力行使も辞さず、デシーマの名誉を守ってくれることがわかった。自分がアダムの中に強烈な感情をかき立てると知った不届きな満足感もある。「彼と会うのは賢明ではないわ。社交行事で顔を合わせるのはしかたないにしても」そう考えると、ひそかな興奮も消え、不安だけが残った。

チャールトンは家長であり、私の兄だ。それに彼が激怒したのも妹のためだと信じなくてはならない。今振り返ってみると、私のふるまいは奔放すぎた。きっとアダムもげんなりしただろう。気が滅入《めい》り、デシーマはまばたきして涙を追い払った。

アダムは厩《うまや》の前庭に足を運び、石の踏み台に座っているベイツを見つけた。彼は馬車の引き綱を修繕している。「フォックスに鞍《くら》をつけろ」

「今は運動させてるとこです」ベイツは蝋引《ろうひ》きの糸の端を切ると、折りたたみのナイフをたたんでポケットに戻した。「下の者にアイアスに乗って、フォックスを手綱で引っ張っていけって言ったんです。だんなさまは今日は馬に乗らないって言ってたから」彼は革紐《かわひも》を振って、出来を確かめた。主人の険悪な顔など気にも留めていない。

「いつ出かけた？」アダムは歯を食いしばった。彼はフォックスに乗りたかった。あの馬と闘いたかった。それが燃えさかる攻撃性を静めさせる唯一の方法だったからだ。使用人を怒鳴りつけてはいけない。猫を蹴飛ばしてはいけない。当然、おとなしい婚約者のそばに行ってはいけない。尊大な塩漬け豚肉みたいなやつの鼻にもう一発お見舞いしたいときに、それはまずい。そしてその妹については……。

「出ていってから、十分もたっていませんよ」ベイツは落ち着いて言った。「たっぷり運動させるようにって言いましたから。少なくともあと一時間は戻らないはずです」彼は別の革紐と錐《きり》を取りあげた。「ミス・ロスはお元気ですか?」

「ミス・ロスはこのうえなく元気だ。ありがとう、ベイツ」アダムは歯を食いしばらないように気をつけて言い、手袋をはずした。次にどうすればいいか、いつになく迷っている——彼女のもとに戻って、愛していると伝えるほかは。デシーマはおそらく自分の横っ面をひっぱたくだろうが、彼女を責められない。そしてデシーマと仲直りしなければ、アダムの策略すべてが無駄になってしまうだろう。「なんだって?」ベイツが何かを尋ねていた。アダムは振り返って厩番に向き直った。

「少しばかり厄介なことがあったんじゃないですか?」ベイツが首を曲げてアダムの右手を指し示した。アダムは驚いた。こぶしにすり傷ができている。「早いうちに何か塗っておいたほうがいいですよ。傷跡が残らないように。それで相手の具合は?」

「相手というのはミス・ロスの兄さんだ」アダムは怒りが引いていくのを感じた。あとに残ったのは疲労感と憂鬱だけだ。もちろんデシーマは僕を愛していない。どうして愛することがある? 彼女に言い寄り、いまいましいことにもう少しで口説き落とすところだったのだ。そして立ち去ったあげく、ほかの女と婚約し、今度は彼女の兄と喧嘩《けんか》した。

ベイツが舌を鳴らして不満を表した。「そりゃうまいやり方とは言えませんね」彼は踏み台の上で横にずれて、アダムのために座る場所を作った。「ご婦人がたは悪党から助けだされるのを喜ぶもんですが、家族を殴り倒されちゃあね」彼は錐で革に穴を開け、目を細めてできた穴を確かめると、針に糸を通した。「お嬢さんはなんて言ったんです？」

「僕を追い払ったよ」

「おや」ベイツは縒《よ》り糸に玉を作った。「それで、これからどうするつもりですかい？おれがだんなさまなら、すっかり落ちこんでますよ」

「まあ、おおむねそんなところだ」アダムは帽子を脱ぐと、両手でくるりとひっくり返した。

「お嬢さんがその気になるなんて思っちゃだめですよ。いくつか橋を直さないかぎり、そりゃ無理だ」

アダムは目を見開いた。厩番は本を読むように心を読み取るのだ。「僕はミス・チャニングと婚約しているんだ。ミス・ロスとじゃない」アダムは威厳のかけらをかき集め、立ちあがった。「それでおまえの求愛はどう進んでいるんだ、ベイツ？」

「彼女はまったく厄介ですよ。わけがわからない女だ。だが、文句を言ってるわけじゃありません。おれは一度に一人の女にしか言い寄らないし」

翌日の午前、初春の太陽の光が、兄夫婦の屋敷から戻るデシーマを元気づけてくれた。彼女は叱責され、傷ついたが、少なくとも不快な義務は果たした。縁を切られずにすんだのは、ハーマイオニのおかげだろう。ただし、疫病のごとく汚れたウェストン卿から遠ざかるのが条件だった。

フレッシュフォード邸に戻る馬車の中、デシーマはプルーに訪問の一場面を打ち明けた。

「今後は細心の注意を払わないと。私が冷たくなったとオリヴィアに思われたくはないもの」

「まあ」プルーが目を大きく見開いた。「お嬢さまはもうウェストン卿と話ができないんですか?」

「挨拶くらいかしら。どうして?」プルーは見るからにうろたえている。そういえば、今朝、デシーマの着替えを手伝うときもふさぎこんでいた。

「ジェスロがコテージをもらえないんじゃないかって思ってるんです。実を言うと、あたしと結婚したら、今の仕事も失うかもしれないって」プルーは景気よく鼻を鳴らした。「あれはいい仕事なんです。何年もあそこで働いているのに、彼に辞めてくれなんて頼めません」

「その話はいつ出たの?」デシーマは追及した。「昨日はとっても幸せそうだったのに」

「ゆうべジェスロから聞いたんです。彼が言うには、もし職を失うようなことになったら、結婚もうまくいかないって。昨日、だんなさまはひどく落ちこんでいたそうです。全部あたしのせいです。昨日あたしがお嬢さまはいらっしゃるなんてウェストン卿に言わなければ、何も起こらなかったのに」

「彼がそんな人だなんて信じられない」デシーマは声を荒らげた。「あなたたちの仲をだめにして私を傷つけたいのかしら？　それとも、思いどおりにならないのが耐えられないほど偉そうにしているの？」彼女が呼び鈴の紐を引っ張ると、御者の顔が窓から現れた。「ジェイムズ、今すぐウェストン卿のお屋敷に向かってちょうだい。彼は欲しいものすべてが手に入るわけではないと学ぶべきよ。プルー、ベイツには私が仕事をしてもらうわ。厩を大きくしたいし、繁殖についてももっと真剣に考えるつもりよ。そうなると経験豊かな厩番が必要だもの」

デシーマが馬車を降りたとき、書斎の窓に何かが動いたのが見えた。つまり、アダムは在宅ということだ。「数分ですむわ。もしよければ、厩に行ってきたらどうかしら、プルー」

アダムの執事がうやうやしい礼でデシーマを迎えたが、彼女がシャペロンなしと気づくと、礼は短く切りあげられた。「おはようございます、マダム。残念ながら、ウェストン卿はお出かけです」

「相手が私のときには、在宅になると思うわ」デシーマは笑みとともに言い返した。「私が来たと伝えなくていいわよ」唖然《あぜん》とした執事が何もできないうちに奥に進み、書斎の扉の取っ手をひねった。

「マダム！」

執事が声をあげたとき、デシーマは部屋に入り、アダムに対面していた。アダムは手にしていた新聞を机に置くと、彼女をじっと見つめた。「デシーマ」そして大股で近づいてきた。

デシーマは両手を突きだした。「デシーマと呼ばないで！　よくもあんなまねができたわね、アダム？　信じられないわ」

アダムはいきなり立ち止まり、髪をかきあげた。「待ってくれ、君が怒っている理由はわかる。だが、あれは挑発されたからじゃないか」

「あれを挑発と見なすの、ウェストン卿？　それであなたの行動を正当化できるの？」

アダムは椅子を指し示した。「デシーマ、座って話しあおう。実は、君のことをずっと考えていた。どうやったら仲直りができるか頭を悩ませていたんだ」

「ベイツに一言言えばすむと私は思っていたわ」デシーマは遠ざかり、炉棚に置かれたいくつものマイセン像に視線を据えようとした。

「使用人を仲裁役に使っているとでも？」アダムは戸惑っているように見えた。

「謝れば片がつくんじゃないかしら?」デシーマは指を伸ばし、小さな像の大きく広がるスカートにそっと触れた。「プルーはとても動揺しているのよ」

「プルー?」アダムはすっかり混乱しているように見える。使用人に無関心だから、あるいは気をつかわないから、プルーとベイツに与えた苦悩に気づかないのだろうか?「ああ、昨日彼女がお節介をしたから騒ぎになったということか。あれほど主人思いの忠実なメイドがいるとは、君は運がいい」

「私が心配しているのはプルーのことで、私のことじゃないわ」デシーマはぱっと振り向いてアダムに向き直った。「それにもちろんベイツと」

「ベイツ?」アダムは片手をデシーマの腕にかけて顔をしかめた。「デシーマ、話が食い違っていないか?　どうしてここに来た?」

もし私が爪先立ちすれば、彼と唇を重ねあわせることができる。両腕を首に巻きつけ、体を引き寄せることができる。デシーマはアダムのコロンと、アイロンをかけたばかりの毛織りの服地のにおい、そして清潔であたたかい男性のにおいを意識した。まぶたが重くなり、アダムに身を投げかけたくなる。

「あなたがプルーの心を傷つけたから、私はものすごく怒っているの」声がかすかに震え、デシーマは必死に落ち着こうとした。「それに、失望したわ」

「僕はプルーに何もしていない!　いったいどういうことなんだ?　デシーマ、昨日は君の兄上を殴って悪かった。もっと力をこめて殴ればよかったが、君を動揺させてしまった。だから今は、あんなことをしなければよかったと思っている」

「でも、あなたはベイツにコテージはあげないと言ったんでしょう！　プルーと結婚したら、彼は職を失うと考えているのよ。それも、昨日私があなたを追い払ったからでしょう？　ひどすぎるわ」デシーマは腕を引き離すと、アダムの体を意識せずに顔を見つめられるようにいくらか後ろに下がった。「確かに、チャールトンを殴るべきじゃなかったわ。それにあんな場面を見た兄は、怒る権利が十二分にあるわね。彼は威張りくさって、もったいぶっているけれど、それでも私の兄なのよ。あなたに出ていってと頼む以外にどうすればよかったの？　オリヴィアが耳に挟んだらどうなるの？　もう知っているかもしれないわね」デシーマは深く息を吸いこんだ。「でも、プルーに八つ当たりするなんて……」

　アダムの表情が当惑から理解に変わり、彼は苦笑した。

「おもしろくもなんともないわ」

「そのとおりだ。僕は自分を嘲笑《あざわら》っていたんだ。いいかい、僕はずっと自分の人生を、屋敷すべてを、そして運命を支配しているという幻想のもと生きてきた。ところが今は、単に使用人たちのおもちゃにされているとわかったんだ。プルーは僕がベイツにコテージをやらないと言い渡したとか、ベイツに彼女との結婚を禁じたとか言っていたかい？」

「いいえ」デシーマは眉をひそめた。「正確には違うわね。ベイツがコテージをもらえないんじゃないか、仕事を失うかも、と思っていると言っていたわ。それとあなたが……ひどく落ちこんでいたと」

「デシーマ、いとしい人、僕たち二人が使用人たちに操られているとは思い浮かばなかったかい？　プルーとベイツは僕たちが喧嘩していて、何か強力な理由がないかぎり、話もしないと考えたんだ」

「あの二人が私たちを結びつけようとしているというの？　だって……あなたは婚約しているのよ！」デシーマはそこで言葉を切った。「今、私のことをなんと呼んだ？」

そのとき扉を一度だけ叩《たた》く音がして、アダムが何も言えないうちに執事が中に入ってきた。デシーマは目をぱちくりさせた。ノックもそこそこに部屋にすべりこむのは、一流の執事のふるまいではない。

「だんなさま、ミセス・チャニングの馬車がたった今、到着しました」

「くそっ、ありがとう、ダルリンプル。君ならご婦人がたの荷物を受け取り、応接間に通すという難事業もこなせるはずだ」

執事がしかめっ面をした。「これまで一度たりともご本人が望まない場所にミセス・チャニングを案内できたことはありません。夫人はだんなさまが午前中、書斎でお過ごしになることをご存じです。そちらのレディがわたくしと一緒に――」彼は言葉を切った。ノッカーの音が響き、全員が凍りついた。誰かが玄関の扉を開けたらしく、声が聞こえた。

「ピーターズです……厨房《ちゅうぼう》にいると思ったのに」ダルリンプルが声を落とした。「この扉を開けて外に出る気にはとても……」

「隠れよう」アダムがデシーマの手首をつかみ、暖炉脇の奥まった空間にある物入れの戸のほうに引っ張っていった。「ここならいくらか隙間がある」

デシーマは本やら箱やらで半分ほどふさがっている場所に押しこまれた。アダムの体があとに続き、彼女は棚に当たって身をよじり、なんとか狭い棚板の上に腰かけた。顔はアダムのシャツに押しつぶされ、膝は彼の両腿に挟まれている。

戸が閉まった。ダルリンプルが体重をかけて押さえたらしく、アダムがさらにのしかかってきた。やがて聞き覚えのある声が戸板を貫いた。

「そこにいたのね、ダルリンプル。ウェストン卿はどこ?」

21

「残念ながら、だんなさまはお出かけです」

「馬車が着いたとき、この部屋に人がいたのよ」

「わたくしをごらんになったのかと。だんなさまのインク壺《つぼ》がいっぱいか確かめに来たので。応接間でお飲み物でもいかがですか？」

「ウェストン卿《きょう》はいつ戻ってくるの？」獲物が手に入らず、ミセス・チャニングは明らかに不満だ。

「わたくしにはなんとも。今この時点で、だんなさまが何をなさっているかもまったく見当もつきません」執事の声は書斎の扉が閉まると同時に消えた。

「狡猾《こうかつ》な年寄りだ」アダムがデシーマの頬に向かってつぶやいた。「〝まったく見当もつきません〟だって？　君は笑っているのか？」

「ええ」デシーマはくすくす笑いを抑えながら認めた。「型破りな使用人たちばかりなのね」

「わかっている。だからこそ、彼らのほとんどを引き継いだ。みんな、僕が木綿のズボンをはいた子供時代から知っているんだ。できれば、笑いながらもじもじしないでくれないか」

「ご、ごめんなさい」デシーマは息を吸いこんだ。「どうして？　物音を聞かれてしまうから？」

「いや、君にキスしたくてたまらないからだ」アダムが当たり前のことのようにささやく。

「アダム！　オリヴィアが隣の部屋にいるのよ！」デシーマはなんとか自制心を働かせた。

「いずれにしても、そんなことを考えるべきではないわ」

「こんな状態でそういうことを考えるなと言われても、百十歳にでもならなければ無理だ」アダムがそっと言った。「これよりも体をくっつけるとしたら、服を脱ぐしかないな」

デシーマが小さな悲鳴をあげると、彼女の首に向かってアダムが声をもらした。「力を抜いてくれ、僕は曲芸師じゃない」

これについての返事は、取り澄ました物言いになるか、過激になるかしかない。沈黙がいちばんだと考え、デシーマは必死にじっとしていた。簡単ではない。親密かつ居心地悪くアダムの体が押しつけられているのだ。お尻に棚板が食いこみ、うなじには重い本らしきものがぶつかっている。たぶんこんな狭い場所に若い女性と閉じこめられたら、男性なら相手が誰でもキスしたくなるのだろう。彼が特別に私を求めているはずがない。

「もう外に出ても安全だと思わない？」

「おそらく。つらいかい？」

「とても」

「僕もだ。喜ばしいことに、とても」あまりに小さい声だったので、デシーマは聞き違いだと思った。アダムは戸を開けようとして両手でしばらく背後を探っていた。「運悪く、内側には取っ手がない。それにどうやらダルリンプルは鍵をかけたらしい」

デシーマはうなじの痛みに耐えかねて、アダムの胸に額を預けた。とてもいい気分。

「僕は許してもらえたのかな？」アダムが尋ねた。

「哀れなチャールトンを殴ったこと？　ええ、許してあげるわ。もしあなたがプルーとベイツをひどい目にあわせると信じた私を許してくれるなら」

「なんとかできると思う」デシーマはアダムの声に微笑《ほほえ》みを感じた。「でも、君の兄上はもう二度と僕にかかわるなと言ったんじゃないのか？」

「まあね。彼は正しいわ」デシーマは背中が引きつるからという理由で、アダムに両腕をまわしていいだろうかと考えた。だが、たしなみある真のレディはそういうことをするくらいなら死を選ぶだろう。つまり残念ながら、自分はもはやたしなみある真のレディではないことになる。幸い、両腕は書類の束に挟まれ、誘惑に屈するのを阻まれていた。

「彼の言葉に従うのか？」官能的なまどろみから引き戻され、デシーマはびくっとした。

「だが、僕は何より君の助けが必要なんだ」

「そのようね」デシーマはできるだけ事務的に聞こえるように答えた。「あなたは何がしたいの?」

間があったので、デシーマはもっといい言い方があったのだろうと考えた。だが、アダムはまじめに答えた。「近々君とフレッシュフォードとで、一日遠出をするオリヴィアと僕に付き合ってもらえないだろうか。僕はハートフォードシャーのブシェイに近いところに小さな領地を相続して、手放すかどうか決めかねている。オリヴィアがそこを見て気に入れば、売りに出すのはやめるつもりだ」

これは断らなければならない。同行すれば、アダムと親密になるのはわかっていた。そしてヘンリーとオリヴィアを再び引きあわせることにもなる。ヘンリーの思いは消えていない。どんなに隠そうとしてもよくわかる。だとすると、私のアダムへの思いも、親しい人が見れば明らかなのだろうか。

「だめかな?」アダムが甘い声で言ったので、デシーマは微笑んだ。彼は今まで誰かをなだめすかしたりする必要がなかったに違いない。これが演技なのか本心からなのかは確信が持てなかった。二人は駆け引きをしていて、どちらもそれがわかっている。「君が来てくれないと、ミセス・チャニングを連れていくしかないんだ。それに途中、何か起きたときのために、男をもう一人連れていったほうがいいと思う。内気なオリヴィアも、君とフレッシュフォードならくつろげるだろうし」

「ヘンリーが同意したら、いいわ。行きましょう」断るつもりで口を開いたはずが、デシーマが息を吸って声を出すまでのあいだのどこかで、またしても別のものに乗り移られたような返事になった。

デシーマの降伏が合図となったのか、鍵のきしる音がして戸が大きく開いた。アダムはなんとかひっくり返らずに後ろに下がり、デシーマは彼の腕の中に倒れこんだ。二人が披露した不適切な光景にもかかわらず、ダルリンプルは無表情を保っていた。

「ミセス・チャニングとミス・チャニングはお帰りになりました。午後またおいでになるそうです。ミセス・チャニングはご親切にも、ハネムーンの取り決めを話しあうためだと明かしてくださいました」

「やれやれ、本当に？」アダムは鼻を鳴らし、よろめいたデシーマをしっかり支えた。

「わたくしにはそうおっしゃいました」ダルリンプルは落ち着いて答えた。「お飲み物でもお持ちしましょうか？　ミス・ロスは？　お二人を物入れに押しこんで鍵をかけたのは申し訳ありませんが、戸が開いてしまうのではないか心配でしたので」

「ベイツと話をしたか？」疑わしげに執事を見ながらアダムは問いつめた。

「いいえ、だんなさま。今日はまったく。ミス・ロスのメイドは厨房《ちゅうぼう》におります」彼は引き返す途中で足を止めた。「ミセス・チャニングはありがたくも数日ロンドンを離れるそうです。ミス・チャニングをお目付け役のいとこに託していくとか」

「それは非常に好都合だ」アダムは体を起こして窓の外を見た。楽しげでからかうような表情はすっかり消えている。「午後、オリヴィアにブシェイの家の話をしよう。君には手紙を届けるから、僕たちに同行できる場合にだけ返事をくれないか」

「ミセス・チャニングは自分が同行したいんじゃないかしら？」

「たぶんね」アダムが突然笑みを浮かべた。デシーマは愛と情熱の波に襲われ、立派な決意はすべて吹き飛んでしまった。「いい買い手がいて、すぐに決めないといけないと言うつもりだ。それは本当なんだ。彼女は売るのをいやがるだろう。ミセス・チャニングにとって、オリヴィアがより大きな領地の領主夫人になれるなら、そのほうがいいんだ」彼は窓の外を見るのをやめて、デシーマに笑みを向けた。「それに、彼女は君を認めている。君がオリヴィアのお目付け役を果たすなら、反対しないはずだ。お願いだ、デシーマ……未来の義理の母親と一日まるまる過ごすことから僕を救ってくれ」

アダムの人生において、私はミセス・チャニングの役割を果たすよう定められているのだ。デシーマは現実に立ち返り、ためらった。義理と、アダムと最後に一日過ごす誘惑とのはざまで、心は揺れている。「ヘンリーにきいてみるわ」ヘンリーは自分と同じように感じるかもしれないし、オリヴィアと過ごす喜びよりも苦しみがまさると思うかもしれない。

「僕がみんなにとって最高のときにするから」アダムが約束した。「さて念のため、厨房の出入り口から君を見送ったほうがよさそうだ」彼はいつもと変わらず、たわいのない話をしながら、デシーマを連れて裏階段を下りた。厨房に入ると、地階にレディを連れてきたことで料理人から小言を言われた。

プルーの後ろめたそうな様子に気を取られたものの、デシーマはアダムの変化を感じ取った。彼はまるで観察し、計画して、待ち構えていたかのようだった。緊張はしているが、自信と興奮と決意がみなぎっている。デシーマは男性としてのアダムを、彼の力と意志の強さを意識した。雪の中で助けられ、彼の腕に抱きしめられたときのように。

デシーマは料理人に挨拶し、愛想よく厨房つきのメイドたちにうなずきかけた。アダムに堅苦しい別れの言葉を言うために、心を落ち着けるのが一苦労だった。裏から出ていく彼女を使用人たちがどう思ったかはわからないが、高給を受け取り、きちんと訓練を受けているのは間違いない。

馬車が動きだしたあと、プルーがもじもじしはじめた。デシーマが長いあいだ黙っているので居心地の悪さがつのったのか、とうとう彼女は口走った。「大丈夫だったんですか、ミス・デシーマ？　お嬢さまとだんなさまはまたお話しできるんですか？」

「いいえ、全然大丈夫じゃないわよ、プルー！　あなたは嘘《うそ》をついたわね！　いいえ、同じことを繰り返し言わなくてもいいわ。あなたはベイツが結婚したら、ウェストン卿が首にすると脅したような言い方をしたでしょう。それも、単に私たちが仲たがいしたから。そうなのよね？」

「そうです」プルーはうなだれ、苦しげにつぶやいた。それから彼女は目を上げて、いっきにまくし立てた。「あの方はお嬢さまと結婚すべきなんです、ミス・デシーマ。あんな元気のない小さなミス・チャニングでなく。お嬢さまはあの方を愛しているのに」

否定しても無駄だ。デシーマはその発言を受け流した。「彼はいずれ結婚するわ。たとえ間違っていたとしても、名誉のために撤回できないの」

「彼女が撤回するべきなんです」プルーが反抗的に言った。「あんなに臆病じゃなきゃできるのに」

「あなたならミセス・チャニングに逆らえる？」デシーマは辛辣に尋ねた。「かわいそうに、オリヴィアは母親を怖がっているわ。それに彼女には自分の人生と幸せを手に入れる権利があるのよ」

「それはお嬢さまも同じです」プルーが言い返す。「男というのは生まれつき知恵がないんです。紙に書いて鼻先で振ってみせないかぎり、女の気持ちなんてわからないんですから」

「だったら、ベイツとは結婚しないほうがましということ？」デシーマは意地悪く尋ねた。

「いいえ、彼には世話をする女が必要です」プルーが宣言した。「あたしが彼を立派にしてみせます」

ヘンリーは屋敷にいたので、デシーマは彼が一人でいるときを見計らって今朝の話をした。兄夫妻を訪れたときの話を聞かせると、彼は重々しくうなずいた。「君たちが和解してよかった。チャールトンは君があちらに移るべきだと言い張ったのでは？」

「ええ」デシーマは手袋をはずし、ヘンリーがいる書き物机のそばのソファに落ち着いた。彼は恐ろしいほどの書状の山を処理していた。そのほとんどが仕立て屋の請求書らしい。「それは断ったわ。でも、昨日のこともあるし、出ていったほうがよければ、もちろんそうするわよ」

「いや、ぜひともここにいてくれ」ヘンリーが笑顔で言った。「僕たちは君にいてほしいと思っている。スターリングだって辞表を引っこめたんだし。さあ、ウェストンと会ったときの話をしてくれ」

デシーマは書斎の物入れに押しこまれたくだりも含め、すべてを話した。ヘンリーをそれを聞いて大笑いした。「いやはや！　僕を救うために物入れに押しこむスターリングが想像できるかい？」

「それだけじゃないのよ。アダムはブシェイの領地をオリヴィアと一緒に見に行く予定で、私たちに同行してほしいと望んでいるの」デシーマは説明しながらヘンリーの様子を観察した。「私は良心と闘ったのよ。結局負けてしまったけれど。もっとも、まだ行くとは言っていないの。私にとって、これは今後最大限の分別を働かせなくてはならない、自分へのご褒美みたいなものだと思っているのだけれど、あなたがどう感じるかわからなくて」彼女は不安のあまり唇を噛《か》んだ。「あなたもオリヴィアに対して、私と同じような気持ちかもしれないと思ったの。でも、つらいようなら……」ヘンリーは無言で婦人帽子店の請求書の端を指先で叩《たた》いている。「それとも、もう何も感じないなら……」

「いや、感じるよ。まったく同じ気持ちを彼女に抱いている」とうとうヘンリーが認めた。「それに、君のように、最後にもう一度誘惑に負けようと思っている。どうしたら自分が愛してしまったのかわかるんだろうって話したのを覚えているかい？　皮肉じゃないか。知らないままのほうがよかった」

ヘンリーの声の苦々しさに胸をつかれ、デシーマはひるんだ。どうしてみんな暇に飽かせて、気晴らしみたいに人を結婚させようとするのかしら？　彼らがまとめあげた幸せな縁組の陰に、どれだけ傷ついた心が存在するの？　とはいえ、プルーとベイツは大丈夫だろう。それだけは間違いない。

アダムが約束したように、手紙がその日の午後遅くに届けられた。そこには天気がよければ一泊しないかと書かれていた。ヘンリー宛の別の手紙が同封されていて、それを読んだ彼は眉を吊《つ》りあげた。

「なんなの？」デシーマはヘンリーの考えこむような顔を見て尋ねた。

「ウェストンはその地域の追いはぎの噂《うわさ》について懸念していて、ぜひとも僕に来てほしいそうだ。自分は恐れていないが、ご婦人がたの面倒を見る紳士がもう一人同行すれば、より心強いということだ」

「あなたは危険だと思う？」デシーマは問いかけた。

「いや」ヘンリーはかぶりを振った。「そういう噂はあるが、頻繁ではないし、数名で行く場合には襲われない。一人で馬に乗ったり、一頭立て二輪馬車を操ったりする場合には、危険があるかもしれないが、紳士が二人いれば大丈夫だろう。ウェストンが厩番《うまやばん》を連れていかなくても、僕は幌《ほろ》つきの二頭立て二輪馬車にピストルを持っていくつもりだ」

「だったら、私たちと一緒に行ってくれるの？」

ヘンリーは苦笑した。「危険があるとは思えないが、君やオリヴィアをエスコートしないで出かけさせるわけにはいかない。そうじゃないか？」

遠出の日の朝、空は澄み渡り、快晴を約束していた。心痛を感じたデシーマは、ブルーの熱心な勧めにもかかわらず、新しい派手な散歩着を拒んで、平紐《ひらひも》で編んだ裾飾りのついたモスグリーンの控えめなドレスを選び、もっと濃いグリーンの薄手の外套《がいとう》とベールのついたボンネットを合わせた。もしそれが可能だとしても、オリヴィアと張りあう気はない。今日は女性の同行者であり、ただの傍観者でしかないのだから。そして自分の思いに別れを告げるのだ。

ヘンリーも似たような沈んだ様子だった。二人がオリヴィアとアダムの待っている応接間に入ったとき、デシーマはヘンリーを見ていた。彼はオリヴィアと見つめあい、思いをあらわにした。やがてオリヴィアが目を伏せたが、そのとき彼女はすばやくアダムの様子をうかがった。

アダムは気づいただろうか？　彼は仲よくヘンリーと道筋について話しあっている。デシーマは不思議に思った。アダムはすべてに油断なく目を配っているようなのに、どうして婚約者とヘンリーとの仲にこうも無頓着に見えるのだろう。もしかしたら、オリヴィアに対してあまり愛情がないので、気にしていないだけなのかもしれない。

「物思いにふけっているようだね、ミス・ロス？」

アダムの声で、デシーマは三人が立ちあがって出かけようとしているのに気づいた。「いえ、明日のことを考えていたの」そしてそれから続く日々のことを。「このお天気は長続きするかしら？」

ベイツともう一人の厩番が屋敷の前で馬の頭を押さえていた。ベイツはアダムとうなずきを交わしてからデシーマに気づき、こぶしを額に当てて挨拶した。「おはようございます、ミス・ロス」

「おはよう、ベイツ」デシーマは彼とプルーの策略に不満を表明するべきだろうかと考え、それから微笑んだ。「あなたも私たちと一緒に行くの？」

「いいえ、お嬢さん。おれの脚は長く馬に乗っているとまだつらいんで」

一行は出発し、アダムの馬車が先を行った。どちらの男性もふつうの二頭立て二輪馬車を選んでいたので、デシーマはほっとした。高い座席のヘンリーの馬車は、ハイドパークをまわるくらいならかまわないが、田舎道を揺られるとなると話は別だ。

気がつくと、デシーマは往来を進むアダムの背中を見つめていた。馬車や荷車でごった返す中、彼は馬を難なく操っている。だが、そのアダムでさえも、アッパーブルック・ストリートから何かが飛びだしてきたときには、不意を突かれたようだった。

「あれは何？」デシーマは首を伸ばして奇妙な乗り物をじっくり見ようとした。

「歩行者用二輪車じゃないかな」石炭を積んだ荷車に馬が不満を唱え、ヘンリーがなだめた。「次の大流行らしい。僕としては禁止すべきだと思うけどね。その次は蒸気機関が道を走ることになるだろう。そうなると馬はおびえてしまう」

「楽しそうだったわ」デシーマはがっかりしたように言った。「馬ほどではないにしても、町で使うにはとても便利じゃないかしら。鞍《くら》をつけたり、厩から連れてきたりするのを待つ必要もないし」

「ご婦人用の車輪が三ついたものもあるらしいよ」ヘンリーはアダムの馬車についてエッジウェア・ロードに入った。「でも、あれに横向きに乗って、なおかつ地面を蹴って進むとなると、僕にはとても無理だ」その後、二人は仲よく新たな発明品について論じあい、デシーマは蒸気機関に投資しながらそれに文句を言うヘンリーをからかった。

ロンドン北部のシュートアップ・ヒルに着いたところでヘンリーは手綱をゆるめ、馬を好きに走らせた。クリックルウッドの村落が見えてきたとき、二台の馬車が横並びになった。アダムが振り向いてにやりとした。「競走したくないか？　ハイストリートの〈犬と家鴨《あひる》亭〉を先に通り過ぎたほうが勝ちだ」

デシーマは目を輝かせ、脇の手すりをぎゅっと握ったが、オリヴィアが不安の悲鳴をあげたので、ヘンリーが断った。「やめておこう、ウェストン。ご婦人がたをはらはらさせる」

「はらはらなんてしないのに」再び馬車が速度を落とし、もう一台の後ろについたとき、デシーマは不機嫌そうに言った。「あなたが勝つなんて言っていないわよ、ヘンリー。アダムの馬は優秀だもの」

「確かに悪くないな」ヘンリーがしぶしぶ認めた。「でも、僕のはもっと頑丈だ」

馬をめぐるささいな口論はブレント川を渡るまで続き、デシーマはとうとう笑って降参した。「ヘンリー、こんなふうに言い争うなんて、兄と妹みたいね！　今度、四輪馬車用の二頭を選ぶ際には、あなたの言葉に黙って従うわ」

「どの馬車？」ヘンリーが疑わしげに尋ねた。

「来週買いに行く馬車よ。付き合ってくれるって、あなたは言っていたでしょう」デシーマは答えた。「それで颯爽《さっそう》と公園をまわるつもり」

「君の兄上は大騒ぎだろうな。まさか御者台の高い馬車にする気はないだろうね？」

「通常の馬車を乗りこなせるようになったらね。今度は何？」アダムが馬車を停《と》めていた。

ヘンリーが馬の速度を落としながら、座席の下を手探りする。間違いなく、ピストルの置き場所を確かめたのだ。

けれども、前方で大型の荷馬車があとずさりしただけだった。大きな荷馬をあせった様子の若者が引いている。アダムが重そうな荷馬車の隣に馬車を進めると、若者が追い越すよう身ぶりで示した。そしてアダムが硬貨を投げるとしっかり受け止め、つやのない前髪を引っ張って礼をして、二台の馬車をやり過ごした。

「ここはどこなの？」なだらかに起伏する田園風景を見まわしながら、デシーマは尋ねた。

「あそこがヘンドンだが……」ヘンリーが鞭《むち》で右手を指した。「この村の名前は知らない。とはいえ、どうやらウェストンが休憩場所を見つけたらしい」

朝食にお茶を飲みすぎた気がしていたので、デシーマはそれを聞いて喜んだ。そこは時代がかった大きな宿屋兼酒場で、草葺《くさぶ》き屋根の建て増した部分があちこちに張りだしていた。

デシーマの控えめな問いに、店のおかみが庭の隅にある厠《かわや》を指し示した。そこは鶏が放し飼いにしてある場所と薪《まき》の山のあいだに都合よくおさまっていた。オリヴィアも一緒にやってきたが、誰もが行き先を推測できると考えて、真っ赤になっていた。

「きいてくれてありがとう」彼女がささやいた。「私にはとてもできなかったわ。レディは出かける前には何も飲んではいけないってママが言うんだけれど、ひどく喉が渇いてしまって」

デシーマはくすくす笑った。「だから、屋外の厠の多くが薪置き場の隣にあるのよ。それなら、メイドも薪を取りに行くという口実で出てくることができるでしょう。鶏の餌やりでもいいし」

オリヴィアがにっこりした。「それはすばらしい考えね！　あなたみたいに勇気があって、有能だったらどんなにいいかしら。デシーマ、私はウェストン卿を失望させるってわかっているの。彼はあなたの性格を高く買っているのよ」

「そうなの？」だが、オリヴィアはすでに厠にすべりこみ、半月形の切り込みのある戸を閉めていた。そしてデシーマは厨房の残り物を当てにして彼女を見つめる茶色のチャボたちとあとに残された。

22

宿屋兼酒場の個室では、アダムが古びた長椅子の端に座り、ヘンリーはそこに腰をもたせかけていた。二人は何時間も無言で仲よく酒を飲む男たちのような雰囲気でエールを飲んでいた。

彼らが体を起こして立ちあがったとき、デシーマは思わず微笑《ほほえ》んでいた。それからアダムは長椅子に戻って脚を伸ばし、一方ヘンリーは彼女とオリヴィアにお茶のカップを手渡した。

「何を笑っているんだ?」アダムが物憂げに片眉を吊《つ》りあげて尋ねた。

デシーマはまるでお茶か疑っているかのような疑いのまなざしをカップに向けながら、彼の隣に座った。「あなたとヘンリーのことよ。男性というのは、長い時間一緒にいると、うなり声だけで意思疎通ができるようになるみたいね。女性は話すんだけれど」

「それは気づいていたよ。ぺちゃくちゃしゃべる」

「意思の疎通よ。それで社交界はまわっていくんじゃないの」デシーマは部屋の向こう側でヘンリーと話しているオリヴィアを確認してから声を落とした。「お願いだから、競走をしようだなんて言わないで。オリヴィアはひどくぴりぴりしているわ」

「でも、君は競走したいんだろう?」アダムの目はジョッキの泡に据えられている。

「まあ、そうね。私は速度を上げるのが好きだけれど、彼女は違うから」

「やっぱり。そうなんだな」アダムが目を上げた。その目は楽しげなグリーンの輝きを放っている。「スケート、乗馬、それにそり……。君は危険をものともしない」昔を思いだすかのようなその声は、やわらかなベルベットにも似て、デシーマの頬を熱くした。アダムが言う〝危険〟は別のものだ。

「兄なら、それは私がはねっ返りで、しつけがなっていないからだと言うでしょうね」

「だが、あんなことはしなかった。そうだろう?」アダムは美しい人差し指を使い、テーブルの上のこぼれたエールで渦巻き模様を描いた。「君はこれまで決して道を踏みはずさない、親戚に従う従順な若い娘だった。君が僕にそう言った」テーブルには、つながった二つのハートが描かれていた。デシーマがじっと見ているうちに、それは乾いて消えていった。

「私は独り立ちしたことによって自由になったとわかったの。もちろん限度はあるけれど」

「本当に?」アダムが冗談めかして尋ね、緊張の瞬間は過ぎ去った。

「ええ、本当よ。二頭立て四輪馬車とそれ用の馬を買うつもり。そのときにはヘンリーが付き合ってくれるのよ。もっとも、彼は私が歩行者用二輪車に乗るのは許してくれそうにないけれど」デシーマは残念そうにつけ加えた。「婦人用もあるらしいの」彼女はアダムの両眉がはねあがるのを見て続けた。「車輪が三ついているのよ」

「僕もその件についてはフレッシュフォードに賛成だ。ロンドンの往来にそんなものが増えたら、とんでもないことになる。彼は分別のある男だな」

アダムがヘンリーとオリヴィアの話しているほうをちらりと見た。魅力的な笑みが彼女の顔を輝かせ、これまでの美しいけれど活気のない陶器の像が、愛らしい生き生きした若い女性に変貌していた。

「とても美しい」アダムはまるで芸術作品を褒めるような気のない言い方をした。デシーマの背筋を冷たい震えが駆け下りた。彼が本当に欲しいのはそれなの？　見せびらかすための美しい妻？

それぞれの馬車に戻ったあとも、デシーマは考えこんでいた。アダムはヘンリーと道筋について話している。「ブロックリー・ヒルを越えたところで左に折れ、まっすぐ行ってスタンモア・コモンを過ぎる。家はブシェイ・ヒースのすぐ手前にあるんだ」

その後、馬車は有料の街道を離れ、一行は開けた共有地のあいだを抜けていった。

アダムが座席の上で振り返り、周囲の雑木林の向こうにかろうじて見える通風管のついたいくつもの煙突を指さした。「あの家だ」

そのとき馬に乗った男が二人、すぐそばの羊歯《しだ》の茂みの陰から飛びだし、一行のほうに向かってきた。顔を覆い隠し、大型のピストルを持っていなかったとしても、彼らの目的は明らかだった。

オリヴィアが悲鳴をあげ、次いでアダムが馬車の向きを変えたが、男の一人に先回りされた。気が動転した娘に腕をつかまれていては、アダムも手綱を制御するのは難しいだろうとデシーマは思った。

「くそっ」ヘンリーは鞭《むち》と手綱を巧みにさばいていた。そしてそれをデシーマの両手に押しつけると、座席の下を手探りし、ピストルを二挺《ちょう》取りだした。けれども前方の馬車が邪魔で、男たちに狙いを定めることができない。アダムやオリヴィアに当たる可能性があるかぎり、撃つわけにはいかなかった。

そのときアダムが鞭を置き、オリヴィアを乱暴に馬車の床に押し倒すと、下に手を伸ばした。ヘンリーと同じく、彼もまたピストルを一組隠し持っていたのだ。疾走する馬をものともせず、アダムは立ちあがり、狙いを定めた。銃声が鳴り響いて、男の一人が手で肩を押さえる。そのとき仲間が撃ち返した。

「ああ、神さま！」デシーマはあとずさりしようとする馬を必死で制御していた。その瞬間は何が起きたか見えなかった。銃声のあと、アダムが体を折って腿を押さえ、馬車から落ちた。

怪我《けが》をしていないほうの男がぱっと振り返り、銃を構えた。ヘンリーがデシーマの上に身を投げかけて彼女を守りながら、男の頭に狙いを定めた。

「アダム！」デシーマはヘンリーを押しのけ、馬が暴走する前に抑えようとした。男たちは御者のいない馬車に両側から近づいていた。一人が身を乗りだして手綱をつかむ。そして二人はぴくりとも動かないアダムを置き去りにし、オリヴィアを馬車に乗せたまま、でこぼこの道を疾走し、遠ざかっていった。

デシーマは自制心を取り戻し、アダムのそばまで馬車を進めた。手綱をヘンリーの手に押しつけ、長いスカートに邪魔されながらも飛び降りる。アダムは死んでしまった……きっと死んでいるに違いない。仰向けに倒れたまま、まったく動かないのだから。右の腿からは大量の血が流れている。

デシーマがそばにたどり着いたとき、アダムがうめき、片眉を吊りあげた。「オリヴィアは？」

「馬車を奪われたの」デシーマは彼の脇にひざまずいた。よかった、銃弾は大動脈をはずれたらしく、血は噴きだしていない。彼女はスカートの下のペチコートの端をつかんで、乱暴に引き裂いた。

「馬車を追ってくれ」アダムがヘンリーを見あげてあえいだ。「ピストルは持っているな?」

「ああ、二挺とも」

「彼女を家に連れてきてくれ。男たちをあそこに近づけないでほしい」アダムの呼吸は痛々しいあえぎに変わっていた。「急げ」

ヘンリーは大きな音をたてて鞭を振るい、二頭の馬はそれに応えた。デシーマは去っていくヘンリーを見ていなかった。彼女の意識は目の前に横たわる男性に向けられていた。

「アダム? 私の声がわかる?」彼は目を閉じたままだ。「あなたの脚を縛らないといけないの。出血を抑えるために」どうやってアダムを動かそう? 彼を置いて助けを求めているあいだに、男たちが戻ってきたら? でも、まずは血を止めることだ。

「彼は見えなくなったか?」アダムの声ははっきりしていた。よかった。意識を失っていないとしたら、介抱するのも少しは楽になる。

「ええ、心配しないで。ヘンリーが彼女を救うから。彼ならできるわ」遠くで銃声が響いた。

ペチコートの切れ端を傷口に当てようとすると、澄んだグレーグリーンの瞳がデシーマに向けられた。「もちろんそうするさ」アダムがうめきながら両肘をついて体を起こした。「まったく、ここは地面が固すぎる。火打ち石の上に寝ているみたいだ」

「じっとしていて。出血がひどくなるわ。少し膝を曲げられるかしら。痛いのはわかるけれど……」

アダムがまっすぐに上体を起こした。「いいんだ」彼は立ちあがり、デシーマを引っ張って立たせた。驚きのあまり抵抗もできず、デシーマはただアダムを見つめていた。

「あなたの脚……アダム、包帯を巻かせてちょうだい」ところが今は血も完全に止まり、アダムはしっかり立っている。どちらの脚もかばわずに。グレーグリーンの瞳は痛みに曇ってもいないし、オリヴィアの運命を案じている様子もない。「怪我はしていないのね！」

デシーマは血に染まる裏革のブリーチズを見つめた。「どうしてこんなことを？」

アダムが右腕を振ると、袖から彼の手にナイフがすべり落ちた。「腸詰めの皮に豚の血を詰めたものをブリーチズのポケットに入れておいたんだ」

デシーマは何も考えずに反応した。右手が勝手に動いて、彼の頬を平手打ちしていた。「なんてことを！　ヘンリーは武器を持っていたのよ！　誰かが死んでいたかもしれないのに」

アダムはわずかに身を引いたが、デシーマの一撃を避けようとはしなかった。「ベイツが出発前にヘンリーのピストルを空砲に替えておいた。実弾を詰めた銃を持っているのは僕だけだ。ほら、ここにある」彼は外套《がいとう》のポケットを叩《たた》いた。「僕の協力者の二人が持っているピストルも空砲だ。今ごろ彼らはオリヴィアと馬車を捨てて逃げているところだろう。さあ、君をぎょっとさせて悪かった。だが、これもすべて立派な目的があったからだ」

「ぎょっとさせた？　私、怖かったのよ。それにオリヴィアは……彼女がどんなふうに感じたか想像できる？」デシーマはスカートをたぐりながら、歩きはじめたアダムに走って追いついた。「アダム、自分が何をしているかわかっているの？」

彼はちらりとデシーマを見下ろした。笑みで唇が曲線を描いている。「縁結びさ。十分間の恐怖を味わったオリヴィアは、僕との結婚を考え直すだろう」

「でも……」デシーマは再び駆け足が必要だと気づいた。アダムは彼女を置いて大股で進んでいる。「でも、この茶番がなんの役に立つの？」

「人間の特性と、騎士道的英雄としてのヘンリーの能力を当てにしている。さて、しばらく僕に威張り散らすのはやめてくれ、デシーマ。あと少ししたら、好きなだけお説教をしてくれてかまわないから」二人の追いはぎが雑木林から現れた。顔を覆うものは何もなく、浮かれ騒ぐ若者らしい笑みがあらわになっている。どちらも女の子をめぐって酒場で喧嘩《けんか》する以上の悪事はできそうにない。

「すべて計画どおりです、だんなさま」一人が報告し、古びた三角帽に触れてデシーマに挨拶した。「馬車は指示された場所に置いてきました。手綱はしっかり木につないだので、どこにも行けないはずです。お若いレディは大丈夫。それは間違いないです。悲鳴をあげっぱなしでしたけど。ヘンリーというのは、小柄な金髪の紳士のことですよね？」

「そうだ」アダムがうなずく。

「だったら、彼はうまくやってる」若者はにやにやしながら言い、デシーマの存在を思いだして、どぎまぎしながら黙りこんだ。

「よくやってくれた。もう行っていいぞ。それと頼むから、街道に入る前にもう少し身ぎれいにしてくれよ。さもないと辻《つじ》強盗の疑いをかけられたおまえたちの保釈金を払う羽目になる」

二人は意気揚々と馬で去り、デシーマはお説教をしてもいいという許しを十二分に活用させてもらった。「あの人たちが口をつぐんでいると、どうしてそんなに自信を持って言えるの？　このことが町じゅうに広がったら？　オリヴィアは身の破滅だわ」雑木林に入りながら、デシーマはまくし立てた。

「二人は僕の使用人だ。完全に信頼できるし、彼らはフレッシュフォードと賭《かけ》をした僕に手を貸したと思っている」

「なんてことなの、とんでもない作り話を！」

「デシーマ、彼らは十八歳だよ。ばか騒ぎをしたい年ごろだし、貴族は気まぐれなやり方で無茶をすると考えている。これがその証拠だ。さあ、口をつぐんでくれ。もうじき家に着く。オリヴィアをなだめるフレッシュフォードの注意を引きたくない」

二人は藪《やぶ》と草の生い茂る庭園の境目に出た。アダムが振り返り、デシーマを裏手に連れていった。

そこには丸木造りの小さなあずまやがあり、彼は戸を押し開けた。

「さあ、こちらに。僕に説明させてくれ」しぶしぶながらデシーマは小さな避難所の壁際に置かれたベンチの一つに腰を下ろした。

アダムは戸を閉めると、そこにもたれた。日陰になった部屋で、彼の顔は真剣そのものに見えた。

「君がどう考えようと、これは冗談などではないし、軽い気持ちでやったことではない。僕はオリヴィアに求婚すべきではなかった。そうせざるを得ない状況だったからだ。これ以上は説明できない。オリヴィアがその気になれば君に話すだろう。僕たちはのっぴきならないところを見られ、僕は手を引けなくなった。初めは、僕が夫としてふさわしくないと気づけば、彼女が取りやめてくれると考えた。だが、まさかあれほど両親の影響下にあるとは思ってもみなかった。とくに母親のね。オリヴィアにとって母親に逆らうのは空を飛ぶのと同じで不可能だ。だが、そんなとき彼女とヘンリー・フレッシュフォードの仲に気づいたんだ。とうとう出口が見えた」

「気づいていたの？　私はあなたがどうしてあんなに寛大なのか、全然理解できなかったのに」デシーマは当惑してかぶりを振った。「ヘンリーはオリヴィアを愛しているけれど、名誉ある行動を取ろうと努力していたのよ。二人のあいだには、それらしい言葉すらなかったわ。それは確かよ」

「僕もそう思う」アダムは険しい顔で言い返した。「そして僕は結婚したら、どんなに惨めかオリヴィアにわからせるためにあらゆることをしたし、フレッシュフォードと会わせるために最善を尽くした。君が彼女に結婚を受け入れさせようと力を尽くしてくれたおかげで、ひどい迷惑をこうむった」

「でも、私は――」

「君は友情から立派に行動した。わかっているよ」アダムが微笑みかけ、デシーマの中にあった希望が震えながらよみがえった。「そんなところも僕が君を愛する理由の一つだからね」

愛する？　アダムが愛を口にしたの？　デシーマはスカートの陰で両手をきつく握りあわせていたのに気づき、どうにか力を抜こうとした。彼は私を友人として愛しているのであって、それ以上ではない。

「何か大きな危機に直面しないかぎり、二人はあのままだとわかってきた。だから、僕がその危機を作りあげたんだ。フレッシュフォードのもとに行き、オリヴィアとの仲を後押しすると約束してもよかったんだが、オリヴィアにママに立ち向かえと言っても絶対に無理だ。誰にも危険が及ばず、確実に成功しそうな計画を考えつくまで数日かかったよ」

「でも、うまくいったのかしら?」

「これから確かめに行こう」デシーマはアダムが差しだした手を取った。彼女の指がアダムの指に包まれる。先ほどまでの怒りは不安に変わっていた。この策略がうまくいかなかったら、どうなるの?

二人は裏口に近づいた。アダムは上に手を伸ばして、隠してあった鍵を取り、そっと扉を開けて中に入った。そこは掃除が行き届き、設備はそろっているが、冷えきっていて使われていない台所だった。アダムはブーツにもかかわらず、猫のように足音をたてずに歩きながら、台所から廊下を通り、主人と使用人の世界を隔てる厚い布張りの扉を抜けた。

二人は玄関ホールにいた。玄関から見てすぐ右手にある一つを除いて、すべての扉は閉まっている。アダムは開いた扉のすぐそばまで近づいた。デシーマは彼の手にすがりついている自分に気づいた。

「やつらは行ってしまったよ」力強いヘンリーの声だ。「それに一人は怪我をした。治安官を呼ばれると思って、逃げていったんだ。もう大丈夫だよ、オリヴィア。僕がここにいるから」

くぐもったすすり泣きが聞こえてきた。すると足が床板を踏む音に続いて、再びヘンリーの声がした。

「ほら、オリヴィア。僕と一緒にいれば大丈夫だ」

「わかっているわ。あなたはすばらしかった。とってもすてきだった、サー……ああ、ヘンリー！」

細い隙間に片目を当ててのぞいていたアダムは、しかめっ面をすると、わずかに後ろに下がった。デシーマの問いかけるようなまなざしを受けて、彼はにっこりしてささやいた。

「これでうまくいくと思う。だが、のぞき屋のまねをしているわけじゃないぞ。二人にしばらく時間を与えよう」

アダムは数を数えているように見えた。やがてデシーマの手をぎゅっと握って放し、扉を大きく開けた。ヘンリーはオリヴィアを抱きしめ、二人は一心不乱にキスをしていた。デシーマは自分が満面の笑みを浮かべているのに気づき、あわてて表情を取りつくろうと、咳払《せきばら》いをした。アダムはどうやってこの状況を利用するつもりだろう？

まるで銃で撃たれたかのように、恋人たちはぱっと離れた。オリヴィアは顔色を失い、泣きだした。ヘンリーも彼女と同じくらい青ざめていたが、体を起こして胸を張ると、一礼した。「君の好きなようにしてくれ。立ち会う友人を指名してほしい」

「僕の婚約者を辱めておいて、君は名誉ある決闘を期待しているのか？」アダムの声は冷たかった。「馬の鞭を持ってくるべきだな」

23

「だめ！」オリヴィアだった。泣きじゃくるねずみから、毛を逆立てる猫に変貌している。「ヘンリーは私を辱めてなんかいないわ。彼はそんな卑劣なことをする人じゃない。私たちは愛しあっているの！」彼女はヘンリーの腕に自分の腕をからめた。

「ぜひとも僕を、君たちにお祝いを言う一番手にさせてほしいな」アダムが心から言った。

「なんだって？」ヘンリーは片腕をオリヴィアの震える体にまわした。「こちらのレディが侮辱されるのを、僕はただ見ているつもりはない。ここで起きたことはすべて僕の責任だ。だから――」

「黙れ」アダムがさえぎった。「君は彼女を愛しているし、彼女は君を愛している。オリヴィアと僕は、お互いに愛情を誤解していたことに気づき、このうえなく友好的に婚約を解消するに至った」

「僕たち？　つまり、私たちということ？」オリヴィアの美しい顔が真っ赤になった。頬には涙が乾いて跡がついていた。「でも、スキャンダルに……」

「どんなスキャンダルになるの？」デシーマは割って入る潮時だと考えた。「ウェストン卿《きょう》、そしてあなたとヘンリーは今後公の席でこのうえなく友好的な姿を見せるのよ。レディ・フレッシュフォードは喜ぶでしょうし、あなたのご両親も賛成し――」

「そうかな？」ヘンリーがデシーマをじっと見つめた。

「あなたがどれだけ裕福か気づいたら、そうなるはずよ」デシーマは答えた。「それに、どれだけ財産分与に気前がいいかにもよるわ。もちろん、いとこの公爵にファーリーで催される挙式の主人役を務めてもらうよう説得できるかにもかかっているわね。アダムは子爵かもしれないけれど、彼には近い親戚に存命の公爵はいないもの。そうよね？」

「確かに。でも、フレッシュフォード家の公爵とは遠い血縁関係があるよ」

「彼はいとこじゃない」ヘンリーが弱々しく反論した。「はとこだ」

「ママにどう説明すればいいの？」オリヴィアが再び青ざめ、ヘンリーの腕をつかんで尋ねた。

「ご両親は二人ともロンドンを出たのかい？」アダムが尋ねた。

「ええ。水曜日まで……三日間」

「だったら、そのときに一緒に話しに行こう。僕たちが行き違い、君がほかの男を愛してしまったことを説明すればいい。そして僕は君に好きな男と結婚する自由を与えるとね。そのあと、すぐさまフレッシュフォードが現れる」

「私、怖くてたまらない」オリヴィアが目を見開いた。「絶対にできないわ。無理よ」

「ヘンリーの心を傷つけたいの？」デシーマが励ますように問いかけると、うれしいことにオリヴィアの口元が決意を見せて引き結ばれた。

ヘンリーは夢からさめた男のように見えた。呆然《ぼうぜん》とした表情は消え、今は強い疑念が浮かんでいる。「話がある、ウェストン」

「ここではだめだ」アダムは扉を押さえて、ヘンリーを部屋の外に促した。「ご婦人がたをうろたえさせたり、おびえさせたりしたくない。違うかい？」

アダムは扉を閉めると、そこに寄りかかった。「きかれる前に答えておこう。そう、あれはすべて芝居だ」うまくいったのだ。アダムはもはやオリヴィアに縛りつけられていない。やっとデシーマに自分の思いを打ち明けられる。

「君の脚は？」

「仕掛けがあるのさ」

「銃に撃たれて誰かが死んでいたかもしれないんだぞ。オリヴィアはたった一人であの馬車にいた」

「君のも含めてピストルはすべて空砲が詰めてあったんだ。馬車を引っ張っていった〝追いはぎ〟は有能な厩番《うまやばん》だ。僕はできるかぎりのことをした」

「そもそもなぜ君はオリヴィアと婚約したんだ？」

アダムはかぶりを振った。「彼女にきいてくれ。彼女が話さないかぎり、僕は何も言えない。君の馬車で彼女を家まで送っていくといい。料理を詰めたバスケットを渡すからピクニックを楽しんでくれ」

「それでデシーマを君に預けていくのか？」ヘンリーは恋する男というよりも、疑《うたぐ》り深げな親戚のように見えた。「君の目的はなんなんだ？　念のため言っておくが、僕は彼女を妹のように思っている。もし君が彼女を傷つけたら、僕が黙ってはいない。君がオリヴィアと僕にしてくれたことについては感謝の言葉もないが、それとこれとは話が別だ」

「僕の目的？　結婚だ。彼女が僕を受け入れてくれるなら、だが。受け入れてくれると思うか？」

ヘンリーが不意ににやりとした。「自分で尋ねて確かめるといい」

アダムはポケットに手を差し入れ、ピストルを引っ張りだした。「万が一に備えて、これを持っていってくれ。弾はこめてある。もしデシーマが……午後戻らなかったら……」

「母には彼女は友達と一緒にいると言っておくよ」ヘンリーはピストルを受け取り、ポケットにしまってから手を差しだした。「幸運を祈る」

アダムが脇に寄ると、彼は扉を開けて呼びかけた。オリヴィアが現れた。ヘンリーに夢中で、扉の陰のアダムに気づいてもいない。彼は苦笑してかぶりを振った。オリヴィアの変貌は興味深いが、これから自分の運命を試さなくてはならない。

デシーマは火のない暖炉のそばに立ち、からっぽの炉床を見つめていた。アダムが部屋に入ると、彼女が目を上げた。「オリヴィアがたった今、パーティでの出来事と、あなたが求婚した理由を話してくれたの。彼女は罪の意識にさいなまれているわ」

「今となっては過ぎたことさ」アダムは肩をすくめた。「そのときは、かまわないと思った。僕は貴重なものを失ったばかりで、しかもそれが見つかる希望はほとんどない。だから、ほかのことはどうでもよかった」彼女はわかってくれただろうか？

わかってくれたように見えた。デシーマは頬を赤く染め、目を伏せた。アダムはさらに続けた。

「僕は愛や約束、結婚といったものから逃げてきた。僕が君に感じたのは欲望でしかないと思ったんだ。やがて本当に欲しいものに気づいて、もう逃げたくないと思ったとき、君は消えていた。君が誰かわかったときには遅すぎた」

デシーマは無言だった。僕は判断を誤ったのだろうか？　彼女をロンドンに連れ帰り、時機を見て甘い言葉と花で懇願するべきなのか？

「デシーマ」彼女のそばにたどり着くまでたった四歩の距離だったが、一キロにも感じられた。「デシーマ、愛している。僕と結婚してくれるかい？」

「ええ、いいわ」デシーマが顔を上げた。その目は輝いていた。ふっくらした唇が曲線を描いて、まぎれもない喜びの笑みを作る。彼だけのために。「あなたと結婚するわ。私も愛してる。あまりにも長いあいだあなたを愛していたから、あなたが私を愛しているなんて思ってもみなかった」

言葉は必要ないように思えた。彼はデシーマの両肩をとらえてそっと抱きしめると、キスをした。

これは本物だ。しかも、過去に交わしたキスとも、デシーマが夢見ていたものともまったく違う。アダムの唇が角度を変え、やさしくも執拗《しつよう》に動いたとき、デシーマは悟った。アダムがキスをすることに、私は疑問も後ろめたさも不安も感じない。彼は愛を示しているのだとわかっているし、彼もまた私の欲しいものを知っている。

唇を開くと、ベルベットのような舌が触れた。その衝撃と熱さに打ち震え、デシーマは小さくうめいた。アダムが両手を動かしてさらに彼女を抱き寄せた。片方は背中の下のほうを、そしてもう片方は頭を押さえ、さらにキスを深めようとする。

まだ足りない。デシーマのてのひらはアダムの広い肩をまさぐり、ブロードとリネンの下の固い筋肉をたどった。アダムは大きく、強く、そしてたくましい。彼はデシーマを怖《お》じ気《け》づかせると同時に喜びを与えた。自分には強さが備わっている。アダムを受け止め、調子を合わせながら、ためらいなく愛してほしいとあおり立てることもできるのだ。

アダムの両手が再び動いて、デシーマを抱きあげた。玄関ホールに運ばれたとき、彼女は抗議の言葉をつぶやいた。「まだ帰りたくないわ」唇が顎に触れ、生えかけのひげを感じた。デシーマはそこに鼻をすり寄せ、彼をあえがせた。

「帰らないよ」アダムは階段をのぼっている。「デシーマ、やめてくれないか。そうでないと、僕は今ここで、この階段で君を愛してしまう」

「いいわ」デシーマは励ますようにささやいた。アダムの首で脈が轟《とどろ》いているのが唇から感じ取れる。

「魔女め」息切れしたようなくすくす笑いだった。

アダムは肩で扉を押し開け、何歩か進んだ。気がつくとデシーマはベッドの上に横たえられていた。しかたなく目を開けたところ、そこが寝室だとわかった。家具に布がかけてあった階下の部屋とは異なり、この部屋はすぐに使えるようになっていた。窓にはダマスク織りのカーテンがかかり、壁の燭台《しょくだい》には新しい蝋燭《ろうそく》が立っている。アダムは自分の火打石を使って、火格子の中の細い蝋燭に火をつけた。

「僕の傲慢さがわかるだろう」アダムがベッドに近づきながら上着を脱ぐのを見て、デシーマの口の中がからからになった。「この部屋の準備をさせておいたんだ。あとは暖炉の火をつけるだけだった」

「傲慢じゃないわ」デシーマはなんとか言った。「希望を持っていたんでしょう」

アダムはデシーマの隣に腰を下ろし、やさしく忍耐強いまなざしを向けた。「今から口ンドンに戻って、結婚するまで待ちたいと思うなら、そう言ってくれ」承諾を得ないかぎりは触れないとでもいうように彼は両手を組みあわせた。「ここにとどまりたいなら、その場合は誰も君の帰りを待っていない」

「雪の新年からずいぶん長い月日がたったみたい。あのときあなたが始めたことを終わらせるべきだと思うわ」デシーマは微笑《ほほえ》んだ。「私、我慢することが得意じゃなくなってしまったのね」

「我慢してもらうことになるよ」アダムはクラヴァットを引き抜いた。「僕がそばかすを一つ残らず数えあげるから」くしゃくしゃになったモスリンを投げ捨てると、シャツのボタンに取りかかる。「もちろん、数えているあいだずっと、君と愛を交わすこともできるが……」

「そのほうが時間の節約になるわね」デシーマはシャツの前立て部分を引っ張り、ボタンをはずす手伝いをした。ようやく素肌が現れると、上質のリネンの下に両手をすべらせて、満足げなため息とともに、なめらかな筋肉の感触を確かめた。

アダムがデシーマを引き寄せた。「さて、このドレスをゆるめるにはどうするんだ？」とはいえ、アダムはとても上手に小さなボタンとホックをはずしていった。やがてドレスは肩からはずれ、どういうわけかシュミーズもすべり落ちていた。

気がつくとデシーマはベッドの上に仰向けになり、靴下と靴下留めのほかは何も身に着けていなかった。小さな声をもらして両手で体を隠そうとすると、アダムがその手をとらえてキスをした。

「君を見せてほしい、かわいい人」アダムの手がデシーマの全身をなぞっていく。「君は本当に美しい。いや、否定するな。ごらん、とてもほっそりして、とてもなめらかで、とても豊かだ」彼のてのひらがデシーマの下腹部を撫《な》で、腰をそっと押さえたあと、ウエストを通って胸のふくらみに達した。「ああ、そうだ、やっとそばかすに取りかかれる。数えるだけじゃなく、キスしないと」

アダムは頭を下げ、鎖骨から胸のふくらみに向けて肌を唇でたどりはじめた。容赦ない愛撫《あいぶ》に、デシーマは落ち着きなく体を動かした。やがて唇が一方の胸の先端をとらえたとき、その衝撃に彼女は背をそらした。「アダム!」

「そんなにあわてるな」アダムの息がもう一方を刺激し、デシーマの全身に広がるうずきはさらに激しくなった。先端を歯でそっと引っ張られたときには、身をよじった。すると、アダムの体が離れていった。

だが、それも一瞬だった。隣にアダムが横たわり、デシーマは彼のあらわになった全身が脇にぴったりと重なるのを感じた。アダムが腕をまわして抱きしめたとき、デシーマはおずおずと目を開いた。

「愛しているよ」その言葉と同時にアダムの片手が下にすべり、デシーマの脚のあいだに伸びる。デシーマは彼と目を合わせたまま、うめき声をもらした。しつこくうずくひそかな場所に指が触れた。

衝撃が洪水のように押し寄せてきた。みだらなのに気持ちよく、どんな夢よりもすばらしい。デシーマは目を閉じた。本能的に自分の体を隠したくてアダムに寄り添うと、彼はデシーマに覆いかぶさった。膝でそっと彼女の脚を開かせようとしている。

「僕を信じて、かわいい人」

デシーマはうなずき、息も絶え絶えに彼の名を呼んだ。体のすべてを支配され、筋の通ったことは考えられない。彼女はもどかしげに身じろぎをし、両脚のあいだにアダムを引き寄せた。やがて彼の重みを感じると、胸をそらしてしっかり抱きしめた。

「デシーマ、目を開けて僕を見るんだ」デシーマはなんとかまぶたを持ちあげて、熱いグレーグリーンの深みを見つめた。そこには欲望と欲求と愛と崇拝があった。「僕を信じてくれ」そして彼が突き進み、デシーマを満たした。彼女はアダムの下で身をこわばらせた。だが、彼が体を引き、再び戻ってくるまでのあいだに、一瞬の鋭い痛みは徐々に高まる欲望に取って代わられた。デシーマは声をあげた。きつくアダムを抱きしめ、彼とともに流されていく。きっと死んでしまうんだわ。こんなことに耐えられるわけがない。そこでデシーマは自分の強さを思いだした。私なら彼の導く場所に行けるはずだ。

「アダム！」デシーマは彼の名を、愛の言葉を、言葉にならないあえぎを叫んだ。そして次の瞬間、何かがのぼりつめて爆発し、まぶたの裏側の暗闇がまばゆいほどに光り輝いた。そして彼女は下に落ちていき、脈打つ穏やかな暗闇に戻っていた。

我に返ると、むき出しの胸に抱きしめられていた。アダムがデシーマを見つめている。二人の目が合い、言葉は不要に思えた。アダムの両手がさまよいはじめ、唇が重なりあった。完璧なものがもっとよくなることもある。デシーマは新たにそれを知ったのだ。

どのくらい時間がたったのか、見当もつかない。デシーマが目覚めたとき、アダムはベッドを出て、素足のまま部屋を歩きまわっていた。華麗な東洋のドレッシングガウンを身にまとい、暖炉に火をおこす細い蝋燭で部屋の明かりをつけていた。

目覚めたデシーマに気づいて、アダムが引き返してきた。身をかがめて唇に熱烈なキスをする。「愛しているわ」デシーマは彼に両腕を投げかけた。

「僕も愛しているよ。それと、もし今すぐ何かを食べないと、もう一度繰り返すだけの力が出ない」

「お料理をしないといけないの？」

「いや。見てごらん」アダムが扉を開けた。ベッドから出たデシーマは、一糸まとわぬ姿に気づいて、シーツを体に巻きつけた。隣の部屋は化粧室になっていて、中央に置かれた浴槽には、湯がいっぱいに張ってある。化粧台にはデシーマのブラシや銀の小瓶が並び、扉にはアイロンがけのすんだドレスとペチコートがかかっていた。

「プルーがいるの？」

「ベイツもね」アダムがカーテンを開けた。木々の向こうに光がちらちらしている。「庭師の住むコテージがあるんだ。馬は厩にいるし、間もなくテーブルには食事が並ぶ。二日間はこもっていられる」

「でも、プルーとベイツはまさか……私は認めるべきでは……」デシーマはアダムの視線をたどって、大きなベッドを見た。そこには午後の情事の証拠となるくしゃくしゃのシーツがあった。デシーマは頬が熱くなるのを感じ、アダムのドレッシングガウンに顔をうずめて狼狽《ろうばい》を隠した。

「心から君を愛している、デシーマ・ロス」アダムが彼女の乱れた髪にささやきかけた。「君が愛を交わしたあともしっかり頭が働くとしたら、僕はうれしくないな。さあ、おいで。僕たちの縁結びの才能を祝いながら、君の全身を洗ってあげよう」

デシーマはアダムの手でシーツをはがされ、いい香りのする熱い湯に身を沈めた。「でも、みんな早く結婚しないといけないわね」

アダムは石鹸《せっけん》のついたスポンジでデシーマの体をこすった。「そうだね」彼は真顔で同意した。「なんとか急いで結婚許可証を手に入れよう。それまでは……」身を乗りだして、デシーマの耳たぶを噛《か》んだ。「できるだけ君と愛を交わす練習に励むつもりだ」

「そうね、アダム。食事に遅れるのは残念だけれど、あなたを喜ばせるために、できるだけ練習に励むのが私の義務だもの」デシーマは濡《ぬ》れた両腕を彼の肩に投げかけた。「心から愛しているわ、アダム」

「僕も君を愛している」アダムは立ちあがり、ドレッシングガウンを脱いだ。「この浴槽は僕たち二人で入っても大丈夫かな？　というのも、僕は夕食に大幅に遅れるつもりだからね」

階下の台所では、プルーが牛肉のキャセロールの入った炉の蓋を閉め、ジェスロ・ベイツに微笑みかけていた。「ほらね、だめにならないわよ。あの二人がどんなに遅くなっても気にしないで。さあ、あたしたちの夕食は何にする？」

＊本書は、2011年12月に小社より刊行された作品を文庫化したものです。

mira™

不公平《ふこうへい》な恋《こい》の神様《かみさま》

2023年10月15日発行　第1刷

著　者　ルイーズ・アレン

訳　者　杉浦《すぎうら》よしこ

発行人　鈴木幸辰

発行所　株式会社ハーパーコリンズ・ジャパン
東京都千代田区大手町1-5-1
03-6269-2883（営業）
0570-008091（読者サービス係）

印刷・製本　中央精版印刷株式会社

ISBN978-4-596-52798-1